독보군림

임영기 新무협 판타지 소설
FANTASTIC ORIENTAL HEROES

독보군림 10
임영기 新무협 판타지 소설

초판 1쇄 찍은 날 § 2008년 1월 31일
초판 1쇄 펴낸 날 § 2008년 2월 11일

지은이 § 임영기
펴낸이 § 서경석

편집장 § 문혜영
편집 § 최하나 · 이환진

펴낸곳 § 도서출판 청어람
등록번호 § 제1081-1-89호
등록일자 § 1999. 5. 31
어람번호 § 제2-1414호

주소 § 경기도 부천시 원미구 심곡1동 350-1 남성B/D 3F (우) 420-011
전화 § 032-656-4452 팩스 § 032-656-4453
http://www.chungeoram.com
E-mail § eoram99@chollian.net

ⓒ 임영기, 2007

ISBN 978-89-251-1171-1 04810
ISBN 978-89-251-0745-5 (세트)

※ 파본은 구입하신 서점에서 교환하여 드립니다.
※ 저자와 협의하여 인지를 붙이지 않습니다.
※ 이 책은 도서출판 청어람과 저작자의 계약에 의해 출판된 것이므로,
   무단 전재 및 유포 · 공유를 금합니다.

임영기 新무협 판타지 소설

FANTASTIC ORIENTAL HEROES

대도군림

[완결]
10
군림지도(君臨之道)

도서출판 청어람

제94장	철혈풍운군(鐵血風雲軍)	7
제95장	혈전(血戰)	31
제96장	풍고수(風高手)	61
제97장	군림가(君臨歌)	81
제98장	악모(惡母)	105
제99장	열혈충심(熱血忠心)	131
제100장	휼방지쟁(鷸蚌之爭)	163
제101장	반복무상(叛服無常)	183
제102장	배후(背後)	205
제103장	삼천무림의 일통(一統)	231
제104장	우정을!	255
제105장	친구여!	279
제106장	복수(復讐)	299
	독보군림을 마치며……	326

第九十四章

철혈풍운군(鐵血風雲軍)

　일은 설영이 전혀 예상하지 못했던 방향으로 풀렸다.
　그는 애초에 계획했던 대로 건천산 망풍봉 동쪽 숲에서 일부러 소리를 내어 곤륜과 화산파 천추고수들을 유인해 낼 작정이었다.
　그런데 그가 소리를 내자 그곳으로 창령 신니와 곤륜파 장문인 운룡자가 제자들을 모두 이끌고 달려온 것이다.
　"화산파 고수들 육십 명은 우리가 모두 죽였어요."
　창령 신니는 설영 일행이 보이지 않자 두리번거리면서 나직이 소리쳤다.
　잠시 후, 숲에 숨어 있던 설영과 한효령, 단랑, 반호, 염탕,

오장보, 그리고 결사칠위의 청랑과 소도천, 백무평 등이 창령 신니 앞에 나타났다.

숲에 숨어 있던 설영은 창령 신니가 아미파 제자들과 곤륜파 고수들을 이끌고 숲에 들어선 것을 발견하고 대충 어떻게 된 일인지 짐작하고 있었다.

"곤륜 장문인이에요."

창령 신니는 미소를 지으면서 설영과 한효령 등에게 운룡자를 소개해 주었다.

"무량수불… 운룡자외다."

운룡자가 약간 경계하는 표정으로 가볍게 고개를 숙여 보였다.

설영의 원래 계획은 곤륜, 화산파 고수들을 유인해 내고, 그 뒤를 따르는 아미파를 안전하게 빼돌리는 것이었다.

그런데 아미와 곤륜이 감시자인 화산파 고수 육십여 명을 죽여 버리고 함께 나타난 것이다.

"빈니가 운룡자에게 사실대로 말씀드렸어요. 그랬더니 함께 행동하겠다고 흔쾌히 허락하셨어요."

창령 신니는 시선을 설영에게 향한 채 미소를 잃지 않으며 설명했다.

자신의 기지로 일을 쉽게 만든 것이 어떠냐는 듯한 조심스러운 기대가 얼굴에 설핏 떠올라 있었다.

이것은 설영이 추호도 예상하지 못했던 상황이다. 문제는 과연 운룡자를 믿을 수 있느냐는 것이다.

만약 그를 믿을 수만 있다면 일을 쉽게 끝내고, 또 사상자를 많이 줄였기 때문에 창령 신니의 기지는 성공이라고 할 수 있을 것이다.

그러나 반대로 운룡자가 현천 진인 쪽 사람이고, 창령 신니를 속인 것이라면 일이 복잡해질 수밖에 없다.

그러나 어쨌든 이미 엎질러진 물이다. 이제 와서 창령 신니의 결정이 경솔했다고 왈가왈부한들 모슨 소용이 있겠는가.

문득 설영은 운룡자가 자신을 뚫어지게 주시하고 있는 것을 발견했다.

그래서 그도 운룡자를 마주 주시했다. 서로 격식을 차리지 않고 대놓고 상대를 살피는 것이다.

힐끔거리면서 상대를 살피는 것보다 서로의 묵인하에서 이러는 편이 훨씬 간명하고 좋다.

설영은 자신에 대해서 창령 신니가 운룡자에게 말하지 않았다는 것을 깨달았다.

운룡자가 설영의 신분을 알고 있다면 어떤 형태로든 얼굴이나 눈빛에 표시가 날 것이다. 그런 것을 갈무리할 수 있는 사람은 그리 흔치 않은 법이다.

운룡자는 다만 전면에 나서 있는 설영이 무리를 지휘하고 있다고만 여겨서 그를 살피고 있는 중일 것이다.

그때 창령 신니의 전음이 설영의 귀를 울렸다.

"빈니는 운룡자에게 아미파가 천추혈의맹에서 탈퇴하려는 것과 우리의 계획에 대해서만 설명했을 뿐, 그 외에는 아무 말도 하지 않았어요."

운룡자가 설영이나 설무검에 대해 전혀 모르는 상태에서 일이 이렇게 잘 풀렸다면 오히려 기뻐해야 할 일이다.

이윽고 설영은 운룡자에게서 시선을 거두었다. 비록 짧은 시간 동안 그를 주시했지만 그가 강직한 사람일 것이라는 느낌을 받았기 때문이었다.

그렇지만 아직은 운룡자를 전적으로 신뢰할 수는 없었다.

"잠시 주위를 경계하세요."

설영은 청랑과 소도천, 백무평을 돌아보며 지시했다.

설영의 입에서 마지막 말의 여운이 채 사라지기도 전에 청랑과 소도천, 백무평은 기다리고 있었다는 듯 각기 다른 방향으로 바람처럼 쏘아갔다.

설영은 아직도 자신을 주시하고 있는 운룡자를 마주 보며 조용히 입을 열었다.

"이제 어떻게 하시겠소?"

"시주는 누구신가?"

설영의 물음에 운룡자가 되물었다.

"지금은 내가 누구냐가 중요한 것이 아니고 한시바삐 이곳을 벗어나는 것이 급선무요."

설영은 침착하게 운룡자의 물음을 묵살했다.

"빈도들을 감시하고 있던 화산파 고수 육십 명은 이미 모두 죽었는데 어째서 이곳을 벗어나는 것이 급한 것인가?"

설영은 운룡자가 강직한 성품이긴 하지만 꼬장꼬장한 면도 있다는 것을 깨달았다.

그런 사람에게는 크고 뾰족한 침을 아주 깊숙이 찌르는 것이 특효약이다.

"중천오세가 이미 이곳으로 토벌대를 보냈소. 지금 이 순간에도 그들이 이곳으로 접근하고 있을지 모르는 일이오."

과연 설영의 특효약은 멋지게 성공했다. 운룡자는 적잖이 놀라 눈을 부릅뜨며 잠시 말을 잇지 못했다.

이윽고 운룡자는 더없이 진중한 표정으로 설영에게 가볍게 고개를 숙여 보였다.

"빈도는 무조건 따를 테니 시주는 어서 명령을 내리시게."

곤륜파의 장문인이 이름도 모르는 일개 소년의 명령을 무조건 따르겠다는 것은 결코 쉽사리 할 수 있는 말이 아님에도 그는 서슴없이 했다. 상황 판단이 빠르고 격식에 얽매이지 않는 사람만이 가능한 행동이었다.

설영은 재빨리 주위를 둘러보았다. 창령 신니와 운룡자 뒤쪽 숲에 육백여 명의 천추고수들이 두 개의 무리를 이룬 채 운집해 있는 것이 보였다.

'너무 많아서 이동하는 데 불리하다.'

아미파 고수들 삼백 명도 많아서 곤란할 지경인데 육백 명이라니, 이들이 한꺼번에 움직이게 되면 속도가 현저히 떨어질 뿐만 아니라 많은 흔적을 남기게 될 것이 분명했다. 그렇다고 이대로 머뭇거리고 있는 것은 더 위험한 일이다.

"아미파와 곤륜파 둘로 나누어서 행동합시다."

설영의 제안에 창령 신니와 운룡자 모두 가볍게 고개를 끄덕여 그러겠다는 뜻을 밝혔다.

"장문인, 곤륜파에서도 후속으로 오백여 명의 고수들이 출발했소?"

설영의 물음에 아까부터 그것을 걱정하고 있던 운룡자는 즉시 대답했다.

"그렇다네. 화산과 점창파 장로와 몇 명의 고수들이 이끌고 있다고 들었네."

"그들을 제거할 수 있겠소?"

"빈도 혼자서도 충분하네."

운룡자 혼자 화산, 점창 장로들과 고수들을 죽일 수 있다는 것이 아니라, 자신이 곤륜파 고수 오백 명을 지휘하여 그들을 주살하겠다는 뜻이었다.

"그럼 최소한의 인원을 데리고 가서 그들을 이끌고 오도록 하시오."

운룡자는 자신의 뒤에 운집해 있는 곤륜파 제자들을 돌아보고 나서 물었다.

"어디로 가면 되겠나?"

설영이 한효령을 쳐다보자 그녀가 대신 대답했다.

"이곳에서 동북쪽으로 백오십여 리 거리에 원곡현(垣曲縣)이 있소. 그곳에서 한천장(寒天莊)을 찾아가 봉황단주가 보냈다고 하면 여러분을 받아줄 것이오."

운룡자는 한효령을 보며 크게 놀랐다.

"여시주께서 봉황단주요?"

"아니오. 나는 그분의 수하요."

그렇지만 운룡자는 놀라움이 가시지 않은 표정으로 한효령을 쳐다보았다.

그녀가 비록 자신을 봉황단주의 수하라고 소개했지만, 봉황단주의 이름을 마음대로 사용하는 것으로 미루어 봉황단의 인물이되 대단한 신분일 것이라고 짐작했기 때문이다.

그때 설영이 정리를 해주었다.

"이모님께선 낙양으로 가시고, 곤륜파는 원곡현 한천장으로 가는 것이오. 나는 아미파 제자들을 구한 후 역시 한천장으로 가겠소."

창령 신니와 운룡자는 자파의 고수들에게 무엇인가를 빠르게 지시하고 있었다.

"자, 출발합시다."

설영이 먼저 서쪽으로 몇 걸음 옮기면서 재촉하자, 단랑이 입술을 오므려 새 울음소리를 내어 경계를 보낸 청랑 등에게 돌아오라는 신호를 보냈다.

설영이 빠르게 둘러보자 곤륜파 천추고수들은 동북쪽 원곡현 방향으로, 운룡자와 십여 명의 고수들은 서북쪽 곤륜산 방향, 아미파 제자들은 북쪽으로 출발하고 있었다.

아미파 제자들은 일단 북쪽으로 십여 리쯤 가다가 동쪽으로 방향을 틀어 낙양으로 가려는 것이다. 그녀들의 목적지는 낙양 칠의문이다.

"빈니도 같이 가겠어요. 본 파 제자들이니 아무래도 빈니가 가야 일이 쉽게 풀릴 거예요."

그때 창령 신니가 북쪽으로 향하는 아미파 제자들을 떠나 설영에게 달려와서 빠르게 말했다.

설영에게 반박의 여지를 주지 않으려는 듯 확신에 찬 표정을 짓고 있었다.

설영은 더 이상 왈가왈부할 여유가 없었으므로 그냥 잠자코 서쪽을 향해 신형을 날렸다.

창령 신니와 함께 가는 것이 어쩌면 나을지도 모르겠다는 생각이 들었다.

그 뒤를 한효령과 창령 신니, 단랑 등이 따랐고, 잠시 후에 청랑과 소도천, 백무평이 합류했다.

설영 일행은 아무도 입을 열지 않고 한동안 달리기에만 열중했다.

설영은 잘된 일이라고 생각했다. 창령 신니가 운룡자를 회유하지 않았더라면 지금쯤 설영 일행은 운룡자가 이끄는 곤륜파와 화산파 고수들과 한창 추격전을 벌이면서 싸우고 있는 중일 것이다.

그러다가 중천오세에서 보낸 토벌대나 철혈풍운군이 들이닥쳤다면 지리멸렬하고 말았을 터이다.

은자랑이 보낸 서찰에는 자신과 형 설무검이 함께 이곳을 향해서 오고 있다고 했지만, 지금은 한가하게 그를 기다리고 있을 상황이 아니었다.

설영이 무사히 임무를 완수하고 돌아간다면 그것이 바로 최선이고 최상인 것이다.

"으아악!"

그때 한마디 길고도 처절한 비명 소리가 숲 속에 울려 퍼졌다.

고요하기 짝이 없는 숲 속에서 갑자기 터져 나온 비명 소리는 섬뜩한 느낌을 자아내게 했다.

달리던 설영 일행은 일제히 신형을 멈추고 숲의 한쪽 방향을 쳐다보았다.

서북쪽. 곤륜파 천추고수들이 원곡현으로 향하고 있는 방향에서 비명 소리가 터져 나온 것이었다.

중천오세의 토벌대가 벌써 당도한 것인가? 아니면 철혈풍운군 중에 한 무리인가? 모두들 긴장한 표정으로 그런 생각을 하고 있었다.

"아악!"

그때 또 한 차례의 비명성이 터졌다. 이번에는 여자의 비명 소리였으며 북쪽, 아미파 제자들이 향한 방향이었다.

두 번의 비명이 터져 나온 간격은 세 차례 호흡을 할 정도의 짧은 시간이었다.

출발한 지 채 반 각도 지나지 않았으므로 십여 리 남짓 거리에 불과했다.

휘익!

순간 누가 말릴 사이도 없이 창령 신니가 북쪽 아미파 제자들이 있는 방향을 향해 쏜살같이 쏘아갔다.

설영을 비롯하여 모두 적잖이 당황하고 있었다. 이런 상황이 벌어질 것이라곤 누구도 예상하지 못했기 때문이다.

"으아악!"

"아악!"

이제 비명 소리는 연이어서 계속 터져 나오고 있었다. 일행은 굳은 표정으로 비명 소리가 들려오는 방향을 쳐다보다가 이어서 설영을 쳐다보았다.

그들의 표정은 설영에게 이제 어떻게 해야 할지 결정을 내리라고 재촉하고 있었다.

"가요."

설영은 짧게 내뱉곤 즉시 북쪽으로 신형을 날렸다. 아미파와 곤륜파 둘 다 위험에 처했지만 그는 아미파를 돕기로 결정했다. 팔은 안으로 굽는 법이다.

 설영 일행은 눈앞에서 벌어지고 있는 광경에 어이없다는 듯 크게 놀라는 표정을 지었다.
 아미파의 천추고수 삼백 명과 싸우고 있는 자들은 녹삼(綠衫)을 입은 백여 명뿐이기 때문이었다.
 문득 설영의 가슴속에 불길함이 엄습했다. 순간 그의 시선이 가장 가까이에서 아미파 제자를 주살하고 있는 녹삼인에게 향했다.
 그자의 가슴에는 둥근 원 안에 '풍(風)' 이라는 한 글자가 뚜렷하게 수놓아져 있었다.
 '철혈풍운군의 풍군이다!'
 설영은 속으로 나직이 외쳤다. 우려하고 있던 일이 현실로 벌어지고 말았다.
 철혈풍운군 각자의 공력은 평균 백 년 수위고, 그들 세 명의 합공이면 중천사세의 지존 한 명을 제압할 수 있을 정도로 고강하다고 했다.
 그러므로 풍군 백 명이면 자그마치 중천사세의 지존 삼십삼 명을 제압할 수 있다는 의미고, 또한 풍군 백 명은 중천사세 지존 사십여 명이 한꺼번에 모인 정도의 가공한 위력을 발휘한다는 뜻이다.
 설영은 눈앞에서 벌어지고 있는 상황을 즉시 간파했다.

아미파 삼백 명의 천추고수들은 최초에 풍군이 나타났을 때 그들이 불과 백 명뿐이기 때문에 얕보고 도망치지 않고 맞상대한 것이 분명했다.

 만약 도망을 치면서 싸웠다면 싸움의 흔적이나 아미파 제자들의 시체가 길게 이어져 있을 텐데, 그런 것들이 이곳에 집중되어 있다는 것이 그 사실을 증명하고 있었다.

 설영이 최초의 비명 소리를 듣고 이곳까지 달려온 것이 채 반 각도 지나지 않았건만, 이미 삼십 명 정도의 아미파 제자들이 죽어 있는 상황이었다.

 그런데 풍군의 고수, 즉 풍고수들은 놀랍게도 한 명도 죽지 않았다.

 더구나 수적으로 훨씬 적은 백 명의 풍군이 남은 이백칠십 명의 아미파 제자들을 포위한 상태에서 공격하고 있는 기현상이 벌어지고 있었다.

 하지만 그것은 마치 백 마리 늑대들이 이백칠십 마리 양들을 포위한 채 공격하고 있는 것과 비슷한 양상이고, 또 광경이었다. 양은 아무리 수가 많아도 늑대를 이길 수는 없는 것이 자연의 법칙이다.

 아미파 천추고수들은 아미파에서 선발된 일류고수 수준인데도 풍고수들에게는 아예 상대도 되지 않았다.

 엄밀히 논하자면 풍고수 한 명이 아미파 천추고수 열 명 정도를 상대할 수 있는 실력이었다.

그런 계산이라면 풍군 백 명이 아미파 천추고수 천 명 정도는 너끈히 상대할 수 있다는 얘기가 된다. 그러니 고작 삼백 명의 천추고수를 상대하는 것은 누워서 떡을 먹는 것보다 쉬운 일이 아니겠는가.

설영이 지켜보고 있는 중에 아미파 천추고수들이 빠르게 전의를 잃어갔으며, 이리저리 여러 개의 무리를 이루어 포위망을 뚫으려고 안간힘을 쓰기 시작했다.

그것은 순전히 공포심 때문에 도망치려는 의도일 뿐이지, 풍군과 맞서 싸우려는 의지가 아니었다.

"흩어지지 마라! 가운데로 뭉쳐라!"

처절하게 부르짖는 소리가 들리는 곳에 창령 신니가 두 명의 풍고수를 상대로 거의 미친 듯이 검을 휘두르면서 아미파 제자들이 흩어지는 것을 막기 위해 사력을 다하고 있는 모습이 보였다.

창령 신니는 한 명 반 정도의 풍고수와 상대하면 팽팽한 실력인데, 지금은 두 명과 상대하고 있으니 꼼짝도 할 수 없는 상황이었다.

설영은 철혈풍운군의 또 다른 무리가 지금쯤 곤륜파를 공격하고 있을 것이라고 추측했다.

하지만 그쪽은 신경을 쓸 겨를이 없다. 설영을 비롯한 아홉 명이 이 싸움에 뛰어든다고 해도 이긴다는 것은 요원한 일이고, 그저 살아남을 수만 있다면 행운일 것이다.

설영은 한효령과 결사칠위의 청랑을 한 조로 짝 지워주고, 소도천, 백무평을, 단랑과 염탕, 반호와 오장보를 각각 묶어 네 개의 조를 만들고 나서 당부했다.

"조를 이룬 사람과 합공을 하되 적을 한 명씩 상대하고, 절대 단독행동은 하지 않도록 하세요. 그리고 저를 포함해서 다섯 개의 조는 격전장 한복판에서 싸우되 각 조가 일정한 간격을 유지한 채 흩어지지 않아야 합니다."

한효령은 풍고수 두 명을 상대로 팽팽하게 싸울 수 있는 실력을 지녔다.

결사칠위의 청랑과 소도천, 백무평 세 사람 각자는 풍고수 한 명보다 이, 삼 할 정도 고강한 정도일 것이다.

그리고 단랑과 염탕, 반호, 오장보 각각은 풍고수 한 명 반과 비슷하거나 조금 강한 수준이다.

지금부터 싸움을 시작하게 되면 버티는 것이 목적이 아니라 적을 주살하는 것이 목적이어야만 한다.

그래서 풍고수 한 명보다 훨씬 강하게 여덟 명을 두 명씩 네 개의 조로 묶어준 것이다.

휘익!

휙! 휙!

순간 설영을 비롯한 아홉 명은 격전장 한복판을 향해 허공으로 비스듬히 쏘아갔다.

설영은 허공에서 지상으로 뚝 떨어지듯이 빠르게 하강하

면서 팔룡검을 뽑아 벼락같이 환조신검을 전개했다.

그는 여러 종류의 검법을 완벽하게 터득한 상태인데도 아직 미완인 환조신검을 전개하는 이유는, 미완이라고 해도 환조신검이 가장 위력적이기 때문이었다.

파츠츠읏!

그의 검에서 자광을 발하는 다섯 겹짜리 하나의 고리 환이 한 명의 풍고수를 향해 유성처럼 쏘아져 갔다.

그 환에는 그의 백삼십 년 공력 중에 백 년 공력이 고스란히 실려 있었다.

아미파 제자들을 주살하고 있던 풍고수 한 명이 자신을 향해 무서운 속도로 쏘아오는 자색의 환을 발견했지만 이미 피하기에는 늦었다.

퍽!

"끅!"

막 쳐다보다가 환이 콧등을 관통하는 바람에 비명조차 시원하게 지르지 못한 그는 뒤통수에서 피분수를 뿜으면서 뒤로 튕겨졌다가 땅바닥에 패대기쳐졌다.

설영은 지상에 내려서자마자 가장 가까이에서 아미파 제자들을 주살하고 있는 두 명의 풍고수에게 성난 사자처럼 덮쳐 가면서 재차 환조신검을 발휘했다.

이번에는 백삼십 년 공력을 모조리 쏟아 부었다.

파츠으읏!

그는 자색의 환이 뿜어지자 중도에서 그것을 두 개로 나누어 각각 두 명의 풍고수 머리를 향해 쏘아 보냈다.

그러자 빛을 방불케 할 정도로 쏘아가던 환의 속도가 갑자기 절반의 속도로 뚝 떨어졌다.

쩌껑! 쩡!

더구나 두 명의 풍고수는 급습을 눈치 채고 급히 검을 휘둘러 두 개의 환을 튕겨내기까지 했다.

그들을 향해 덮쳐 가던 설영은 순간 아차 싶었다.

현재 자신의 수준으로는 환을 두 개로 나누면, 아니, 나누면 나눌수록 속도와 위력이 떨어지는데, 그 사실을 잠시 잊고 있었던 것이다.

설무검이라면 환을 아무리 많이 쪼개도 속도와 위력이 조금도 떨어지지 않았을 터이다.

하지만 환조신검을 배운 지 얼마 안 되어 이제 겨우 흉내 정도 내는 설영으로서는 고강한 풍고수들을 상대로 환을 쪼개어 공격하는 것은 무리였다.

눈을 한 번 깜빡이는 순간에 설영은 어느새 두 명의 풍고수 일 장 전면에 이르러 있었고, 그들은 전면의 좌우에서 설영을 향해 맹렬하게 검을 휘두르며 공격해 오고 있었다.

패애액!

더구나 설영은 방금 전까지 풍고수들을 약간 과소평가하고 있었다.

그들이 검을 휘두르자 두 줄기 새파란 검기가 설영의 머리와 가슴을 향해 일직선으로 쏘아왔다. 그들이 검기를 발출하리라고는 예상하지 못했었다.

지척에서 발출된 검기를 피하기에는 거리가 너무 가까웠다. 더구나 검기는 두 줄기고 각기 다른 방향이었다.

휘익!

순간 설영은 급히 머리를 아래로 하여 엎드린 자세를 취하는 것과 동시에 땅을 향해 몸을 날렸다.

파아아―

그의 등 뒤로 두 줄기 검기가 아슬아슬하게 스쳐 지나갔다. 그들이 익힌 무공이 양공(陽功)인 듯, 검기가 등으로 스쳐 지날 때 뜨거운 열기가 느껴졌다.

설영은 모르고 있지만, 사실 그 순간에 그의 등에는 검기가 스쳐 지난 흔적, 즉 옷이 두 줄로 길게 탄 흔적이 새겨졌다.

땅바닥을 한 바퀴 구른 설영은 몸을 일으키기도 전에 전면을 향해 벼락같이 검을 좌에서 우 수평으로 그었다. 무슨 특별한 초식도 아닌 마구잡이식 임기응변이었다.

파콱!

"흐악!"

"왁!"

두 명의 풍고수 네 개의 다리가 무릎께에서 뎅겅뎅겅 베어지면서 그들이 크게 기우뚱할 때, 주위에 있던 아미파 제자들이 벌 떼처럼 달려들면서 검을 휘둘러 그들의 몸을 조각조각 난도질해 버렸다.

큰 위기를 넘긴 설영은 튕기듯 벌떡 일어나 재빨리 주위를 둘러보았다.

그즈음 격전장의 양상은 눈에 띄게 달라지고 있었다.

그렇다고 설영과 아미파 제자들이 금세 역전을 시켰다던가. 승기를 잡았다는 것이 아니라, 아미파 제자들이 워낙 빠른 속도로 괴멸되어 가던 상황이 조금쯤 둔화된 정도에 불과했다.

하지만 최소한 아미파 제자들 모두의 꺼져 가던 전의와 희망에 다시 불을 지피기에는 충분했다.

창령 신니는 아미파의 몇몇 명숙(名宿)들과 혼신의 힘을 다해서 싸우다가 설영 일행의 가담으로 상황이 갑자기 조금이나마 호전되는 듯하자 설영을 힐끗 쳐다보면서 고맙다는 눈길을 보냈다.

사실 팽팽한 접전을 벌이고 있는 상황이라서 그녀가 그런 눈길을 보낸다는 것 자체가 모험이었다.

설영은 그녀의 두 눈에 새빨간 핏발이 곤두서 있는 것을 발견하고 안쓰러움을 느꼈지만, 그저 싱긋 미소를 지어 보이는 것으로 화답했다.

과연 설영이 격전장에 뛰어들기 전 짧은 시간에 내린 판단은 적중했다.

그가 묶어준 네 개의 조는 싸움에 가담해서 얼마 지나지 않아 풍고수들을 주살하기 시작했다.

"크아악!"

특히 한 조를 이룬 한효령과 청랑이 제일 고강했는데, 그녀들은 풍고수 한 명을 양쪽에서 협공하는 방법을 사용하여 십여 초가 지나자 한효령이 번개같이 검을 뻗어 풍고수의 목을 찔러 죽이고 다른 풍고수를 찾아 나서 그자 역시 십여 초가 지나기 전에 찔러 죽였다.

다른 조들도 각기 한두 명씩의 풍고수를 죽이고 다음 상대와 싸우고 있는 중이었다.

"이모님! 제자들을 한곳으로 모아서 싸우도록 하세요!"

설영은 한 명의 풍고수에게 맹공을 퍼부어 기선을 제압한 직후 재빨리 창령 신니 쪽을 쳐다보며 전음을 보냈다.

이어서 상대하던 풍고수를 몰아붙여 마지막 일격을 가해서 죽이려던 설영은 흠칫 가볍게 안색이 변했다.

창령 신니에게 전음을 보내는 극히 짧은 사이에 어디선가 세 명의 풍고수들이 몰려와 도합 네 명이 자신을 에워싼 사실을 발견한 것이다.

풍고수들과 잠시 동안 싸워본 바에 의하면 설영은 자신이 두 명하고는 다소 여유가 있으며, 세 명하고는 약간 열세에 처하게 될 것이고, 네 명의 합공에는 전력을 다해도 채 백 초식을 견뎌내지 못할 것이라고 판단했다.

과연 그는 순식간에 네 명의 소나기처럼 퍼붓는 합공을 방어하고 피하기에 급급한 신세가 되고 말았다.

그즈음 한효령이나 단랑, 반호 등도 모두 설영과 비슷한 처지에 빠져 있었다.

한효령과 청랑에게는 네 명의 풍고수가, 소도천, 백무평 조와 단랑과 염탕, 반호와 오장보 조에도 각기 세 명씩의 풍고수들이 마주 상대하고 있었다.

잠시의 시간이 지났을 뿐인데 설영을 위시하여 한효령조, 단랑조, 반호조, 소도천조 모두 자신들의 실력으로는 감당하기 벅찬 상대와 싸우게 된 것이다.

머리는 설영만 쓰는 것이 아니었다. 풍고수들도 재빨리 상황을 판단하여 방법을 마련한 것이다.

그때부터 설영 일행은 더 이상 풍고수들을 죽이지 못했다.

아니, 오히려 사력을 다해서 자신들의 목숨을 부지해야만 하는 절박한 처지에 놓이고 말았다.

풍군은 풍고수 이십 명으로 설영 일행 아홉 명의 발을 확실하게 묶어버리는 데 성공했다.

설영 일행이 싸움에 뛰어들어 지금까지 죽인 풍고수가 아홉 명. 설영 일행을 묶고 있는 풍고수가 이십 명. 그러므로 나머지는 칠십일 명이다.

설영은 네 명의 풍고수에게 포위되어 고전을 면치 못하면서, 아미파 제자들이 칠십일 명의 풍고수들을 격퇴시켜 주기를 진심으로 원했다.

그렇지만 현실은 전혀 달랐다. 이백오십 명이 훨씬 넘는 양떼는 오히려 불과 칠십일 명밖에 되지 않는 늑대들에게 곳곳에서 너무도 허무하게 죽어가고 있었다.

죽어가는 속도가 처음보다 조금 더뎌졌을 뿐이지, 아미파 제자들이 죽어가고 있다는 사실은 변함이 없었다.

설영은 마음이 조급해졌다. 이대로 가다간 아미파 제자들은 물론 자신들까지도 전멸하고 말 것이 분명했다.

그렇지만 지금 그는 전력을, 아니, 사력을 다하고 있었다. 이보다 더 공력을 끌어올리거나 위력적인 초식을 전개할 수는 없었다.

말하자면 그는 능력의 한계에 도달해 있는 것이다.

第九十五章

혈전(血戰)

 철혈풍운군은 너무 강했다.
 다시 일각의 시간이 흘렀을 때 아미파 제자들의 수는 이백 명으로 줄어 있었다.
 그렇지만 설영을 비롯한 일행들은 아무도 죽지 않았다.
 하지만 그 요행이 언제까지 지속될 수 있는지 아무도 장담할 수 없는 상황이었다.
 풍고수들은 조금도 서두르지 않았다. 그들은 싸우는 방식, 아니, 전투의 요령을 제대로 터득한 것이 분명했다.
 "무평!"
 그때 귀에 익은 다급한 외침이 설영의 고막을 두드렸다.

순간 그의 고개가 반사적으로 외침이 들려온 왼쪽을 향해 홱 돌아갔다.

 그리고 그의 시야에 들어온 것은, 결사칠위의 백무평이 등을 길게 베어 피를 뿌리면서 비틀거리고 있는 모습과 같이 조를 이루었던 소도천이 한 팔로 그의 허리를 끌어안은 채 덮쳐드는 풍고수들을 향해서 미친 듯이 검을 휘두르고 있는 광경이었다.

 백무평은 본능적으로 수중의 검을 힘겹게 휘두르고 있었지만, 적에게 조금도 위협이 되지 못했다. 오히려 그는 소도천의 짐이 돼버렸다.

 팍!

 "흑!"

 순간 설영은 왼쪽 옆구리가 화끈한 것을 느꼈다. 그러나 얼마나 다쳤는지 내려다볼 여유가 없었다.

 그나마 위태위태하게 버티고 있었는데, 소도천의 외침을 듣고 반사적으로 돌아보는 사이에 당하고 만 것이다.

 그 순간 풍고수 네 명의 네 자루 검이 먹이를 향해 내리꽂히는 사나운 매의 발톱처럼 사방에서 설영을 향해 무시무시하게 쏟아져 왔다.

 그 가공할 협공 속에서는 설영이 지금까지 익힌 어떤 초식이나 방법으로도 살아남을 수 없을 듯했다.

 "으악!"

"도—천!"

그때 누군가의 비명 소리가 터졌고, 그 직후에 또 누군가의 처절한 절규가 뒤를 이었다.

설영은 비명 소리가 소도천의 것이고, 절규가 청랑의 것임을 즉시 알아차렸다.

그렇지만 웬일인지 그 소리들은 마치 먼 곳에서 들려오는 것처럼 아련한 느낌을 주었다.

네 자루 검이 설영의 몸 두어 자 거리에 이르렀을 때, 그는 한 가지 방법을 기적적으로 생각해 냈다.

아니, 그것은 방법이라기보다는 오히려 체념에 가까웠다. 네 자루 검 중에서 두 자루를 무시해 버리고, 다른 두 자루를 향해 오히려 공격해 가는 것이다.

문득 시간이 정지한 것 같았다. 사방에서 덮쳐들던 네 자루 검도 움직임을 뚝 멈춘 듯했다. 깊은 물속 바닥에 가라앉은 듯한 침묵마저 흐르고 있었다.

설영은 촌각을 또 촌각으로 쪼갠 찰나지간 네 자루 검 중에서 과연 어느 것을 무시하고, 또 어느 것을 공격할 것인지를 궁리했다.

찔리거나 베어도 치명적이지 않는 것을 무시하고, 또한 되도록 자신이 현재 처한 위치와 자세에서 공격하기 쉬운 쪽을 선택해야 하는 것이다.

그러나 네 자루 검은 하나같이 설영의 급소만을 노리고 있었다. 어쨌든 그는 무시해야만 할 두 자루 검을 골랐다.

그리고 목숨을 건 무모하기 짝이 없는 모험이 시작됐다.

쉬익!

순간 설영은 한 명의 풍고수에게 쓰러지듯이 몸을 날렸다.

쨍!

설영이 이런 상황에서 오히려 공격을 해올 줄은 예상하지 못했던 그자가 가볍게 움찔하는 순간, 설영은 팔룡검을 재빨리 떨쳐서 그자의 검을 튕겨냈다.

그다지 세게 튕겨내지도 않았다. 베어오는 검의 방향만 살짝 빗나가게 하면 그것으로 족했다.

검이 튕겨진 풍고수는 순간적으로 설영이 죽음을 각오하고 자신을 공격하는 것이라고 판단했다.

그러나 실상 설영의 표적은 검이 튕겨진 풍고수의 왼쪽에 있는 풍고수였다.

설영은 두 자루 검이 살짝 부딪치면서 생긴 반탄력을 최대한 이용하여 팔룡검으로 왼쪽의 풍고수를 베어갔다.

쏘아가는 검의 속도는 가히 빛.

그러면서 역시 반탄력을 십분 활용하여 엎드린 채 쭉 편 자세인 몸을 힘껏 비틀어 회전시켰다.

지금 이 순간, 자신의 등과 목을 향해서 맹렬히 베고 찔러오는 두 자루 검을 피할 수는 없지만, 최소한 어깨와 왼팔을 베고 찌르도록 하여 치명상을 면하려는 계산이었다.

팍!

"끅!"

설영의 팔룡검이 표적으로 삼은 풍고수의 귀밑 목으로 파고들어 아래에서 위로 비스듬히 잘랐다.

삭! 팍!

그 순간 두 자루 검이 각각 설영의 왼쪽 어깨 뒤를 길게 쪼개고, 왼팔 팔꿈치 윗부분을 깊숙이 찔렀다.

어깨와 팔에 화끈한 아픔을 느꼈지만, 설영은 몸을 비틀어 뒤집는 동작을 멈추지 않았다.

순식간에 반 바퀴를 회전하여 하늘을 보고 누운 자세가 되었을 때, 그는 막 자신의 어깨를 긋고 팔을 찌른 직후의 마무리동작을 취하고 있는 두 명의 풍고수를 발견했다.

쉭!

순간 설영의 오른손에 쥐어져 있던 팔룡검이 아래에서 위로 번개같이 솟구쳐 오르는가 싶더니 풍고수 한 명의 복부에 깊숙이 꽂혔다.

푹!

"큭!"

팔룡검 검첨이 풍고수의 등 한복판으로 한 뼘이나 시뻘겋게 튀어나왔다.

패액!

그때 네 명 중 마지막 남은 풍고수가 설영의 허리를 향해 재빨리 검을 그어 내렸다. 일도양단, 단숨에 몸을 잘라 버리겠다는 뜻이었다.

설영은 하늘을 보고 누운 자세에서 오른팔을 얼굴 위로 한껏 뻗어 팔룡검을 풍고수의 복부에 깊숙이 찔러 넣은 상태였기 때문에 자신의 허리를 향해 위에서 아래로 그어져 내리는 검을 피할 방법이 없었다.

그는 팔룡검을 잡고 있는 오른손에 더욱 힘을 주어 움켜잡으면서 풍고수의 복부에 꽂혀 있는 팔룡검을 지지대 삼아 몸을 버티면서 번개같이 오른발을 차올렸다.

딱!

풍고수의 검이 설영의 단전 위 한 자를 남겨둔 상황, 그의 발끝이 풍고수의 검을 쥔 오른 손목을 짧게 걷어찼다.

풍고수의 손을 벗어난 검이 둥실 허공으로 떠올랐다.

탁!

찰나, 설영의 왼발이 검의 코등이를 가볍게 걷어찼다.

팩!

검은 맹렬하게 회전하면서 풍고수를 향해 날아가 움찔 놀라고 있는 그의 목을 스치고 지나갔다.

그러자 반쯤 잘라진 풍고수의 목에서 피가 쥐어짜듯이 뿜어졌고, 그는 짐승 같은 신음을 흘리면서 비틀거리며 뒤로 물러났다.

"넷째야!"

설영이 둔탁하게 땅에 떨어질 때 단랑의 찢어지는 듯한 외침이 들려왔다.

설영은 땅에 엎드린 자세에서 막 몸을 일으키려다가 급히 단랑이 있는 곳을 쳐다보았다.

검이 등 한복판을 깊숙이 찔러 가슴으로 검첨이 반 뼘이나 튀어나온 염탕이, 피 묻은 검첨을 굽어보면서 얼굴이 일그러지고 있는 모습이 보였다.

힘겹게 두 명의 풍고수를 상대하고 있는 단랑이 바로 옆에 있는 염탕을 돕지는 못하고 그저 절망적인 표정으로 쳐다보고 있는 모습도 보였다.

염탕의 등에 검을 찔렀던 풍고수가 검을 뽑아 이번에는 염탕의 목을 후려 베어가고 있었다.

그것을 보고 있는 단랑의 눈이 찢어질 듯이 부릅떠지면서 입에서 짐승의 울부짖음 같은 소리가 터져 나왔다.

"안 돼—!"

순간 그녀는 자신이 상대하던 두 명의 풍고수를 내버려 두고 염탕을 공격하는 풍고수를 향해 온몸을 던졌다. 자신이 어찌 되든 상관이 없다는 무모한 행동이었다.

하지만 풍고수의 검은 이미 염탕의 목에 반 자까지 쇄도하고 있었다.

염탕은 자신의 가슴에서 분수처럼 뿜어지는 피를 굽어보면서 우두커니 서 있을 뿐이었다.

스퍽!

"컥!"

그때 염탕의 목을 베어가던 풍고수가 답답한 신음을 토해내며 뒤로 튕겨졌다.

그의 목 한복판에는 한 자루 검이 칼코등이와 검파만 남긴 채 깊숙이 꽂혀 있었다.

그자의 목 뒤로 빠져나온 검신에는 피가 흠뻑 묻어 있는 사이로 '팔룡(八龍)'이라는 두 글자가 새겨져 있었다.

설영의 팔룡검이었다. 다급한 그가 자신의 검을 던져서 염탕의 목을 베려던 풍고수를 죽인 것이다.

염탕을 구하려고 무작정 몸을 날렸던 단랑은 그를 안은 채 땅바닥에 나뒹굴었다.

단랑을 상대하고 있던 두 명의 풍고수가 그런 기회를 놓칠 리가 없다. 그들은 득달같이 단랑과 염탕을 향해 덮쳐 가면서 무시무시하게 검을 휘둘렀다.

숨이 넘어가고 있는 염탕을 안은 채 바닥에 뒹굴어 있는 단랑은 덮쳐 오는 두 명의 풍고수를 쳐다보면서 얼굴이 절망으로 가득 물들었다.

그 광경을 보고 있는 설영은 다급했다. 그러나 거리가 너무 멀었다. 그는 재빨리 주위를 살피다가 이 장 반 거리에서 세 명의 풍고수를 상대로 혈전을 벌이고 있는 반호와 오장보를 발견했다.

반호와 오장보는 염탕이 당했다는 것도, 단랑이 위기에 처했다는 사실도 알지 못했다.

그들의 귀에는 아무것도 들리지 않았다. 그저 살아남기 위해서 실성한 것처럼 검을 휘두르고 있을 뿐이었다.

순간 설영은 땅에 떨어져 있는 검 두 자루를 양손으로 집어 들자마자 단랑을 덮쳐 가고 있는 두 명의 풍고수를 향해 힘껏 던졌다.

이어서 그 즉시 또 한 자루의 검을 집어 반호와 오장보를 상대하고 있는 세 명의 풍고수를 향해 펄쩍 뛰듯이 덮쳐 가며 다급히 소리를 질렀다.

"오형님! 랑 누님을 공격하는 자들에게 활을 쏴요!"

설영이 두 자루 검을 던지고, 또 한 자루 검을 집어 들고는 풍고수들에게 덮쳐 간 것은 눈 한 번 깜빡일 정도로 짧은 시간에 벌어진 일이었다.

쩌르릉!

설영이 곧장 덮쳐 가면서 아미파의 절학인 화우뢰격검을 전개하자 천둥소리가 터지며 두 줄기의 자색 검기가 두 명의 풍고수 배후를 향해 뿜어졌다.

그러자 그들은 움찔 놀라더니 감히 방심하지 못하고 급히 몸을 틀어 피하고, 또 검을 휘둘러 튕겨냈다.

그사이에 반호는 검을 놓자마자 두 손으로 각각 어깨에 메고 있던 철봉과 화살을 뽑아 들었다.

그가 왼손의 철봉을 움켜잡고 가슴 앞으로 쭉 뻗어 세우는 동작을 취하는 사이에 치잉! 하는 소리와 함께 철봉은 철궁으로 변해 있었으며, 어느새 오른손으로 뽑은 두 발의 화살을 활시위에 재는가 싶더니 벌써 쏘아내고 있었다. 실로 놀라운 순발력이었다.

타앙!

묵직하면서도 경쾌한 음향을 터뜨리면서 강철을 수백 차례 두드려서 만든 두 발의 화살, 즉 강전(鋼箭)이 단랑 쪽을 향해 빛과 같은 속도로 쏘아갔다.

설영이 다급히 던져 낸 두 자루 검은 대단한 위력을 지니고는 있지만 단랑과 염탕에게 덮쳐들던 두 명의 풍고수를 죽이지는 못했다.

하지만 그들로 하여금 일순간 공격을 멈추고 검을 휘둘러 쏘아오는 검을 튕겨내게 만들어, 죽기 직전에 놓였던 단랑과 염탕을 잠시나마 구해줄 수는 있었다.

째쨍!

두 명의 풍고수는 검을 튕겨낸 직후 자신들을 향해 쏘아오는 두 발의 강전이 이미 반 장까지 쇄도하고 있는 것을 발견하고 안색이 급변했다.

쩡!

퍽!

"크윽!"

한 명은 급히 검을 휘둘러 철전을 튕겨냈지만, 다른 한 명은 재빨리 상체를 비틀어 급소는 피했으나 철전이 왼쪽 팔꿈치 위쪽에 꽂혔다.

철전의 힘이 얼마나 강했는지 철전이 꽂힌 그의 팔이 허공으로 휙 딸려 가는가 싶더니, 급기야 몸까지 허공으로 일 장 반이나 둥실 솟구쳐 올랐다.

철전을 튕겨낸 자는 철전에 실린 강력한 힘 때문에 한순간 자세가 약간 흐트러졌다.

팍!

"흐악!"

그 순간 땅바닥에 염탕을 안고 쓰러져 있던 단랑이 절호의 기회를 놓치지 않고 즉시 검을 휘둘러 그자의 하체를 뭉텅 잘라 버렸다.

그자는 무릎 윗부분이 통째로 잘려 바닥에 나뒹굴며 미친 듯이 허우적거렸다.

단랑은 눈을 세모꼴로 뜨고 검을 휘둘러 허우적거리는 풍고수의 목을 잘랐다.

그것으로써 단랑과 염탕은 잠시나마 위기에서 벗어날 수가 있게 되었다.

반호는 한효령과 청랑이 상대하고 있는 네 명의 풍고수에게도 두 발씩 연이어 네 발의 강전을 쏘아냈다.

그사이에 설영은 오장보와 함께 세 명의 풍고수를 상대로 치열한 싸움을 벌이고 있었다.

설영이 두 명을, 오장보가 한 명을 상대하게 되니까 사뭇 여유가 있었다.

설영이 비록 다치기는 했지만 풍고수 두 명을 상대하는 것은 그다지 어려운 일이 아니었다.

한효령과 청랑이 상대하던 네 명의 풍고수는 느닷없이 자신들의 급소를 향해서 정확하게 쏘아온 네 자루 강전을 피하고 튕겨내느라 찰나지간 미미한 허점을 드러냈다.

한효령과 청랑은 그 순간을 놓치지 않고 즉시 두 명의 풍고수를 향해 번개같이 검을 찔러갔다.

그러나 풍고수들의 허점은 워낙 미미했고, 또한 너무도 짧은 순간이었다.

더구나 공격을 받지 않는 다른 두 명이 한효령과 청랑을 공격해 오자 쏘아가던 그녀들은 도리어 움찔 몸을 사렸다.

타앙! 탕!

쐐애액!

바로 그 순간 반호가 발사한 네 발의 강전이 또다시 맹렬한 기세로 날아오자 네 명의 풍고수는 방금 전보다 더 큰 허점을 보이며 적잖이 당황했다.

팍! 퍽!

"큭!"

"흑!"

네 명의 풍고수는 쏘아오는 강전과 공격해 오는 한효령, 청랑 사이에서 당황하여 주춤거리다가 그중 한 명이 한효령의 검에 귀 아래 목을 깊숙이 찔렸으며, 청랑의 검은 다른 한 명의 목을 노렸으나 어깨를 찌르는 것에 그쳤다.

 한효령은 한 명을 죽인 여세를 몰아 풍고수의 목에 검을 찔러 넣은 상태에서 손목을 약간 틀어 검신이 수평이 되게 하는 즉시 맹렬하게 옆으로 뿌리치듯이 그었다.

 파팍!

 "큭!"

 한효령의 검은 풍고수의 목 절반을 자르면서 튀어나가 바로 옆에 있던 또 다른 풍고수의 머리 옆으로 파고들어 반대편으로 빠져나왔다.

 목 한복판이 뚫린 후에 목 절반이 잘려 나간 자와 머리 절반이 통째로 잘린 자가 나란히 뒤로 쓰러졌다.

 그때 청랑은 자신이 어깨를 찌른 자의 심장을 다시 한 번 깊숙이 찌르고 있었다.

 그녀들을 상대했던 네 명의 풍고수 중 마지막 한 명은 훌쩍 신형을 날려 사정권 밖으로 벗어나더니, 곧 아미파 제자들이 있는 곳으로 쏘아갔다.

 "헉헉헉……."

 "하아… 하아아……."

 한효령과 청랑은 거칠게 숨을 몰아쉬며 헐떡였다.

혈천(血戰)

설영은 어깨와 팔, 옆구리에 부상을 입은 상태에서 계속 피를 흘렸지만, 두 명의 풍고수를 상대로 시종 기선을 잡은 채 맹렬히 몰아붙이고 있었다.

그의 검에서는 아미파의 실전된 절학인 화우뢰격검과 적멸검법, 자우파풍검법. 설무검에게 배운 초일검류, 그리고 검풍루에서 배운 살수검법인 월인자삭까지 무려 다섯 종류의 검법들이 숨 쉴 틈 없이 소나기처럼 쏟아져 나왔다.

심지어 어떨 때는 자우파풍검법에 초일검류가, 적멸검법에 월인자삭의 변화가 뒤섞여서 전개될 때도 있었다.

그 검법들의 변화 하나하나를 완벽하게 이해하거나 동작을 터득하지 못했다면 도저히 전개할 수 없는 고난이의 임기응변 수법이었다.

설영을 상대하고 있는 두 명의 풍고수는 정신을 차리지 못하고 방어에만 급급했다.

두 명의 풍고수로서는 설영이 전개하고 있는 검법들이 하나같이 절묘하면서도 생전 처음 보는 것들뿐이었다.

지금 설영은 풍고수들에게 자신이 얼마나 많은 검법을 알고 있는지 자랑하려는 것이 아니다.

다수의 강적들을 상대로 하는 근접 싸움에서는 자신이 알고 있는 검법들 중에서 과연 어떤 검법이 제일 적합한지를 시험하고 있는 중이었다.

그 결과 그는 마침내 찾아내고 말았다. 그러나 그것은 한 가지 검법이 아니었다.

검풍루의 살수검인 월인자삭에 자우파풍검법의 변화를, 혹은 월인자삭에 초일검류의 이초식 천궁류나 삼초식 전광류를 가미시키는 방법이었다. 이른바 그가 재창조해 낸 복합검법인 셈이다.

검풍루의 월인자삭은 초식만이 있을 뿐 변화가 없다. 단, 지독하게 빠른 쾌검이다.

설영은 번개같이 팔룡검을 찔러가다가 떨쳐 내는 동작을 취하면서 월인자삭의 쾌검 말미에 자우파풍검법의 자색 꽃을 피워냈다.

원래는 허공중에 여러 송이를 피워냈다가 꽃송이가 사라지면서 자색의 빛살이 뿜어져 나가지만, 설영은 상대가 강적이라서 단 한 송이 자색 꽃만을 피워냈다. 한 송이인만큼 대단히 위력적인 것은 말할 것도 없다.

시험은 끝났다. 이제 실전이다.

쩌르릉!

설영의 팔룡검이 허공을 쪼갤 듯이 세로로 그어대며 뇌성벽력음을 터뜨렸다. 화우뢰격검이다.

두 명의 풍고수는 지금껏 몇 차례 화우뢰격검의 무서움을 경험했던 터라 다음 순간 검기가 발출될 것이라 직감하고 즉시 방어에 들어갔다.

그렇지만 뇌성벽력 직후에 뿜어져야 할 자광의 검기는 이어지지 않았다.

파아앗!

그 대신 월인자삭의 쾌검이 방어초식을 전개하고 있는 풍고수 한 명의 가슴으로 파고들었다.

그 순간 월인자삭은 어느새 자우파풍검법으로 급변하여 팔룡검 검첨에서 한 송이 자색 꽃이 번쩍 피어나는가 싶더니, 찰나지간에 꽃이 사라지고 한줄기 자색 빛살이 폭발하듯이 뿜어졌다.

퍽!

"끅!"

자색 빛살은 풍고수의 심장을 고스란히 관통하여 등 뒤로 튀어나와 일 장이나 뻗어갔다.

뿜어지는 새빨간 피에 뒤섞인 자색 빛살의 모습은 눈부시게 아름답기까지 했다.

살아남은 풍고수가 움찔 놀랄 때, 설영의 팔룡검이 다시 월인자삭의 수법으로 급변하여 그를 향해 수평으로 흐르다가 순식간에 초일검류의 전광류로 변환했다.

번쩍!

풍고수는 자신의 눈앞에서 눈부신 섬광이 작렬하는 것을 생애 마지막으로 보았다.

투악!

전광류의 검기는 풍고수의 머리를 통째로 날려 버렸다.

"어머니, 모두 데리고 이쪽으로 오세요."

두 명의 풍고수를 죽인 설영은 오장보가 상대하고 있는 풍고수를 향해 미끄러져 가면서 싸울 상대가 없어 두리번거리고 있는 한효령을 보며 재빨리 전음을 보냈다.

한효령과 청랑은 즉시 단랑에게 달려갔다.

단랑은 염탕을 품에 안은 채 땅바닥에 주저앉아 넋을 잃은 표정으로 멍하니 허공만 바라보고 있었다. 그녀의 뺨으로 눈물이 흘러내리고 있었다.

염탕의 뻥 뚫린 가슴에서는 여전히 피가 꾸역꾸역 흘러나오고 있었다.

"정신 차려!"

한효령이 소리치자 단랑은 풀어진 표정으로 중얼거렸다.

"넷째가 죽었어요. 염탕이……."

"아직 죽지 않았어요!"

염탕을 살피던 청랑이 나직이 외쳤다.

"아… 아직 안 죽었어?"

청랑이 염탕의 상처 부위 몇 군데 혈도를 눌러 지혈을 하면서 빠르게 대답했다.

"아슬아슬하게 심장을 비껴났어요. 하지만 이대로 놔두면 반 각을 넘기지 못하고 죽게 될 거예요."

단랑은 눈물을 펑펑 흘리면서도 반색을 하며 급히 염탕을 굽어보았다.

"정말이야?"

그때 염탕이 눈을 반쯤 뜨고 얼굴을 일그러뜨리며 씹어뱉듯이 중얼거렸다.

"으으… 이런 지미럴… 푼수 그만 떨고… 어떻게 좀 해봐라. 아파 죽겠어……."

"하하하! 이 자식! 형님한테 못하는 소리가 없구나!"

단랑은 앞뒤에서 한효령과 청랑의 보호를 받으면서 염탕을 안고 달리며 유쾌하게 웃었다.

청랑은 달리면서 불현듯 힐끗 한쪽을 쳐다보다가 착잡한 표정을 떠올렸다.

그녀의 시선이 멈춘 곳 땅바닥에는 소도천과 백무평이 한데 뒤엉긴 채 피투성이가 되어 죽어 있었다.

한효령과 청랑, 단랑, 염탕 등이 근처에 당도했을 때, 설영은 막 자우파풍검법의 자색 빛살로 오장보가 상대하던 풍고수의 심장을 꿰뚫고 있었다.

"어머니, 사형님을 치료해 주세요."

설영은 단랑이 안고 있는 염탕을 힐끗 보면서 걱정스러운 표정으로 한효령에게 부탁했다.

원래 한효령은 의술에도 조예가 깊은 편이어서 웬만한 의원보다 나았다.

바닥에 내려놓은 염탕을 한효령이 치료하는 동안 설영은 남은 사람들에게 원을 형성하여 두 사람을 보호하는 인의 벽을 치게 했다.

이어서 일행을 한 차례 둘러보다가 얼굴이 어두워졌다. 설영 자신을 비롯하여 무사한 사람은 한 명도 없었다.

그나마 옆구리와 어깨, 팔에 깊지 않은 상처를 입은 설영이 제일 나은 편이었다.

염탕을 제외하고는 복부를 깊이 찔린 오장보의 상처가 가장 심각했으며, 그다음이 허벅지를 절반 가까이 깊게 잘려서 절뚝거리는 반호. 등허리를 길게 베인 단랑, 목과 옆구리를 가볍게 베인 청랑. 팔과 등, 다리에 십여 군데 가볍게 찔리고 베인 한효령 등의 순서였다. 그들은 간단하게 지혈만을 한 상태에서 분전하고 있는 중이었다.

설영은 빠르게 주위를 둘러보며 현재의 상황을 살폈다.

시간이 얼마 지나지도 않은 것 같은데 살아 있는 아미파 제자들은 채 백오십여 명도 안 되는 듯했다.

주변은 말 그대로 시산혈해(屍山血海)였다. 시체들은 거의 대부분 아미파 제자들이었다. 피비린내가 진동을 해서 속이 메슥거릴 지경이었다.

일방적인 살육은 아직도 진행 중이었다. 곳곳에서 아미파 제자들의 애절한 비명 소리가 끊이지 않고 계속 이어졌다.

그나마 다행스럽게도 아미파 제자들은 뒤늦게 한곳에 모여서 싸우고 있었다.

창령 신니의 모습은 보이지 않았다. 설영은 한곳에 모여 바글거리면서 싸우는 아미파 제자들 중에서 창령 신니의 모습을 찾으려다가 포기했다. 지금은 그녀를 찾는 것이 그리 중요하지 않기 때문이었다.

그는 다시 재빨리 주변의 시체들 중에서 풍고수를 찾아 헤아려 보았다. 그들은 전부 설영 일행에 의해 죽임을 당해 이 근처에만 널려 있었다.

모두 스물한 구였다. 그렇다면 남아 있는 풍고수는 아직도 칠십구 명이나 된다는 것이다.

설영은 맥이 탁 풀렸다. 스물한 명을 죽이는 데에도 지금처럼 만신창이가 됐는데, 스물한 명의 세 배 반에 가까운 칠십구 명이나 남아 있다니. 마치 사막 한가운데에 홀로 서 있는 막막한 기분이 들었다.

"으악!"

그때 문득 아미파 제자들 쪽에서 한마디 비명 소리가 들렸다.

설영은 눈을 깜빡이다가 가볍게 놀라는 표정을 지었다. 방금 비명 소리가 남자의 것이기 때문이었다.

잘못 들은 것이 아니었다. 끊임없이 이어지는 아미파 제자들, 즉 여자들의 날카로운 비명 소리 사이에 들려온 것은 틀림없이 굵직한 남자의 비명 소리였다.

설영은 급히 비명 소리가 들려온 쪽을 쳐다보았으나 풍고수들과 아미파 제자들이 한데 뒤엉켜서 싸우고 있는 광경만 보일 뿐 방금 비명 소리의 주인은 찾을 수가 없었다.

하긴, 죽었으면 땅에 쓰러져 있을 텐데 쉽사리 눈에 띌 리가 없을 것이다.

비명 소리의 주인은 찾지 못했지만, 그는 한 가지 사실을 깨달을 수 있었다.

비명 소리의 주인은 바로 풍고수다. 이곳에 남자라고는 설영 일행과 풍고수들뿐이다.

그런데 설영 일행은 모두 이곳에 모여 있으니, 저쪽에서 터진 비명 소리와는 하등의 상관이 없으므로 방금 죽은 자는 풍고수이고, 또한 아미파 제자들이 그를 죽인 것이 분명하다.

설영은 안력을 돋우어 아미파 제자들 쪽의 숲 속 바닥을 재빨리 살펴보았다. 그리고 그는 발견했다.

아주 드물기는 하지만, 여기저기 풍고수들이 널브러져 있는 것을. 그리고 그들은 모두 죽었다.

설영이 발견한 풍고수의 시체는 네 구에 불과하지만, 중요한 것은 아미파 제자들이 그들을 죽였다는 사실이다.

그녀들은 더 이상 순한 양 떼가 아니었다. 백오십여 명의 동료들을 잃고 나서야 자신들도 그렇게 죽을 수 있다는 사실과 죽지 않으려면, 아니, 죽더라도 악착같이 싸우다가 죽어야 한다는 사실을 깨달은 것이다.

곤수유투(困獸猶鬪). 짐승이라고 할지라도 위급한 처지에 빠지면 오히려 적을 향해 덤벼들어 싸운다고 하더니, 과연 옛

말이 틀리지 않았다.

 조금 전에 설영은 숲 속을 대충 둘러보면서 아미파 제자들이 어떻게 싸우고 있는지에 대해서는 관심을 갖지 않았었다. 그녀들이 변변하게 반항조차 못하고 지리멸렬하던 선입견이 머릿속에 남아 있었기 때문이다.

 그런데 지금 새삼스럽게 다시 쳐다본 그의 눈에 비친 광경은 자못 눈을 의심하게 만들었다.

 아미파 제자들, 아니, 천추고수들은 누구 할 것 없이 모두 악바리로 변해 있었다.

 도망치려고 하던 그녀들은 맞서 싸우기로 생각만 바꾼 것이 아니라 싸우는 방식까지 바꾼 것 같았다.

 아미파 천추고수들 전원은 두 겹의 원 하나를 형성하여 바깥의 원은 오른쪽으로, 안쪽의 원은 왼쪽으로 회전하면서 싸우고 있었다.

 그녀들이 형성하고 있는 원은 폭이 칠, 팔 장가량으로 두 겹이라고는 하지만 백오십여 명이 만든 것치고는 규모가 매우 작고 빼곡했다.

 바깥 원과 안쪽 원의 사람들이 서로 반대 방향으로 회전하면서 부딪치지 않을까 우려될 정도였다.

 설영은 아미파 천추고수들이 형성한 원을 잠시 쳐다보는 중에 몇 가지 사실을 깨닫고 가볍게 놀라는 표정을 지었다.

 아미파 천추고수 백오십여 명이 형성한 두 겹의 원은 각기 다른 방향으로 회전을 하고 있지만 추호도 부딪치거나 얽히는 일이 없었다.

또한 바깥 원, 즉 외원(外圓)을 형성하고 있는 칠십여 명은 서로 어깨가 맞붙을 정도로 밀착해서 싸우고 있는데, 그녀들이 싸우다가 지치면 재빨리 뒤로 두어 걸음 물러나고, 안쪽의 원, 즉 내원(內圓)을 이룬 칠십여 명이 재빨리 바깥으로 자리 이동을 하여 풍고수들과 싸웠다.

그런데 신기하게도 서로 위치를 바꾸는 과정이 너무도 일사불란해서 추호도 부딪침이 없었다.

외원의 칠십여 명이 두어 걸음 뒷걸음치면서 슬쩍 옆으로 비껴서는 자세를 취하면, 내원의 칠십여 명이 그 틈으로 두어 걸음 재빨리 걸어나오면서 역시 어깨를 약간만 틀어 비껴서는 자세를 취하며 자리를 바꾸는데, 매끄럽기 짝이 없는 동작이었다.

그것을 보면 그녀들이 평소에 부단한 연습을 했다는 사실을 알 수 있었다.

또 다른 한 가지는, 그녀들의 원이 이동을 하고 있다는 것이다. 이동하는 것만이 아니라 원의 형태가 세로 혹은 가로로 길쭉하거나 뭉툭하게 쉴 새 없이 변하고 있었다.

그러다가 어느 순간 원의 한쪽이 확 벌어지면서 그곳으로 두세 명의 풍고수들을 빨아들였다.

그것은 마치 괴물이 순식간에 입을 벌려 먹이를 집어삼키는 것과 비슷한 광경이었다.

아무리 날고기는 풍고수라고 해도 겨우 두세 명이 원 안에 갇혀서는 어찌해 볼 재간이 없었다.

원이 풍고수들을 집어삼킨 직후, 내원을 형성하고 칠십여 명이 일제히 몸을 돌려 원 안에 갇힌 풍고수들을 집중적으로 공격하기 때문이었다.

두세 명의 풍고수들이 칠십여 명의 아미파 천추고수들을 당해낼 수는 없는 일이니 속수무책일 수밖에 없는 것이다.

아미파 천추고수들은 그런 변칙적인 방법으로 풍고수들을 죽이고 있는 것이었다.

'진(陣)이다!'

설영은 그것이 하나의 진이라는 사실을 깨달았다.

사실 그것은 아미파의 보타연환대진(普陀連環大陣)이었다.

아미파의 진은 소림사나 무당파의 절진처럼 유명하지도 위력적이지도 않지만, 지금과 같은 상황에서 전개하기에는 너무도 시기적절했다.

창령 신니가 제자들을 한곳으로 모으려고 했던 것은 보타연환대진을 전개하기 위해서였다.

설영 일행이 싸우고 있는 동안에 그녀는 악전고투하며 제자들을 끌어 모아 간신히 진을 전개할 수 있었다.

풍고수들은 보타연환대진을 포위한 채 숨 쉴 틈을 주지 않고 공격을 퍼부어 아미파 천추고수들을 죽이고 있었다.

아미파 천추고수들은 최대한 항거하고 버티면서 이따금씩 풍고수를 진 안으로 집어삼켜 죽였다.

여태껏 변변한 반격조차 못하고 지리멸렬하던 것에 비하면 굉장한 변화고 발전이었다.

보타연환대진에 의해서 지금까지 죽은 풍고수는 도합 열두 명이었다.

그렇다면 현재 남아 있는 풍고수는 육십칠 명이다. 그 정도라고 해도 아미파 제자들과 설영 일행을 전멸시키기에는 충분한 숫자였다.

풍고수 육십칠 명은 모두 보타연환대진 둘레에 집결하여 싸우고 있는 중이었다.

그래서 설영 일행과 싸우던 풍고수들이 모두 죽었는데도 신경을 쓸 겨를이 없었던 듯했다.

훼방꾼인 설영 일행이 다시 싸움에 끼어들지 않는 한 풍군은 먼저 싸움을 걸어오지 않을 듯했다.

풍군의 목적은 아미파 천추고수들을 전멸시키는 것 같았다.

아미파가 보타연환대진을 전개하여 버티고는 있지만 풍군의 적수가 되지 못한다는 사실은 여전히 변함이 없었다.

원래 반 시진쯤 걸릴 전멸을 한 시진 정도로 조금 늘렸을 뿐이었다.

그러나 설영은 이 싸움을 방관하거나 이곳을 떠날 생각 같은 것은 추호도 없었다.

아미파를 구하기 위해서가 아니라 저 싸움터 한복판에 한효령의 사매인 창령 신니가 있기 때문이었다.

설영은 염탕을 치료하고 있는 한효령을 돌아보았다.

"어머니께서는 사형님을 데리고 안전한 장소로 벗어나도록 하세요."

이어서 심한 중상을 입은 오장보와 반호를 쳐다보았다.

"두 분 형님도 이곳을 벗어나서 상처를 치료하세요."

그때 간단한 치료를 끝낸 한효령이 벌떡 일어나 염탕을 가리키면서 오장보와 반호에게 거의 명령처럼 말한다.

"두 분은 상처가 심하니까 이 사람을 데리고 떠나세요."

오장보와 반호는 잠시 우물쭈물하는 듯하더니 갑자기 가슴을 펴며 당당하게 항의했다.

"저희는 가지 않겠습니다."

"그럼 이 사람을 이대로 내버려 둘 건가요?"

그때 염탕이 일어나려고 버둥거리면서 외쳤다.

"이런 빌어먹을 놈들! 내가 무슨 짐짝이냐? 내버려 둬라! 나도 싸우겠다!"

그러다가 자신을 굽어보고 있는 한효령과 눈이 마주치자 얼른 눈을 내리깔며 더듬거렸다.

"죄… 송합니다, 어… 머니."

설무검과 설영 형제에게 어머니면 형제들 모두의 어머니라고 할 수 있다.

 모두들 그렇게 생각하고 있었지만 '어머니'란 호칭을 입 밖에 낸 사람은 염탕이 최초였다.

 한효령은 엄숙한 표정을 지었다. 그러자 설영을 제외한 모두 은근히 긴장했다.

 "다섯째와 막내가 넷째를 데리고 즉시 이곳을 떠나라."

 한효령은 지금 이 상황에서만 모두의 어머니가 되기로 작정을 했다.

 "어서!"

 반호와 오장보가 머뭇거리자 한효령은 발을 구르며 낮게 호통을 치고는 설영을 재촉했다.

 "영아, 우린 가자."

 그녀는 설영의 대답을 듣기도 전에 싸움터를 향해 바람처럼 달려가고 있었다.

 그 뒤를 설영과 단랑, 청랑이 쏘아가고, 반호와 오장보, 염탕만 덩그러니 남았다.

 설영과 한효령, 단랑, 청랑이 보타연환대진을 향해 달려가자 진을 공격하고 있던 풍고수 열다섯 명이 즉시 마주 쏘아오고 있었다.
 설영과 한효령은 자신들 네 명을 상대하기 위해서 풍고수 열다섯 명이 쏘아오자 두렵기보다는, 아미파 제자들이 그만큼 짐을 덜었을 것이기에 다행이라는 생각이 들었다.
 그렇지만 열다섯 명의 풍고수들이 점차 가까이 접근해 올수록 네 사람의 얼굴에는 극도의 긴장이 팽팽하게 떠올랐다.
 그때 문득 설영은 쏘아오는 풍고수들의 뒤쪽 멀리에 한 인물이 우뚝 서 있는 것을 발견했다.

그 인물은 발목까지 이르는 긴 녹포로 온몸을 감쌌으며, 희끗희끗한 반백의 수염을 길렀고, 보통 사람들보다 머리 하나 정도는 더 큰 키와 장대한 체구의 소유자였다.

설영은 오십대 중반쯤 돼 보이는 녹포인이 풍군의 우두머리라고 직감했다.

격전장에서 십오륙 장이나 멀찍이 떨어져 있었기에 여태껏 눈에 띄지 않았던 것이다.

풍군의 우두머리쯤 되면 분명히 설영이나 한효령보다는 고강할 것이라고 생각해야 한다.

만약 그가 싸움에 뛰어든다면 판도가 지금하고는 크게 달라질 것이 분명했다.

그러나 그때 일은 그때 가서 걱정하고, 지금은 목전까지 쇄도하고 있는 열다섯 명의 풍고수를 쓰러뜨려야 하는 것이 급선무였다.

설영은 오른손의 팔룡검을 힘껏 움켜잡으면서 공력을 극한까지 끌어올렸다. 그리고는 힐끗 좌우를 둘러보았다.

한효령과 단랑, 청랑 모두 극도로 긴장한 얼굴에 이를 악물며 결연한 표정을 짓고 있었다.

그녀들을 보자 설영의 가슴 깊은 곳에서 활화산처럼 투지가 활활 불타올랐다.

'좋아! 한번 해보자!'

무릇 인생이 몹시 허망하다고 여기거나, 아니면 반드시 살아남아야만 할 뚜렷한 목적이 있다면 죽음은 그다지 두려운 존재가 아니다.

물론 설영은 후자다. 그의 뇌리로 그가 앞으로 살아가면서 사랑해야 할 사람들의 모습이 명멸해 갔다.

휘익!

"사형님을 잘 부탁합니다."

반호는 격전장에서 삼백여 장쯤 뚝 떨어진 바위 아래 음푹한 곳에 염탕을 밀어 넣고는 즉시 신형을 날리며 나직이 외쳤다.

"오형님!"

염탕을 바위 아래 깊숙이 평평한 곳에 똑바로 눕히고 있던 오장보가 놀라서 다급히 외치며 몸을 일으켰지만 반호는 뒤도 돌아보지 않고 쏘아갔다.

오장보는 반호를 뒤따르려고 막 몸을 날리려다 뚝 멈추고는 착잡한 표정으로 염탕을 돌아보았다.

염탕은 눈을 지그시 감고 있는데 잠이 들었거나 혼절을 한 것 같았다. 그의 안색이 유난히 창백하게 보였다.

오장보는 반호가 시야에서 사라지는 것을 지켜보다가 묵묵히 염탕 옆에 앉았다.

이어서 염탕을 잠시 살펴본 후 자신의 복부 상처를 간단하게 치료하고는 운공조식에 들어갔다.

운공조식은 원래 진기를 삼 주천해야 되지만 오장보는 이 주천만 하여 체내의 끊어진 혈맥을 잇고 내장의 피를 지혈하고는 눈을 떴다.

이어서 그는 풀을 뜯고 낙엽을 모아 염탕의 몸에 고루 덮어주었다. 그의 몸을 따뜻하게 해주는 동시에 적들로부터 은폐시키려는 의도였다.

오장보는 겉옷을 찢어 자신의 상처 부위인 복부에 단단히 동여 묶었다.

그렇게 하면 심하게 움직이더라도 상처를 통해서 내장이 흘러나오는 일은 없을 것이다.

만약 조금만 아래쪽을 찔렸으면 단전이 파훼됐을 것이고, 위쪽을 찔렸으면 간이나 폐를 크게 다쳤을 텐데 이 정도인 것이 다행이라는 생각을 했다.

물끄러미 염탕을 굽어보는 오장보의 얼굴에 갈등이 역력하게 떠올랐다.

염탕을 혼자 두고 갈 것인가, 아니면 이곳에서 그를 돌보고 있을 것인가 고민하는 것이었다.

그때 염탕이 눈을 감은 채 조용히 중얼거렸다.

"여섯째야, 고민할 것 없다. 나는 여기에서 잠시 쉬고 있을 테니 어서 달려가서 막내를 도와라."

"사형님……."

오장보는 일렁이는 표정으로 잠시 염탕을 바라보다가 천

천히 일어섰다.

"사형님, 소제가 돌아올 때까지 편히 계십시오."

"여섯째야……."

염탕이 깜짝 놀라는 표정을 지으면서 눈을 뜨며 무슨 말인가 하려는데 오장보는 조금 전에 반호가 사라졌던 방향으로 쏜살같이 쏘아갔다.

순간 염탕은 상체를 벌떡 일으켰다가 가슴을 움켜잡으면서 몹시 고통스러운 표정을 지으며 울화통을 터뜨렸다.

"으으으… 가랜다고 정말 가냐? 나… 쁜 놈… 돌아오면 혼구멍을 내… 주겠다… 아구구… 나 죽는다……."

설영은 이미 자신의 능력을 두세 배 이상 쏟아낸 상태에서도 쓰러지지 않고 있었다.

"헉헉……."

오른손에 쥐고 있는 팔룡검이 수만 근의 무게로 느껴졌다.

그런데도 그는 검을 휘두르고 있었다. 휘두를 뿐만 아니라 연속적으로 월인자삭과 자우파풍검법, 월인자삭과 천궁류 혹은 전광류를 전개하고 있는 중이었다.

그는 자신의 공력이 이미 완전히 바닥을 드러냈을 것이라고 생각했다.

그런데도 여전히 두 발로 땅을 버티고 서서 검초식을 전개하고 있으니 신기한 일이었다.

그것은 설영 자신도 이해하지 못하는 초인적인 능력, 그리고 강인한 정신력의 힘이었다.

그런 초인적인 힘으로 아직도 버티고 있는 사람은 설영과 한효령 두 사람뿐이었다.

두 사람은 서로 등을 맞댄 채 거친 숨을 토해내면서 이리저리 검을 휘두르고 있었다.

사력을 다한다느니, 필사적이니 하는 표현은 지금의 두 사람에게는 어울리지 않았다.

동작을 멈추는 순간 풍고수들의 도검이 자신들의 온몸을 난도질할 것이고, 그리고는 죽을 것이다.

죽음은 이 세상과의 완전한 결별을 의미한다. 그러므로 악착같이 살아야 한다라는 생각만이 두 사람을 지탱시켜 주는 힘의 원천이었다.

두 사람 주위에는 단랑과 반호, 오장보, 청랑이 여기저기 아무렇게나 나뒹굴어 있었으며 그들 모두는 피범벅의 처참한 몰골이었다.

그들은 죽지 않았다. 최소한 반 각 전에 설영이 아직 공력이 남아 있을 당시에는 그들의 숨소리를 확인할 수 있었기 때문에 죽지 않았음을 느낄 수 있었다. 그렇지만 지금은 어떻게 됐는지 알 수가 없었다.

청랑과 오장보, 반호, 단랑의 순서로 차례차례 쓰러질 때마다 설영은 악을 쓰듯이 그들에게 전음을 보냈었다.

'일어나지 마세요! 그대로 누워 있어요! 일어난다고 해서 아무런 도움도 되지 않아요! 제발!'

그리고 그들은 아무도 일어나지 않았다. 아니, 일어날 수가 없었을 것이다.

만약 몸을 일으킬 일국(一掬)의 여력이라도 남아 있었다면 그들은 기어코 일어나서 검을 휘둘렀을 것이다. 그리하여 목이 잘리고 사지가 잘려져 땅에 쓰러져서도 일어나려 버둥거릴 터이다.

지금 설영은 그들의 숨소리를 감지할 만한 기력조차 남아 있지 않았다.

만약 그들이 죽었다면 그 죽음을 슬퍼할 생각은 없다. 기적이 일어나지 않는 한, 잠시 후 설영이나 한효령 역시 그들의 뒤를 따르게 될 테니까.

그렇지만 아마도 기적 같은 것은 일어나지 않으리라.

쉬익!

팔룡검이 허공을 세로로 비스듬히 갈랐다.

설영은 피를 뒤집어쓴 야차 같은 모습으로 어금니를 악물었고, 입에서 흘러나온 피가 턱을 타고 흘러내렸으며, 핏발이 곤두선 두 눈가에서도 피가 흘렀다.

팍!

설영이 머리에서 흐른 피가 눈으로 들어가는 바람에 잠깐 눈을 감았을 때, 그는 자신이 휘두른 팔룡검이 어딘가에 묵직하게 적중된 것을 느꼈다.

　고개를 세차게 흔들어 눈에 고인 피를 털어낸 후 눈을 뜨고 쳐다보자 팔룡검이 풍고수의 목과 어깨 사이를 비스듬히 베고 들어가 가슴에 박혀 있었다. 힘이 없어서 몸을 절단하지 못한 것이다.

　설영이 이 지경이 됐을 때에는 풍고수들은 더 기진맥진한 상태가 되어 있었다.

　더구나 그들에겐 설영과 한효령 같은 극한의 초인적인 능력 혹은 정신력 같은 것이 없었다.

　지금 팔룡검을 가슴에 꽂고 있는 풍고수가 설영 일행을 두 번째로 공격한 열다섯 명 중에 마지막이었다.

　그의 얼굴에는 고통이나 두려움 따윈 떠올라 있지 않았다. 철혈풍운군 정도 되면 고도의, 그리고 극한 수련을 거쳤을 텐데도 지금 그의 얼굴에는 단지 어서 빨리 이 고통에서 벗어나고 싶다는, 어찌 보면 죽여달라는 간절함 같은 표정마저 떠올라 있었다.

　그러면서도 그는 죽음에 항거하듯이 무의식적으로 허우적거렸다.

　팍!

　그것 때문에 그의 손에 쥐어져 있는 검이 설영의 가슴을 스치며 가볍지 않은 상처를 만들어주었다.

　그러나 설영 역시 고통을 느끼지 못했다. 젖 먹던 힘을 다해서 오른손에 힘을 주어 팔룡검을 그어 내렸다.

드극!

팔룡검이 풍고수의 가슴과 배를 가르고 반대편 옆구리로 튀어나왔다.

풍고수의 얼굴에 평온한 표정이 설핏 떠올랐다. 그의 양단된 몸이 뒤로 쓰러질 때 뜨거운 김을 뿌리는 내장이 와르르 쏟아져 나와 바닥에 뿌려졌다.

"하악! 학학학……."

설영은 심장과 허파가 금방이라도 터질 것 같아 미친 듯이 숨을 몰아쉬었다.

마지막 한 명 남은 풍고수를 죽였다는 생각에 긴장이 풀리면서 온몸의 기운이 썰물처럼 빠져나갔다.

그러다가 무너지듯이 한쪽 무릎을 꿇었다. 손에 쥐고 있던 팔룡검이 자연적으로 땅에 꽂혀서 그의 몸을 지탱해 주지 않았으면 앞으로 고꾸라졌을 것이다.

눕지 않아도 좋으니 이대로 잠시 동안만이라도 아무 일이 벌어지지 않았으면 좋겠다는 생각이 들었다. 아니, 그것은 간절한 소망이었다.

"헉헉헉헉……."

사람의 몸에 숨을 쉴 수 있는 기관이 입과 코뿐이라는 사실이 너무도 원망스러웠다. 이럴 때는 가슴을 활짝 열어젖혀서 심장과 허파로 차가운 공기를 파도처럼 쏟아 부을 수 있었으면 좋으련만.

모든 것이 귀찮다고 느끼면서도, 설영의 고개는 한효령을 향해 돌아가고 있었다.

그런데 당연히 그의 뒤에 서 있을 것이라고 여겼던 그녀의 모습이 눈에 띄지 않았다.

설마 하는 마음에서 그의 시선이 땅으로 향하자 거기에 그녀가 쓰러져 있는 모습이 보였다.

그녀는 하늘을 향해 똑바로 누운 채 가슴이 심하게 오르락내리락하는 것으로 미루어 죽지는 않았다. 기력이 고갈됐을 뿐이다. 그녀의 무사함은 천만다행한 일이었다.

다시 설영의 시선이 아미파의 보타연환대진 쪽으로 향하다가 얼굴이 어두워졌다.

보타연환대진은 여전히 느릿느릿 회전하고 있었다. 하지만 그것을 전개하고 있는 아미파 천추고수의 수는 고작 오십여 명에 불과했다.

그녀들 속에서 얼핏 피투성이가 된 창령 신니의 모습을 발견한 것 같았는데, 곧 설영의 시야에서 사라졌다.

보타연환대진 주변에는 아미파 제자들의 시체가 참혹한 모습으로 널려 있었고, 간혹 드물게 풍고수들도 보였다.

현재 아미파를 공격하고 있는 풍고수는 사십일 명이었다. 아미파 천추고수 백여 명이 죽는 대신 풍고수 열한 명을 죽인 것이다. 백 대 십일, 비싼 대가를 치렀다.

풍군은 현재 남아 있는 사십일 명이 전부였다. 이 싸움에서 그들은 무려 오십구 명을 잃었다. 자신들이 그처럼 당할 줄은 예상하지 못했을 것이다. 그러나 결국 이 싸움은 그들의 승리로 끝날 것이다.

　아미파 천추고수들은 그저 겨우 버티고 서서 흔들거리며 거의 무의식적으로 회전하고 있을 뿐이었다. 그녀들이 여태까지 버틸 수 있었던 것은 다수였기 때문인데, 수가 줄면서 기력의 저하도 급속도로 진행된 것이다.

　풍고수들도 기진맥진했지만 아미파 천추고수들을 전멸시키기에는 충분한 능력이 남아 있었다.

　아미파 천추고수들의 모습은 참담했다. 그녀들은 더 이상 승려도 여자도 아니었다.

　온몸에 상처를 입어 피를 철철 흘렸고, 갈가리 찢어진 옷으로 투실투실한 젖가슴과 뽀얀 허벅지와 음부까지 드러냈지만 아무도 자신의 그런 모습에 개의치 않았다.

　그때 설영은 하나의 녹색 물체가 자신 쪽으로 다가오는 것을 느끼고 그곳으로 고개를 돌렸다.

"……."

　녹색 물체는 설영이 풍군의 우두머리라고 추측했던 바로 그 녹포인이었다.

　그는 두 발이 바닥에 닿지 않은 상태에서 가볍게 두 다리를 움직여 미끄러지듯이 설영에게 다가오고 있었다. 절묘한 경공이었다.

 설영은 녹포인을 멍하니 쳐다보기만 할 뿐 아무런 행동도 취하지 않았다.

 손가락 하나 까딱할 힘조차 남아 있지 않은 그가 대체 무엇을 할 수 있겠는가.

 상대는 풍군의 우두머리다. 평소의 설영이라고 해도 당해낼 수 없는 절정고수인 것이다.

 그렇지만 설영의 표정은 그지없이 담담했다. 마치 해탈의 경지에 들어선 노승과도 같은 모습이었다. 이미 죽음을 각오했기 때문이다.

 "영아……."

 녹포인을 응시하고 있는 설영의 등 뒤에서 한효령의 나직한 목소리가 들렸다.

 한효령은 상체를 일으키려고 애쓰면서 만면에 더없이 안타까운 표정을 짓고 있었다.

 기력이 없기로는 설영보다 더한 그녀라서 녹포인이 다가오고 있는 것을 뻔히 보면서도 어찌해 볼 도리가 없었다.

 "영아… 어… 서… 도망쳐라……."

 설영이 도망갈 수 없다는 사실을 알면서도, 그저 그렇게 중얼거릴 뿐이었다.

 스릉!

 삼 장 거리까지 다가온 녹포인의 옷자락이 가볍게 펄럭이면서 젖혀지더니 허리에 차고 있는 한 자루 도를 뽑았다.

거리는 이 장으로 좁혀 들었고, 녹포인은 수중의 도를 어깨 위로 치켜들었다.

녹포인은 순식간에 일 장까지 쇄도했고, 설영은 번뜩이는 도를 쳐다보면서 결국 이렇게 죽는구나라는 생각과 더불어 문득 형 설무검과 단소예의 모습을 떠올렸다.

쉬익!

그는 녹포인의 도가 자신의 머리를 향해 곧장 그어져 내리는 것을 보면서도 눈을 감지 않았다.

대신 눈길을 다른 곳으로 돌렸다. 이승을 떠나는 마지막 순간에 이승의 모습을 마지막으로 보고 싶다는 생각이 문득 들었기 때문이다.

고오오—

퍽!

그때, 한겨울 밤 매서운 북풍이 숲 위를 가로질러 흐르는 듯 아련한 음향에 이어서 잘 익은 수박이 깨지는 듯한 음향이 연이어 터졌다.

쿵!

다른 곳을 보고 있던 설영의 눈앞으로 큼직한 녹색 물체가 육중하게 쓰러졌다.

설영의 눈길이 무심히 그 물체로 향했다. 녹포인이었는데, 어깨 위의 머리를 잃은 채 엎어져 있었고, 오른손에는 설영을

풍고수(風高手) 75

죽이려고 했던 도가 쥐어져 있었다.

그리고 설영은 보았다. 녹포인의 끊어져 나간 목에서 뿜어지는 한줄기 핏물이 곡선을 그으며 허공으로 길게 뻗어 나가고 있는 광경을.

푸스스……

그러더니 녹포인의 몸은 스러져서 한 움큼의 재로 화했고, 그 자리에는 헐렁한 녹포만 남아 있었다.

"형님……"

설영은 적잖이 놀라는 표정을 지으며 입속으로 중얼거렸다. 지금 이 시점에서 그가 떠올릴 수 있는 사람은 설무검 한 사람뿐이었다.

그리고 방금 전에 그가 들었던 겨울삭풍 같은 음향은 검강이 허공을 가르는 소리였다.

설무검이라면 풍군의 우두머리쯤은 일초식에 죽일 수 있을 터이다.

"영아!"

뒤쪽으로부터 쏘아온 설무검과 은자랑이 설영을 날아 넘어 앞에 내려서며 동시에 그를 부둥켜안았다.

"형님… 랑 누님……"

설영은 벙긋 미소를 지으며 두 사람을 쳐다보았다.

설무검은 설영의 양 어깨를 움켜잡고 잠시 뚫어지게 주시하더니, 은자랑에게 설영을 맡기고 자신은 급히 한효령에게

다가갔다.

"어머니."

온몸을 난도질당하다시피 하여 피투성이인 한효령은 설무검의 부축을 받아 상체를 일으켜 앉으면서 보타연환대진을 쳐다보았다.

그녀는 팔을 들어 가리키려 하고, 뭐라고 말을 하려는데 둘 다 여의치 않았다. 그럴 기력이 남아 있지 않은 것이다.

설무검은 그녀가 쳐다보는 곳으로 시선을 주고 나서 고개를 끄덕였다.

"쉬고 계십시오. 다녀오겠습니다."

그 말이 끝나기도 전에 설무검은 이미 보타연환대진으로 쏘아가고 있었다.

아미파 천추고수들을 공격하고 있던 풍고수 몇 명이 이쪽으로 쏘아오고 있는 설무검을 발견하고 대응하려는 움직임을 보였다.

투하악!

그러나 순식간에 삼 장 거리까지 쇄도한 설무검이 혈마룡검을 뽑아 휘두르며 검첨을 가볍게 떨치자 어른 주먹 크기의 시뻘건 고리 하나가 뿜어져 왔다.

쐐애액—

고리는 섬전처럼 쏘아가면서 열 개로 쫙 갈라지더니 마치 제집을 찾아가는 제비처럼 열 명의 풍고수에게 향했다.

피할 수도, 막을 수도 없었다. 그것은 반박귀진의 경지에 도달한 설무검이 전개한 환조신검의 검기였으므로.

퍼퍼퍼퍽!

그리고 일체의 비명도 없었다. 그저 열 개의 핏빛 환들이 열 명의 풍고수 머리통을 어깨 위에서 날려 버렸을 뿐이고, 그들의 목에서 뿜어진 열 줄기의 혈선이 쏘아오고 있는 설무검의 손에 쥐어진 혈마룡검으로 흡수되면서 허공에 아스라한 피 무지개를 만들었을 뿐이다.

조각난 육편과 뇌수, 핏물이 허공에 난무할 때, 설무검은 이미 장내에 당도하여 보타연환대진을 한 바퀴 돌면서 번쩍번쩍 혈마룡검을 휘둘렀다.

그것이 끝이었다. 단지 거미줄처럼 얼기설기 혈선들이 허공을 가로질렀고, 그 직후에 뿌연 피무지개가 피어났다.

평소의 풍고수들이었다면 아무리 설무검이라고 해도 이처럼 간단하게 죽이지 못할 터이다.

그러나 지금 그들은 기력은 거의 고갈되어 평소의 삼, 사 할 정도밖에 남아 있지 않았으니, 설무검이 스쳐 지나가면서 번쩍번쩍 뿜어내는 검기를 뻔히 보면서도 고스란히 당할 수밖에 없었다.

아미파 천추고수들은 흐느적거리면서 검을 휘두르다가 자신들이 상대하고 있던 풍고수들이 갑자기 한 줌의 재로 화하는 것을 발견하고 어리둥절한 표정을 지었다.

회전하던 보타연환대진이 뚝 멈추었다. 아미파 천추고수들은 놀라고, 또 의아한 표정으로 주위를 두리번거리면서 어찌 된 영문인지 몰라 술렁거렸다.

"이모님."

진 밖에 설무검이 우뚝 서서 혈마룡검을 어깨에 꽂으며 조용히 창령 신니를 불렀다.

천추고수들이 설무검을 보면서 주춤주춤 물러나 길을 터주고, 그 사이로 창령 신니의 모습이 보였다.

그녀는 설무검을 보고 있으면서도 믿을 수 없다는 듯 눈을 깜빡거리다가 눈물을 주르르 흘렸다.

"천주……"

설무검은 천천히 그녀에게 걸어갔다. 그 뒤에 은자랑이 따르고 있었다.

아미파 천추고수들이 모두 그렇지만 창령 신니의 모습은 더욱 참담했다.

크고 작은 상처 십여 군데에서 흐른 피와 풍고수들이 흘린 피를 흠뻑 뒤집어썼으며, 입고 있는 옷은 갈가리 찢어져 몇 조각만이 간신히 몸에 붙어 있을 뿐이어서 한쪽 젖가슴과 허벅지, 엉덩이를 훤히 드러낸 모습이었다.

"으흐흑! 고맙습니다……"

창령 신니는 바로 앞에까지 다가온 설무검 품으로 쓰러져 안기면서 울음을 터뜨렸다.

그때 비틀거리면서 이쪽으로 걸어오고 있는 설영이 북쪽 방향을 가리켰다.

"형님, 저쪽에서 철혈풍운군이 곤륜파를 공격하고 있습니다."

설무검은 창령 신니를 조심스럽게 떼어놓고 주위를 한 차례 둘러본 후에 은자랑에게 부탁했다.

"랑아, 곧 중천무림의 토벌대가 도착할 테니 이들을 안전한 곳으로 데려가거라."

"염려마세요, 대가."

은자랑이 미소 지으면서 대답할 때 설무검은 이미 북쪽으로 바람처럼 쏘아가고 있었다.

 뜨거운 차 반 잔쯤 마실 정도의 시간이 흘렀을 때, 설무검은 피 냄새가 코를 찌르고 시체들이 숲 바닥을 뒤덮고 있는 곳에 도착했다.

 그곳에는 백삼을 입은 십여 명의 고수들이 열여섯 명의 곤륜파 천추고수들과 싸우고 있었다.

 아니, 싸운다기보다는 백삼고수들이 일방적으로 곤륜파 천추고수들을 주살하는 중이었다.

 주변에는 곤륜파 천추고수들의 시체가 즐비하게 깔렸고, 백삼고수 시체는 채 열 구도 되지 않았다.

 곤륜파 천추고수 삼백 명이 대부분 죽고 이제 겨우 열여섯 명만 남은 것이다. 그나마도 지금 빠른 속도로 그 수가 줄어들고 있었다.

한쪽 옆에서는 백삼고수 칠십여 명이 모여 서서 물끄러미 싸움을 지켜보고 있었다.

그들의 가슴에는 동그란 원이 그려져 있고, 그 안에 '운(雲)'이라는 한 글자가 수놓아져 있었다. 그들은 철혈풍운군의 운고수였다.

"흐악!"

처절한 비명 소리와 함께 곤륜파 천추고수 두 명이 피를 뿌리며 쓰러졌다.

이제 남은 천추고수는 열네 명뿐. 그들의 모습은 처참했고, 서 있는 것조차 힘에 부칠 정도로 기력이 쇠잔했다.

아미파는 설영 일행 덕분에 오십여 명이나마 살아남을 수 있었고, 풍고수들 절반 이상을 죽였다.

그러나 불행하게도 곤륜파에는 그런 한줄기 행운조차도 따라주지 않았다.

운고수들은 그다지 서두는 것 같지도 않았다. 열 명이 열네 명의 곤륜파 천추고수들을 에워싼 채 공격하다가 기회가 오면 여지없이 살수를 전개하여 거꾸러뜨렸다.

열네 명 중에는 운룡자와 두 명의 장로도 포함되어 있었다. 이미 절망적인 상황인데도 곤륜파 천추고수들 모두는 독이 새파랗게 올라 둥글게 원을 형성하여 서로 등을 맞댄 채 필사적으로 검을 휘두르고 있었다.

숫—

그때 갑자기 허공에서 설무검이 수직으로 급강하하여 곤륜파 천추고수들 한복판에 소리없이 내려섰다.

얼마나 빠르게, 그리고 소리없이 그곳에 나타났으면 곤륜파 천추고수들이나 운고수들마저도 그가 원래부터 그곳에 있었던 것 같은 착각을 일으켰다.

천추고수들이 움찔 놀라서 자신들이 싸우고 있는 중이라는 사실도 잊은 채 설무검을 쳐다보았다.

슈슈슈슉!

그때 설무검이 제 자리에서 한 바퀴 빙글 회전을 하면서 검을 뻗자 천추고수들 몸 사이로 핏빛 검기들 열 줄기가 바퀴살처럼 뿜어졌다.

퍼퍼퍼퍽!

곤륜파를 에워싸고 있던 열 명의 운고수들은 하나같이 머리가 박살났다.

설무검은 중천오세의 수하들을 곱게 죽이고 싶지 않았다. 죽어서도 제 모습을 찾지 못하도록, 귀신이 돼서도 자신의 젯밥을 찾아먹지 못하게 아예 머리통을 박살 내는 것이다.

어차피 혈마룡검에 죽으면 손가락 하나조차 남기지 못하지만, 머리통이라도 박살 내서 죽여야 속이 조금이라도 풀릴 것 같아서였다.

한쪽에 모여 있던 칠십여 명의 운고수들은 한순간 어떻게 된 영문인지 알지 못했다.

설무검이 나타나는 것조차 발견하지 못했는데, 어찌 그가 펼친 수법을 보았겠는가.

머리를 잃은 열 명의 운고수들이 뒤뚱거리면서 뒤로 두세 걸음 물러나거나 비틀거리고 있을 때, 칠십 명의 운고수들이 곤륜과 천추고수들을 향해 곧장 쏘아왔다.

어떻게 된 상황인지는 몰라도 예기치 않았던 일이 벌어졌으며, 그래서 자신들이 나서야 한다는 결정을 내린 것이다.

그들은 한 명도 어물거리는 자 없이 전원이 마치 사전에 그러기로 약속이나 한 듯 일사불란하게 빠른 속도로 해일처럼 밀려오고 있었다.

곤륜과 천추고수들 대부분은 놀라서 주춤거리며 뒤로 물러섰지만, 운룡자와 두 명의 장로는 설무검을 쳐다보았다. 느닷없이 하늘에서 뚝 떨어진 그가 방금 전에 발검하는 것을 얼핏 본 것 같았기 때문이다.

운룡자와 두 명의 장로는 설무검을 처음 보았다. 하지만 그들은 설무검을 보는 순간 똑같은 것을 느꼈다.

머리 위에 하늘을 이고 우뚝 서 있는 천신(天神)의 위용을.

"물러나시오."

그때 설무검이 쏘아오는 운고수들을 주시하며 나직이 중

얼거렸다. 운룡자 등에게 한 말이었다.

 파앗!

 순간 설무검은 운고수들을 향해 쾌속하게 마주 쏘아갔다.

 그가 그 자리에서 운고수들을 맞이한다면 곤륜파 천추고수들이 무사하지 못할 것이기 때문이다. 쏘아가면서 그는 공력을 극한으로 끌어올렸다.

 후우우—

 그의 온몸이 금빛으로 물드는 듯하더니 끝내 몸 전체가 하나의 금빛 불덩어리로 화했다.

 "저것은……!"

 설무검을 주시하던 운룡자의 얼굴이 놀라움으로 물들었다.

 "설… 마 전설의 무극파천황이라는 말인가?"

 그의 중얼거림에 옆에 있던 두 명의 장로, 즉 그의 사제들이 혼비백산했다.

 "장문사형, 오백 년 전 전설적인 신인(神人) 무극성인(無極聖人)의 그 무극파천황이라는 말씀이십니까?"

 "음! 빈도의 눈이 틀리지 않다면 무극파천황이 분명하네. 지금 저 사람의 몸에서 찬란한 금광이 뿜어지고 있는 것은 무극파천황을 극성까지 연공하여 무극신체(無極神體)가 됐다는 뜻일세."

 "오오… 말로만 듣던 무극신체라니……!"

그 순간 설무검은 마주쳐 오는 운고수들의 이 장 전면까지 쇄도하고 있었다.

그의 몸에서 뿜어지던 타오르는 태양 같은 금광은 이 순간 사라지고 없었다.

대신 그의 몸이 반투명한 금옥(金玉)처럼 변해 있었다. 무극파천황을 극한으로 끌어올리면 온몸이 금광에 휩싸여서 불타오르는 것처럼 되며 그것을 거둘 수도, 그대로 유지할 수도 있었다.

원래 무공이란 것은 소수의 강적과 대결을 하기 위해서 필요한 것이다.

지금처럼 다수의 적과 싸울 때에는 환조신검으로 만들어내는 검강이나 검기는 부적절하다.

검강은 절정고수나 그 이상의 초절고수와의 일 대 일 대결에서 절대적으로 필요한 절학이다.

일초식의 검강은 한 자 두께의 철판을 뚫고 거대한 바위를 가루로 만들어 버린다.

검기는 일류고수나 절정고수 사이에 있는 자들을 상대할 때 주로 사용된다.

공력에 따라 위력의 차이가 다르겠지만, 설무검이 전력으로 검기를 발출한다면 다섯 치 정도 두께의 철판을 뚫고 단단한 바위를 쪼개거나 굵고 깊은 구멍을 뚫을 수 있다.

지금 설무검이 상대하려는 운고수들은 일류고수와 절정고

수 사이의 고수들이므로 검기를 사용하는 것이 적절하지만, 그러기에는 적의 수가 너무 많다.

그래서 그는 이 싸움에서 초일검류를 사용할 생각이다. 환조신검은 공력의 소모가 너무 커서 칠십여 명을 모두 죽이는 데에는 적절하지가 않다.

그는 신이 아니므로 아무리 반박귀진의 경지에 도달했다고 해도 계속해서 검강이나 검기를 수십 차례 전개하면 당연히 공력이 소모될 것이고, 끝내 바닥이 드러나면 오히려 화를 자초하게 될 것이다.

이것은 대결이 아니라 전투다. 그러므로 닭을 잡는 데 소를 잡는 칼은 필요하지 않다[割鷄焉用牛刀].

운고수들은 설무검의 온몸이 금광의 불덩어리로 화했다가 다시 금옥처럼 반투명하게 변하는 것을 보고 움찔 적잖이 놀랐지만 피하거나 물러서지 않았다.

그들은 철혈풍운군의 운군인 것이다. 그들이 지니고 있는 자부심은 그들이 지니고 있는 무공보다 훨씬 더 높고 강했다.

설무검이 운고수들의 선두와 충돌하는 순간,

츠으읏!

혈마룡검이 번뜩이며 육안으로 보이지 않을 정도로 빠르게 한바탕 미친 광검무(狂劍舞)를 추었다.

스스슥!

칼날이 살과 뼈를 통째로 베는 소리가 연이어 서너 차례 흘러나왔다.

설무검이 운고수 무리 한복판에 진입하면서 불과 네 명의 목을 베었을 때, 돌연 운고수들 모두가 그 자리에서 감쪽같이 사라졌다.

겨우 한 차례 호흡할 정도의 짧은 시간이었을 뿐이지만, 설무검이 강적임을 간파했기 때문에 최초에 무리를 지어서 덮쳐 가던 방법은 통하지 않는다고 판단하여 작전을 즉시 변경한 것이었다. 실로 정확한 판단이고 신속한 대응이었다.

어느새 육십칠 명의 운고수들은 정확하게 다섯 개의 작은 무리로 나누어져 있었다.

전후좌우와 허공 다섯 방향이다. 무리 지어서 앉아 있는 수십 마리 참새 떼 한복판에 돌 하나를 던졌을 때, 참새들이 순식간에 사방으로 좍 흩어지듯이 실로 혀를 내두를 만큼 기민한 반응이었다.

그러나 설무검은 그들을 놓치지 않았다. 그는 오른쪽으로 방향을 바꾼 열세 명 속에 섞여 있었다.

운고수들은 급격히 방향을 틀어 설무검을 떨쳐 내려고 했지만, 그는 쪼개지는 다섯 무리 중 하나 속에 운고수들과 같은 속도로 달리고 있었다.

자신들의 무리 한복판에 설무검이 속해 있다는 사실을 한 발 늦게 발견한 운고수들이 움찔 놀랄 때,

츠으—

혈마룡검이 설무검 주위 일 장 이내를 찰나지간에 휩쓸었다. 마치 혈룡이 비상하기 위해서 몸을 뒤척이자 핏빛 비늘들이 주위로 흩어지는 듯한 눈부신 광경이었다.

그 일검으로 운고수 세 명의 목이 잘리고, 세 줄기 혈선이 혈마룡검으로 곡선을 그으면서 이어져 빨려 들었다.

스파아아—

순간 그 무리의 나머지 열 명이 세 방향에서 무서운 속도로 설무검을 향해 덮쳐 왔다.

죽은 세 명의 목에서 뿜어진 세 줄기 혈선이 아직 혈마룡검으로 흡수되고 있는 중이었으니, 이들 열 명의 운고수들의 반응이 얼마나 신속한 것인지 짐작할 수 있으리라.

창!

열 명이 덮쳐 오면서 검을 뽑는데도 마치 한 명이 검을 뽑은 듯한 간명한 음향만이 흘렀다.

공격을 가하는 것과 당하는 것은 여유가 있고 없는 것의 차이만이 아니다.

공격하는 쪽은 모든 상황이 일목요연하게 잘 보이지만, 당하는 쪽은 놓치는 것이 많다. 그래서 싸움에 임하는 무림인들이 기선을 잡으려고 애를 쓰는 것이다.

더구나 공격하면서 발출하는 초식이 방어하는 초식보다 위력적이라는 것은 상식이다.

그런 것들은 삼류고수든 초절고수든 누구에게나 적용된다.

설무검은 운고수 일곱 명을 죽이는 사이에 기선을 뺏겨 버리고 말았다.

쐐애액!

슈슈슈슉!

운고수 열 명, 열 자루의 검이 순식간에 설무검을 포위망 안에 가두고 온몸 급소를 찌르고 베어왔다.

카카칵!

설무검은 전면의 앞과 좌우에서 찌르고 베어오는 세 자루 검을 향해 오히려 한 걸음 다가들며 혈마룡검을 그어대자, 세 자루 검이 수수깡처럼 부러지며 그 주인들의 목이 잘려져 허공으로 둥실 떠올랐다.

쿠우웃!

그 순간 배후와 좌우에서 기음이 터졌다. 마치 깊은 동굴 속에서 폭포가 떨어지는 듯한 음향이었다.

그것은 여러 줄기의 검기가 동시에, 그리고 한꺼번에 발출되는 소리였다.

후웃!

설무검은 즉시 신풍연을 전개하여 번쩍 수직으로 솟구치며 아래를 향해 혈마룡검을 떨쳤다.

투우……!

하나의 핏빛 환이 뿜어졌다가 세 개로 나누어지면서 세 명의 머리가 박살났다.

거리가 일 장밖에 되지 않았기 때문에 환을 세 개밖에 나누지 못했다.

만약 반 장 더 멀었으면 네 개, 이 장 거리였으면 여섯 개의 환으로 나눌 수 있었을 터이다.

콰아앗!

그 순간 설무검은 머리 위에서 묵직한 중압감과 마치 소나기가 퍼붓는 듯한 날카로운 예기를 느끼고 가볍게 표정이 변하며 즉시 위를 올려다보았다.

조금 전에 흩어졌던 네 무리 중 허공으로 솟구쳤던 한 무리 십이 명이 커다란 꽃잎의 형태를 이룬 채 무서운 속도로 하강하면서 설무검을 향해 일제히 검기를 발출하고 있는 광경이 보였다.

열두 줄기의 검기가 일직선을 그으면서 허공을 뒤덮은 채 설무검 한 몸을 향해 쏟아져 오고 있었다.

설무검이 다시 고개를 아래로 내렸을 때, 처음에 사라졌던 다섯 무리 중 세 무리 삼십사 명이 지상 일 장 반 높이 사방에서 벽을 형성한 상태에서 쇄도하고 있었다.

사면팔방이 완벽하게 포위됐다. 더 놀라운 것은, 운고수들의 반격이 놀랄 만큼 빠르다는 사실이었다.

쿠아앗!

그 순간 사방과 지상의 운고수들이 일제히 설무검을 향해 검기를 발출했다.

오십칠 명 오십칠 개의 검기가 어린아이 손목 굵기로 설무검을 향해 유성처럼 엄습했다.

지켜보고 있던 운룡자와 곤륜파 천추고수들은 그 광경을 보면서 아연실색했다.

그들이 보기에는 설무검이 아무리 개세적인 초절고수라고 해도 저 상황을 벗어나는 것은 불가능할 것 같았다.

아주 짧은 순간, 설무검의 뇌리로 이 집중공격을 타개할 몇 가지 방법들이 떠올랐다가 순식간에 지워졌다.

그리고 그는 지금껏 한 번도 시도해 본 적이 없는 전혀 새로운 방법을 전개해 보기로 결정했다. 모험이지만, 그럴 만한 가치가 충분했다.

화우웅!

순간 갑자기 웅장한 음향이 흐르면서 설무검이 최초에 공력을 끌어올렸을 때처럼 찬란한 금광이 그의 온몸을 뒤덮으며 금빛 불덩어리로 화하는가 싶더니, 금광과 불덩어리가 나타날 때보다 더 빨리 사라져 버렸다.

바로 그 순간 오십칠 개의 검기가 설무검의 전신을 무차별 적중시켰다.

쩌쩌쩌쩌쩡!

그런데 마치 거대한 철벽을 도검으로 세차게 가격할 때와 같은 음향들이 요란하게 터져 나왔다.

운룡자 등은 턱이 빠진 듯 입을 크게 벌린 채 그 광경을 지켜보고 있었다.

이윽고 검기들이 설무검의 온몸을 적중시킨 직후의 광경이 지상 일 장 반 높이의 허공중에 드러났다.

그 광경을 발견한 순간 운룡자들은 눈을 찢어질 듯이 부릅뜨고 얼굴 가득 불신의 표정을 떠올렸다.

"호… 신강기(護身罡氣)라니……."

허공중에 우뚝 서 있는 설무검 주위에는 하나의 원형 반투명의 금빛 막(膜)이 쳐져 있었다.

운룡자는 자신의 눈을 의심했다. 그가 알고 있는 한 당금 무림에서 호신강기를 전개할 수 있는 인물은 열 손가락으로도 꼽지 못할 것이다.

호신강기란 정심하고도 심후한 공력을 몸 밖으로 뿜어내서 단단하게 응집시켜 몸 주위에 반투명한 막을 형성하는 것인데, 일반적인 상식으로는 도검과 장풍의 공격에도 옷자락 하나 건드리지 못한다고 한다.

그런데 설무검은 지금 한 걸음 더 나아가 호신강기를 일으켜서 전력으로 도검을 휘둘렀을 때보다 서너 배 이상 강력한 검기를, 그것도 수십 개씩이나 튕겨낸 것이다.

오십칠 명의 운고수들은 설무검의 일 장 이내까지 접근한 상태에서 한순간 얼어붙은 듯 모든 동작을 멈추었다. 엄청난 충격이 그들 모두의 머리를 휩쓸었다.

반응이라는 것은 사람이 어떤 사물을 보거나 현상에 직면했을 때, 또는 자극이나 작용에 대해서 두뇌나 몸이 반사적 혹은 본능적으로 어떤 변화를 일으키는 것을 말한다.

그렇지만 그것은 상식적인 사물이나 현상, 자극, 작용에 한해서만이 가능한 일이다.

지금 오십칠 명의 운고수들은 아무런 반응도 하지 않고 있다. 아니, 못하고 있었다.

그들이 겪고 있는 상황은 그들의 사고와 경험이 평생을 걸쳐서 한 번도 접해보지 않았고, 한 번도 배운 적이 없는 것이기 때문이었다.

그때 호신강기가 갑자기 사라졌다. 아니, 설무검의 몸으로 흡수되어 버렸다.

다음 순간 그의 몸이 눈을 뜨고 쳐다볼 수 없을 정도로 눈부신 금광에 휩싸였다.

번쩍!

콰아아—

작은 태양이 폭발하는 듯하더니 수십 개의 금빛 반투명한 빛줄기가 그 무엇과도 비교할 수 없는 쾌속함으로 사방을 향해 뿜어졌다.

무극파천신강(無極破天神罡)이다.

퍼퍼퍼퍼퍽!

"으아악!"

"크악!"

수십 마디 둔탁한 음향이 거의 동시에 터졌고 처절한 비명성이 그 뒤를 이었다.

빛줄기를 정통으로 적중당한 운고수들은 적중당한 부위가 관통되거나 통째로 뭉텅 떨어져 나가 즉사 혹은 중상을 면치 못했다.

피한 자들은 십수 명에 불과했다. 하지만 그들은 무극파천신강을 눈으로 보고 피한 것이 아니었다.

그것이 발출되기 전에 무엇인가 불길한 예감을 느끼고 본능적으로 몸을 피했으며, 그 순간에 무극파천신강이 전개된 것이었다.

그러나 운고수들은 평범한 일류고수 수준을 훨씬 능가하는 자들이었다.

자신을 향해서 뿜어져 오는 빛줄기를 순간적으로 공력을 일으켜 검으로 뿜어내면서 막아낸 자들이 가장 많았다.

말하자면 검기를 발출하여 공격을 막아낸 것이다.

쿵!

설무검은 약간 묵직하게 지상에 내려섰다.

쿠쿠쿠쿵!

뒤이어 이미 숨이 끊어진 시체들이 설무검 주변으로 와르르 떨어져 내렸다.

다른 운고수들 역시 두 발을 땅에 딛고 내려선 사람은 아무도 없었다.

반탄력 때문에 모조리 튕겨져 나가 나무나 땅바닥에 부딪치며 나뒹굴었다.

하지만 즉시 일어나 설무검을 향해 재차 저돌적으로 쏘아오기 시작했다.

설무검의 입에서는 가느다란 핏물이 흐르고 있었다. 호신강기를 일으킨 것은 문제가 아니지만, 오십칠 명의 검기가 호신강기를 뒤흔들어 적지 않은 내상을 입은 상태에서 다시 무극파천신강을 발휘했기 때문이었다.

그것 때문에 그는 일시적으로 공력의 삼 할 정도가 소모된 상태가 되었다.

그것을 다시 회복하려면 일각쯤의 시간이 필요하지만 지금은 그럴 여유가 없었다.

땅을 딛고 우뚝 선 설무검은 쏘아오는 운고수들을 눈을 부릅뜨고 주시했다.

우웅웅—

공력이 주입된 혈마룡검이 지독한 혈광을 뿜으면서 용음을 토해냈다.

혈마룡검은 피를 원하고 있었다.

후오오—

천천히 들어 올려지는 혈마룡검에서 뿜어진 혈광이 허공

중에 꿈틀거리는 혈룡의 형상을 그리고 있었다.

"맙… 소사……! 전설의 혈마룡검… 흡혈검이라니……!"

그 광경을 보고 운룡자가 치를 떨며 중얼거렸다. 그의 말에 곤륜 제자들은 대경실색하여 설무검 머리 위에서 번신(翻身)하고 있는 혈룡을 쳐다보았다.

문득, 설무검의 시선이 한곳으로 향했다.

그의 시선이 멈춘 곳에서 한 명의 백포인이 그를 향해 곧장 쏘아오고 있었다.

운고수들의 우두머리인 운절령(雲絶令)이었다. 어디에선가 지켜보고 있다가 드디어 모습을 드러낸 것이다.

조금 전 설무검의 무극파천신강에 죽은 운고수들은 십육 명.

그러므로 지금 공격해 오고 있는 운고수는 운절령을 포함하여 사십이 명이다.

바로 그때였다. 어디선가 여러 사람이 힘차게 소리쳐 부르는 웅혼한 노랫소리가 들려왔다.

"바람을 타고 물결을 깨뜨리며 나아갈 때가 오면, 높은 돛 바로 달고 창해를 건너리라!"

운룡자와 두 명의 장로가 누군가를 찾는 듯 허공을 두리번거리면서 놀란 얼굴로 중얼거렸다.

"오오… 이것은 군림가(君臨歌)다……!"

무림에 조금이라도 관심을 갖고 있는 사람이라면, 방금 그 노래가 중천군림성 수하들이 성주인 검신 설무검을 위해서 즐겨 불렀다는 사실을 잘 알고 있었다.

그렇게 천하로 퍼져 나간 군림가는 노소를 막론하고 사내들 두셋이 모이기만 하면 자연스럽게 불렀고, 한 잔 술에 취해 흥이 도도해지면 탁자를 두드리거나 거리를 활보하면서 어깨동무를 하고 누구나 부르게 되었었다.

또한 지금도 천하 곳곳에서 가장 많이 불리고, 또 사랑받는 노래이기도 하다.

운룡자가 고개를 모로 꼬면서 어리둥절한 표정을 지었다.

"설마… 중천절의 출현이라는 말인가……?"

그는 자신이 말해놓고서도 말이 되지 않는다는 듯 고개를 가로저었다.

그때 장로 중 한 명이 해연히 놀라는 표정으로 머리 위를 가리키면서 낮게 외쳤다.

"저기다!"

그가 가리키는 곳은 설무검과 운고수들의 머리 위, 허공 높은 곳이었다.

지상에서 오 장여 허공에서 여러 명이 먹이를 발견하고 내리꽂히는 날쌘 매처럼 쏜살같이 하강하고 있었다.

가장 선두에 양궁표와 현조운의 모습이 보였고, 그 위쪽에 금록을 비롯한 결사칠위의 네 명. 흑룡보의 주영걸, 주영풍 형제와 음양문의 음양생사신 부부. 금호방의 산예도 형신을 비롯한 중천오충의 우두머리들과 형제, 부부, 가족 아홉 명. 그리고 벽파도문의 문주인 추풍도 화운비, 곽정과 정미, 고선이 뒤따르고 있었다.

운절영과 사십일 명의 운고수들은 그들을 발견하고 일순 멈칫했다.

그때 숲의 사방에서 포위망을 형성한 백이십 명의 고수들이 파도처럼 쏟아져 나와 설무검 쪽으로 거침없이 밀려왔다.

그들은 중천오충과 벽파도문에서 각각 이십 명씩 선발한 최정예고수들이었다.

그들 각자의 수준은 운고수보다 반 수 정도 아래지만 수많은 싸움과 경험으로 무장된 백전노장들이었다.

"배신의 무리들을 한 놈도 남기지 말고 쓸어버려라!"

현조운이 수중의 칠룡검을 뽑아 운고수 한 명에게 내리꽂으면서 쩌렁쩌렁하게 외쳤다.

설무검과 은자랑은 지란루를 출발할 때 양궁표에게 무리를 이끌고 뒤따라오라고 지시했었는데, 이제 도착한 것이었다.

설무검의 입가에 흐릿한 미소가 피어올랐다.

순간 그는 슬쩍 몸을 돌려 운군의 우두머리인 운절령을 향해 곧장 마주쳐 갔다.

군림가(君臨歌) 101

운절령은 움찔했다. 그는 조금 전에 설무검이 호신강기와 무극파천신강을 펼치는 광경을 똑똑히 보았다. 그런 설무검과 일 대 일로 맞부딪쳐야 하기 때문에 본능적으로 위축되는 것은 당연한 일이다.

그러나 그는 운절령이다. 잠깐 위축이 됐을망정 물러설 만큼 약자는 아니었다.

그는 설무검과 이 장을 남겨둔 상황에서 어깨의 검을 뽑아 백삼십 년 공력을 가득 주입시켰다. 직후 가장 자신 있는 일 초 검법을 전개했다.

파우웃!

번뜩이는 백광의 검기가 소용돌이처럼 맹렬하게 회전하면서 설무검을 향해 뿜어졌다.

운절령은 설무검의 입가에서 흐르는 핏물을 보고 그가 내상을 입었다고 짐작했다.

그렇기 때문에 자신에게도 어느 정도 승산이 있을 것이라는 판단을 내렸다.

파아아—

그런데 그가 발출한 소용돌이 검기가 허공을 가르고 있었다. 설무검의 모습이 감쪽같이 사라져 버린 것이다.

그는 다급히 주위를 두리번거렸지만 설무검의 모습은 어디에서도 보이지 않았다.

팍!

그 순간 그의 목에 가느다란 핏빛 선 하나가 그어졌다. 목이 잘린 것이다.

그러나 충격이나 고통을 추호도 느끼지 못한 운절령은 자신의 머리 위에서 무엇인가를 감지하고 번쩍 고개를 드는 것과 동시에 검을 떨쳤다.

덜컥!

고개를 드는 순간 이미 베어져 있던 그의 목이 잘리면서 떨어져 나갔고, 초식을 펼치려고 들어 올리던 오른팔은 툭 아래로 처졌다.

그는 끝내 자신의 머리 위에 떠 있는 설무검을 발견하지 못하고 땅바닥에 나뒹굴었다.

그 순간 양궁표와 현조운을 비롯한 십구 명이 사십일 명의 운고수들 머리 위에서 내리꽂히면서 일제히 공격을 퍼붓기 시작했다.

촤촤아아!

십구 명이 초식을 전개하는 소리가 갑자기 퍼붓는 소나기처럼 숲 속을 떨어 울렸다.

그리고 양궁표 등과 운고수들이 거세게 격돌한 직후 사방에서 밀려온 백이십 명의 고수들도 공격을 시작했다.

낙양성을 서쪽에서 동쪽으로 스치듯이 흘러가는 간수(澗水) 강가의 울창한 숲 속.

숲 곳곳에 칠백 명에 가까운 무림고수들이 은밀하게 몸을 숨긴 채 휴식을 취하고 있었다.

하나의 커다란 바위가 우뚝 서 있는 곳의 조그만 공터에 세 사람이 둥글게 모여 있었다.

무당파 장문인 현천 진인과 화산파 장문인 자하 도장, 청성파 장문인 청명자(淸明子)였다.

그들을 중심으로 주변 숲에 흩어져 은신해 있는 고수들은 무당파와 청성파의 천추고수 육백 명과 화산파의 천추고수

구십 명, 도합 육백구십 명이었다.

화산파 천추고수가 구십 명뿐인 이유는 이백십 명이 무당과 화산, 청성파를 제외한 다른 일곱 개 문파를 감시하고 있기 때문이었다.

"장문인 눈으로 그들을 직접 보셨소?"

청명자가 조심스럽게 현천 진인에게 물었다.

현천 진인은 그렇게 묻기를 기다렸다는 듯 흡족한 미소를 지으며 고개를 끄덕였다.

"물론이오. 자그마치 이십오만 명이었소."

"오……!"

"이십오만……."

자하 도장과 청명자는 아연실색하여 쉽사리 그 말을 믿지 못하는 듯한 표정이었다.

"이십오만이라면 대군(大軍)이오. 한 나라가 보유하고 있는 군사와 맞먹는 수준이 아니겠소?"

"이를 말이겠소?"

자하 도장이 감탄을 금치 못하며 치켜세우고, 현천 진인이 연신 흐뭇한 미소를 지으며 고개를 끄덕이자 청명자가 다시 한 번 확인을 했다.

"사도무림이 크다고는 하지만 어찌 이십오만 명씩이나 운집할 수 있겠소? 혹시 그들은 시정잡배나 다름없는 하오문도들이 아니오?"

현천 진인이 정색을 했다.

"그래서 빈도가 그들을 직접 시험해 봤소."

"어땠소?"

"음! 그들 중에서 아무나 무작위로 골라 다섯 명의 합공을 시험해 본 결과, 빈도와 비슷한 수준이었소."

"사파고수 다섯 명의 합공이 장문인과 비슷한 수준이었다는 말이시오?"

"그렇소. 그래도 그들의 실력을 의심하겠소?"

현천 진인이 이 갑자에서 십 년 부족한 백십 년 공력을 지녔고, 무당파의 절학에 통달했다는 사실을 잘 알고 있는 자하 도장과 청명자였다.

그런 현천 진인을 사파고수 다섯 명이 합공하여 평수(平手)를 이루었다고 하니 놀라운 일이었다.

그렇다면 운집한 사파고수가 이십오만 명이라고 하니, 무려 오만 명의 현천 진인이 모인 것이나 다름이 없지 않겠는가.

그렇지만 사실인즉 현천 진인이 사파고수를 시험한답시고 덤벼들었다가 세 명의 합공에 거의 죽다 살아났다는 사실을 알게 된다면, 자하 도장과 청명자는 아예 입에 거품을 물고 혼절하고 말 것이다.

그러나 그 이십오만 명 중에서 거의 대부분을 차지하는 이십삼만 이천 명이 오합지졸이고, 천사십진 만 팔천 명조차도

악모(惡母) 109

절대로 구파일방의 배후 세력이 되어줄 생각이 없다는 사실을 알게 된다면, 현천 진인은 스스로 사혈을 찍어 자결하고 싶은 심정이 될 것이다.

"그런데 장도명이라는 사람은 정말 믿을 수가……."

소심한 성격의 청명자가 또다시 의문을 제기하려고 하자 현천 진인이 말을 잘랐다.

"장 도우가 믿을 수 있는 사람이라는 것에 빈도의 목을 걸겠소. 그래도 부족하오?"

"아니오. 빈도는 단지……."

"돌다리도 두드려 보고 건너자는 장문인의 뜻을 아오. 그러나 이제는 안심해도 좋소."

문득 자하 도장이 낙양성 쪽을 쳐다보면서 설레는 듯한 표정으로 입을 열었다.

"음! 내일이 지나면 중천무림이 붕괴되고 그 땅 위에 무당, 화산, 청성 도교삼파(道敎三派)가 전혀 새로운 무위자연(無爲自然)의 신세계를 이루게 될 것이라고 생각하니 너무 흥분이 되는구려."

천추혈의맹의 중추라고 할 수 있는 세 사람은 숲에 가려서 보이지 않는 낙양성 쪽을 바라보면서 적잖이 흥분한 표정을 지었다.

그들은 또 한 가지 사실에 대해서 까맣게 모르고 있었다. 지금 이곳에 있는 육백육십 명을 제외한 천추혈의맹 전체가 중천무림의 토벌대에 의해서 전멸했으며, 그중 아미, 곤륜의 수십 명의 천추고수 생존자와 뒤를 따르던 두 문파 천여 명의 고수들이 설무검에게 구함을 받아 이미 낙양성 내 칠의문에 집결해 있다는 사실을 말이다.

  그나마 불행 중에서도 다행스러운 일은, 매사에 의심이 많고 신중한 현천 진인이 마지막 순간에 집결하는 장소를 낙양성 남문 밖 야산에서 이곳 간수 강변의 숲으로 급히 바꾸었다는 사실이었다.

  만약 그러지 않았더라면 이들 역시 중천무림의 토벌대에 전멸당하고 말았을 것이다.

  천추혈의맹의 꿈은, 그리고 도교삼파가 세우려는 무위자연의 신세계는 결코 이루어지지 않을 것이다.

  이들 모두는 철저하게 한 사람의 간교한 머리와 세 치 혀에 놀아나고 있었다.

  바로 현천 진인이 철석같이 믿고 있는 장도명에게 말이다.

*   *   *

  칠의문 깊은 곳에 위치한 한 칸의 밀실에 설무검을 비롯한 몇몇 사람들이 모여 있었다.

  설무검은 커다란 태사의에 꼿꼿한 자세로 앉아 있고, 뒤에는 현조운이, 좌우에는 양궁표와 결사칠위의 네 명이 늘어서 있었다.

스르릉―

그때 밀실의 문이 열리고 등발과 몇몇 여룡단원들이 낙성검가의 총관인 풍우검 함붕과 한 명의 중년거지를 끌듯이 데리고 들어왔다.

함붕과 중년거지는 특수한 혈도에 제압돼서 움직일 수는 있지만 무공을 사용하지 못하는 상태였다. 또한 심한 매질을 당했는지 온몸이 피투성이였다.

두 사람은 극도로 긴장하여 도살장에 끌려가는 소처럼 주춤주춤 실내로 들어서더니, 그곳에 있는 사람들을 발견하고는 그 자리에 뚝 멈춰 섰다.

설무검 이하 모두들 기도가 대단한 인물들이라서 기가 질려 버리고 만 것이었다.

그때 여룡단원이 뒤에서 등을 쿡 찌르자 화들짝 놀라더니 비틀거리면서 걸어와 설무검이 앉아 있는 태사의에서 이 장거리의 바닥에 꿇려졌다.

함붕과 중년거지, 즉 개방 낙양분타주 취운개는 금록에 의해서 제압당해 칠의문에 끌려왔고, 등발이 심문을 맡았다.

그러나 그들은 시종 입을 굳게 다문 채 모르쇠로만 일관했다. 무조건 자신들은 억울하고 왜 잡혀왔는지 전혀 영문을 모르겠다는 것이었다.

두 사람은 잔뜩 주눅이 든 얼굴로 조심스럽게 두리번거리다가 마지막으로 시선이 설무검에게 멈추었다. 그가 태사의에 앉아 있으니 이들 무리의 우두머리라고 여긴 것이다.

하지만 그들은 설무검이 누군지 알아보지 못했다. 예전에 함붕은 몇 차례 먼발치에서 설무검을 본 적이 있었지만, 그 정도로는 너무도 변해 버린 지금의 모습을 알아볼 수가 없었다.

그렇지만 설무검의 천신 같으면서도 초탈한 기도에 압도되어 급히 그의 얼굴에서 시선을 거두고 고개를 숙였다.

그들은 고개를 숙인 채 힐끗 서로의 시선을 재빨리 교환하면서 죽어도 비밀을 지키자는 결의를 다시 한 번 다지는 것을 잊지 않았다.

그때 밀실의 문이 열리고 몇 명의 칠의문 제자들이 한 사람을 개처럼 질질 끌고 들어왔다.

그러나 함붕과 취운개는 감히 뒤돌아볼 엄두를 내지 못하고, 다만 뒤에서 누군가 끌려 들어오는 기척만 느낄 뿐이었다.

털썩!

"흐윽!"

칠의문 제자들이 그자를 내던지듯 하자 함붕 옆 바닥에 널브러지면서 고통에 가득 찬 신음을 토해냈다.

깜짝 놀란 함붕은 부지중 힐끗 그자를 쳐다보았다. 하지만 그자를 금세 알아보지는 못했다. 온몸과 얼굴이 피투성이였기 때문이다.

함붕과 취운개는 자신들보다 더욱 참혹한 모습의 그를 보며 가볍게 몸서리를 쳤다.

"으으… 함 형……."

그때 그자가 바닥에 묻고 있던 얼굴을 겨우 들어 함붕을 쳐다보면서 목에서 가래가 끓는 듯한 소리를 흘려냈다.

"허엇?!"

귀에 익은 목소리를 듣고서야 함붕은 그자가 누군지를 기억해 내고 얼마나 놀랐는지 무릎을 꿇은 자세에서 반 자나 펄쩍 뛰어올랐다.

"으으으… 나는 모두… 실토… 했… 소…….."

그자는 다시 뺨을 바닥에 묻고 눈을 게슴츠레 뜬 채 간신히 헐떡거렸다.

얼마나 지독하게 당했으면 몸에 있는 뼈란 뼈는 죄다 부러지고 꺾였으며, 날카로운 것에 찔리고 베인 상처가 온몸을 뒤덮은 상태였다.

'실토를 했다고……?'

함붕은 망연자실 넋이 나간 얼굴로 그자를 쳐다보았다. 함붕은 그자의 이름이 진우장(秦禹壯)이라고 알고 있었다.

함붕은 앉아 있는 바닥이 한없이 아래로 꺼지는 것을 느꼈다. 그토록 매질을 당하면서도 이를 악물고 버텼는데, 이제는 모든 것이 끝장나고 말았다.

내통을 하고 있던 한 패가 실토를 했으니 이제는 버틴다는 것이 무의미해져 버린 것이다.

원래 한 패거리 여러 명이 한꺼번에 붙잡혔을 때에는 제일 먼저 실토한 자가 자비로운 처벌을 받을 확률이 높다. 그런 점에서 함붕은 진우장이 씹어먹고 싶도록 원망스러웠다.

함붕은 이곳이 어딘지도 모른다. 진우장과 은밀하게 만난 후 서둘러 낙성검가로 돌아가는 도중에 누군가에게 제압당해서 끌려와 보니 이미 취운개도 잡혀와 있었다.

이후 두 사람은 각각 따로 끌려 나가 매질을 당하면서 고문을 받았지만 여태까지는 잘 버티고 있었다.

등발이 진우장의 뒤에 우뚝 섰다가 설무검을 향해 공손히 허리를 굽히고 몸을 일으킨 후에 공손하게 입을 열었다.

"이자의 이름은 진우장. 남천무림 남궁세가의 책사인 적멸수사 감한랑의 수하입니다."

갑자기 남천무림에 대한 얘기가 나오자 양궁표와 결사칠위의 네 사람은 죽은 듯이 늘어져 있는 피투성이 몰골의 진우장을 보면서 적잖이 놀라는 표정을 지었다.

"게다가 이자는 낙성검가의 책사인 장도명의 수하이기도 합니다."

등발의 보고에 설무검의 눈썹이 가볍게 찌푸려졌다. 장도명이라는 이름을 다시 듣게 될 줄은 몰랐기 때문이다.

그러나 실내에서 가장 크게 놀란 사람은 함붕이었다. 그는 진우장을 쳐다보며 만면에 어이없는 표정을 떠올렸다.

"네가… 장 책사의 수하라고?"

그가 진우장에 대해서 알고 있는 것은 남궁세가의 수하라는 사실뿐이었다.

그런데 진우장이 남궁세가 책사인 감한랑의 수하이면서 동시에 장도명의 수하라고 하니 놀라지 않을 재간이 없었다.

등발이 보고를 이었다.

"말하자면, 원래 이놈은 감한랑의 수하였는데 나중에 장도명에게 포섭되었으니 장도명을 위해서 일한다고 봐야 할 것입니다."

충격적이고도 놀라운 내용이었지만 아무도 등발의 말을 끊지 않았다. 등발은 이번에는 함붕 뒤에 서서 계속 보고를 이었다.

"이자, 낙성검가의 총관인 함붕은 낙성검가의 수많은 정보들을 진우장에게 알려주었고, 진우장은 그것들을 장도명에게 먼저 보고한 뒤에 그의 지시를 받아 적당하게 버무린 정보들을 남궁세가의 감한랑에게 보고해 왔습니다."

함붕은 눈이 찢어질 듯이 진우장을 노려보다가 고개를 푹 숙인 채 몸을 부들부들 떨었다. 방귀 낀 놈이 성낸다고, 자신은 낙성검가를 배신한 주제에 가슴속에서 진우장을 죽이고 싶은 살심이 들끓었다.

"진우장은 함붕을 포섭하려고 막대한 황금을 건넨 것으로 밝혀졌습니다. 그리고 세세한 여러 가지 보고들은 추후에 말씀드리겠습니다."

등발은 끝에 있는 취운개를 힐끗 쳐다본 후 보고를 이었다.

"진우장은 저놈, 취운개 역시 막대한 황금으로 포섭했습니다. 그래서 금호방주의 암살과 사해보주의 암살이 낙성검가의 소행인 것처럼 헛소문을 퍼뜨리게 했습니다. 이 일에 개방은 개입되어 있지 않으며, 취운개 혼자서 사리사욕 때문에 개방을 배신한 것입니다."

취운개는 고개를 푹 숙인 채 묵묵히 있었다.

그와 함붕은 도대체 이들이 누구기에 자신들을 납치해서 고문을 한 것인지 궁리에 궁리를 거듭하고 있지만 도무지 감을 잡을 수가 없었다.

"너희들. 우리를 위해서 일하겠느냐?"

그때 양궁표가 묵직하게 입을 열었다. 여태까지 이들 세 명의 죄를 낱낱이 까발리던 중에 완전히 분위기를 뒤바꾸는 내용의 말이었다.

함붕과 취운개는 적잖이 놀라는 얼굴로 고개를 들고 설무검을 쳐다보았다. 방금 그 말을 한 사람이 설무검이라고 생각한 것이다.

바닥에 엎어져 있던 진우장도 말을 들었는지 꿈틀거리면서 고개를 들려고 애를 썼다.

"어쩌겠느냐?"

양궁표가 굳은 얼굴로 채근하자 세 사람의 시선이 설무검에게서 양궁표에게로 옮겨졌다.

 취운개의 눈동자가 교활하게 번뜩였다. 그는 설무검 등이 자신들을 납치한 이유가 결국 자신들이 이용 가치가 있기 때문이라고 판단했다.

 무엇에 이용하려는 것인지는 모르겠으나, 이용 가치가 있다는 것은 아직 거래의 여지가 남아 있다는 뜻이다라고 취운개는 해석했다.

 "당신들을 위해서 일을 해준다면 과연 우리에게 무슨 이득이 있습니까?"

 취운개는 자신의 뜬금없는 물음에 아무도 대답하지 않자 아예 한술 더 떠서 피투성이 얼굴에 약간의 득의한 미소까지 떠올리며 말을 이었다.

 "내 목숨을 보장하는 것은 물론, 금화 백 냥을 내시오."

 탐부순재(貪夫徇財). 욕심이 많은 자는 목숨 따윈 아랑곳하지 않고 쫓는다더니, 취운개가 바로 그랬다.

 함봉과 진우장이 어이없는 듯한 얼굴로 취운개를 쳐다보았다.

 그러나 취운개는 너희도 나처럼 따라하라는 듯 자못 의기양양한 표정을 지었다.

 그때 양궁표가 가볍게 고개를 끄덕이자 등발이 취운개의 뒤로 걸어갔다.

취운개는 속으로 자신의 도박이 먹혔다고 여겨 옳거니! 쾌재를 불렀다.

"험! 우선 내 혈도부터 풀어주시오."

스릉!

취운개 뒤에 우뚝 선 등발이 어깨의 검을 뽑았다.

"……."

순간 취운개는 뭔가 일이 잘못됐다는 것을 느끼고 급히 뒤를 돌아보려고 했다.

팍!

"캑!"

그러나 그는 결국 뒤를 돌아보지 못했다. 등발의 검이 그의 목을 뎅겅 잘라 버린 것이다.

툭!

취운개의 수급이 무릎을 꿇고 있는 그의 앞에 떨어져 몇 차례 구르다가 멈추었다.

그런데 공교롭게도 함붕과 진우장 앞에 매끄럽게 잘려진 목이 바닥을 향해 우뚝 서버렸다.

함붕과 진우장은 핏발이 곤두선 두 눈을 부릅뜨고 자신들을 쏘아보고 있는 취운개의 수급을 보면서 머릿속이 하얗게 탈색되는 것을 느꼈다.

다음 순간 두 사람은 누가 먼저랄 것도 없이 이마를 바닥에 대면서 여출일구(如出一口)로 외쳤다.

"무슨 일이든 시키는 대로 하겠습니다!"

*　　　　*　　　　*

설란궁 뒤쪽 인공가산 중턱에 위치한 지하 연공실.

설란후 정지약은 지하 삼십 장 깊이 연공실 입구 안쪽에 다소곳이 서 있었다.

그녀는 전면 삼 장 거리 하나의 원통형 좌대에 혼자 앉아 있는 한 명의 여인을 묵묵히 바라보고 있다.

좌대에 가부좌의 자세로 지그시 눈을 감은 채 앉아 있는 여인은 이십대 후반의 나이에 일신에는 붉고 엷은 나삼을 입고 있었다. 아니, 그것은 입었다기보다는 그저 걸치고 있다는 표현이 적절했다.

잠자리 날개보다 더 얇은 나삼이라서 안이 훤히 내비쳤으며, 놀랍게도 안에는 아무것도 입지 않은 알몸이었다.

대저 빙기옥골(氷肌玉骨)이라는 것은 이 여인의 몸을 두고 하는 말 같았다.

한 겹 붉은색의 나삼을 걸치고 있는 데도 불구하고 그 속에서 희면서도 또 은은한 광채가 흐르는 미끈한 알몸이 생생하게 드러났다.

실로 백옥을 정성껏 깎고 다듬어서 빚어낸 듯 완벽에 가까운 여체가 거기에 있었다.

크고 풍만한 탄력 있는 젖가슴은 조금도 처지지 않은 채 솟아 있으며, 그 끝의 새끼손톱 크기의 연분홍 유두까지 선명하게 내비쳐서 금방이라도 나삼 밖으로 튀어나올 듯했다.

더구나 가부좌의 자세로 앉아 있는 허벅지 안쪽의 거뭇거뭇한 거웃까지 은은하게 보여서 음심을 자극했다.

"너는 아직 단해룡에게 가지 않았느냐?"

문득 나삼여인이 눈을 감은 채 조용히 입을 열었다. 적막하기 짝이 없는 동굴 속 천장에 길게 늘어져 있는 종유석 끝에 하나의 물방울이 매달려 있다가 아래쪽 바닥에 고인 물로 떨어졌을 때 나는 소리처럼 맑으면서도 묘한 여운을 남기는 감미로운 목소리였다.

"네."

정지약은 눈을 내리깔며 조용히 대답했다.

"내 말을 거역하는 것이냐?"

종유석 끝에 매달린 물방울이 얼음이 되어 떨어지는 듯 싸늘한 목소리로 변했다.

"소녀는……."

정지약은 말끝을 흐렸다가 잠시 후 용기를 내어 똑바로 나삼여인을 주시하며 말을 이었다.

"그를 만나고 싶지 않아요."

"어째서?"

"……."

"어째서 단해룡을 만나고 싶지 않은 것이냐고 물었다."

"그것은……."

정지약은 차마 말을 잇지 못하겠다는 듯 괴로운 표정을 지으며 머뭇거렸다.

"긴말하지 않겠다. 오늘 중으로 단해룡을 찾아가라."

나삼여인의 명령에 가까운 말에 정지약은 움찔 놀라 고개를 들고 그녀를 바라보았다.

정지약은 입술을 잘근잘근 깨물다가 결심을 한 듯 이윽고 조용히 입을 열었다.

"소녀는 그자가 싫어요."

"단해룡은 과거에 네 정인이었다."

"그것은 과거일 뿐이에요."

"그 당시에 너는 그를 사랑했었잖느냐?"

"그런 줄 알았는데 그것은 사랑이 아니었어요."

정지약은 착잡한 표정을 지었다.

"사랑이 아니었다? 그렇다면 설무검을 사랑했었느냐?"

"……."

정지약은 두 눈에 눈물이 샘솟지 못하게 하려고 안간힘을 썼으나 어느새 두 눈 가득 눈물이 고여 들었다.

그래서 이번에는 그 눈물이 흐르지 못하도록 눈을 깜빡이지 않으려고 애를 썼지만, 눈에 눈물이 가득 넘쳐서 끝내 주르르 뺨을 타고 흘러내렸다.

그녀는 눈물을 흘리고 싶지 않았다. 눈물은 슬퍼하고 있다는 증거이기 때문이다.

그래서 그녀는 나삼여인, 즉 모친 선희빈에게 자신이 슬퍼하는 모습을 보이기 싫었다.

그녀로 하여금 설무검을 배신하게 만든 사람이 바로 선희빈이었다.

설무검에게 백일취수를 마시게 하여 측근들에게 배신을 당해서 힘줄이 잘리고, 단전이 파훼된 채 권좌에서 쫓겨나게 만든 장본인인 것이다.

"너는 단해룡도, 설무검도 사랑하지 않았다."

선희빈이 냉랭한 목소리로 단정을 짓듯이 잘라 말했다.

정지약은 발끈하는 얼굴로 선희빈을 쏘아보았다. 그러나 대꾸하지는 않았다.

선희빈은 여전히 눈을 감은 채 마치 남의 얘기를 하듯 말을 이었다.

"그들을 사랑했다면, 그들을 배신하지 않았을 것이다."

정지약은 지그시 입술을 깨물었다. 그리고 두 눈에 은은한 원망과 분노를 담은 채 선희빈을 주시했다.

"너는 내 피를 이어받았기 때문에 어떤 남자든 사랑하지 못한다. 죽을 때까지."

"나는……."

정지약은 지금껏 칠 년 동안 굳게 닫고 있었던 마음의 문을 조금 열었다.

"설무검을 사랑했어요."

"그렇지 않다."

정지약이 벼르고 벼르던 말을 꺼냈지만 선희빈은 일언지하에 짓뭉개 버렸다.

"사랑했어요! 그리고 지금도 사랑하고 있어요!"

갑자기 정지약은 두 주먹을 움켜쥐고 큰 소리로 외쳤다. 태어나서 처음으로 모친에게 해보는 반발이었다.

그러자 선희빈이 천천히 눈을 떴다. 희대의 마공인 절대천마공을 칠성까지 연공하여 젊음을 되찾은 그녀는 딸보다 한결 아름다운 얼굴에 설핏 비웃음을 떠올렸다.

"네가 설무검을 사랑했었다면 무슨 일이 있어도 그를 배신하지 않았을 것이다."

"어머니께서 원하셨잖아요! 잊었나요? 그를 배신하라고, 배신하지 않으면 모녀의 인연을 끊겠다고 어머니께서 나를 몰아세웠었잖아요!"

정지약은 칠 년 동안 한 번도 드러내지 않았던 속내를 서릿발처럼 터뜨리고 있었다.

그러나 선희빈은 꿈쩍도 하지 않았다. 오히려 입가의 비웃음이 조금 더 짙어졌다.

"네가 설무검을 사랑했다면, 그를 버리지 말았어야 했다. 내가 뭐라고 하든, 당장 죽어야만 한다고 해도 절대 그를 배신하지 말았어야 했다."

"억지……."

"진실한 사랑은 어떠한 난관도 이겨내는 것이다. 그러나 너는 그러지 못했다."

"……."

"왜냐하면 너는 설무검을 사랑하지 않았으니까……. 그리고 세상에는 진실한 사랑 따윈 존재하지 않으니까."

정지약은 두 다리에, 아니, 온몸에 힘이 탁 풀렸다. 그녀는 방금 선희빈의 말에 뒷머리를 쇠망치로 호되게 얻어맞은 것 같은 충격을 받았다.

억지 같지만 선희빈의 말이 옳은지도 몰랐다. 설무검을 진실로 사랑했다면, 모친의 강요를 이겨냈어야만 했다.

"만약… 내가 어머니의 말을 거역했다면 어머니는 어떻게 하셨을 건가요?"

"너와 모녀의 인연을 끊던가, 너를 죽였겠지. 그리고는 수단과 방법을 가리지 않고 설무검이 갖고 있는 절대천마공 비급을 손에 넣었을 것이다."

정지약은 할 말을 잃고 말았다.

선희빈의 말이 정지약의 절망하는 마음에 쐐기를 박았다.

"약아, 너는 죽을 때까지 이 어미를 벗어나지 못한다. 너는 나만큼 모질지도 강하지도 못하기 때문이지."

정지약은 몸을 가늘게 바들바들 떨고 있었다.

악모(惡母) 125

선희빈은 그윽하게 딸을 바라보았다. 크고도 서늘하며, 흑백이 또렷한 눈이었다.

길고 우아한 속눈썹 아래에 자리 잡고 있는 한 쌍의 숨이 막히도록 아름다운 눈은 순진무구함과 사랑스러움으로 가벼이 빛나고 있었다.

"오늘 중으로 단해룡을 찾아가서 그를 다시 네 남자로 만들어라. 그는 아직도 너에게 목을 매고 있으니 네가 손만 내밀어도 어렵지 않게 품에 안겨들 것이다."

"싫어요."

"지금 싫다고 말했느냐?"

그렇게 말하는 선희빈의 얼굴에는 추호의 노여움도 떠오르지 않았다.

"나는 이제부터라도 내 의지대로 행동하겠어요."

"그래?"

선희빈의 두 눈에서 일렁이던 순수함과 사랑스러움이 사라지고 그 대신 빙정 같은 차가움이 자리 잡았다.

"네 의지대로 말이지?"

화우우―

순간 선희빈의 온몸에서 투명한 붉은 불길 홍염(紅焰)이 느닷없이 타올랐다.

이글거리는 홍염 속에 앉아 있는 그녀의 모습은 마치 지옥의 염마왕 같았다.

쩌억!

순간 그녀가 앉아 있는 바닥에서 반 장 높이의 돌로 만든 좌대에 금이 가기 시작하더니 한순간 박살이 났다.

쩌쩌쩌쩌어억!

좌대가 가루가 되어 수북이 쌓인 위쪽 허공에 여전히 가부좌를 틀고 앉아 있는 선희빈의 몸을 휘감고 있는 홍염이 더욱 거세지더니 연공실 사방의 석벽이 거북이 등처럼 마구 금이 가면서 갈라지기 시작했다.

우르르르—

게다가 연공실 전체가 금방이라도 붕괴할 듯 격렬하게 진동을 해댔다.

정지약은 공력을 극한으로 끌어올려 맞섰다.

쩌저어어쩍!

그녀 뒤의 석문이 갈라지며 무너져 내렸다.

투두둑—

정지약이 백삼십 년 공력을 극한으로 끌어올려 맞서는데도 아무 소용이 없었다.

그녀의 얼굴과 희고 긴 목, 그리고 두 손에 시뻘건 핏줄이 툭툭 불거졌다. 또한 두 눈과 코, 입과 귀에서 피가 줄줄 흘러내렸다.

그뿐만이 아니었다. 그녀의 하체 사타구니가 금세 시뻘겋게 물들었다.

음문과 항문에서도 피가 흐르는 것이다. 즉, 칠공에서 피를 쏟아내고 있는 것이었다.

만약 이대로 열 호흡만 지나면 그녀는 전신 혈맥이 터져서 죽고 말 것이다.

슥—

그때 선희빈이 정지약을 향해 오른손을 뻗었다.

휘익!

"앗!"

그러자 정지약은 보이지 않는 질긴 끈에 묶인 것처럼 선희빈을 향해 쏜살같이 날아갔다. 최상승의 수법인 허공섭물(虛空攝物)이었다.

콱!

"혹!"

선희빈의 뼈가 없는 듯 희고 길며 섬세한 손이 쏘아온 정지약의 목을 움켜잡았다.

정지약은 허공에 대롱대롱 매달린 채 두 손으로 선희빈의 손을 자신의 목에서 떼어내려고 발버둥을 쳤지만 허사였다.

그녀의 눈이 튀어나올 것처럼 새빨갛게 튀어나왔고, 크게 벌어진 입에서 쇠끼리 긁히는 듯한 거북한 소리와 피가 뒤섞여 흘러나왔다.

"죽고 싶은 게냐?"

선희빈은 차가운 얼굴로 딸을 바라보면서 조용히 중얼거

렸다.

정지약의 눈에서 눈동자가 사라지고 대신 핏기 어린 흰자위가 가득 희번덕였다.

선희빈은 손에서 약간 힘을 뺐다.

그러자 정지약이 발버둥을 치면서 기다렸다는 듯 거친 숨을 토해냈다.

"하아아… 사… 살려주세요… 제발…….."

그녀의 눈에서 피와 눈물이 뒤섞여 흘러내렸다.

선희빈은 잠시 묵묵히 정지약을 응시하다가 손을 거두었다.

털썩!

정지약은 돌 부스러기가 쌓인 위로 떨어지며 볼썽사납게 다리를 활짝 벌리면서 나뒹굴었다.

입고 있던 치마가 말려 올라가 허연 허벅지와 사타구니를 가린 가느다란 속곳이 고스란히 드러났으나 지금은 그따위 것들을 신경 쓸 겨를이 없었다.

"약아."

그때 선희빈이 부드럽고도 자상한 어미의 목소리로 정지약을 불렀다.

정지약은 흐트러진 자세를 바로 할 정신도 없는 듯 눈물을 흘리면서 선희빈을 바라보았다. 조금 전까지만 해도 분노와 원망의 눈물이 흐르던 그 눈에서는 지금 공포와 굴종의 눈물이 흐르고 있었다.

"네… 어머니……."

"오늘 중으로 단해룡에게 가거라."

"네……."

작은 소리로 대답을 하면서 정지약은 자신의 나약함에, 아니, 표리부동함에 치가 떨렸다.

그녀가 죽이고 싶은 사람은 바로 그녀 자신이었다.

第九十九章

열혈충심(熱血忠心)

"흑흑흑……."

낙양성 최대의 번화가인 태평로에서 이제 낙양 제일의 객잔으로 굳건하게 자리를 잡은 동방객잔 삼층, 가장 화려하고 큰 방에서 여자의 나직한 울음소리가 새어 나왔다.

고선은 침상에서 이불을 뒤집어쓰고 누워 벌써 두 시진째 울고 있는 중이었다.

울음소리가 새어 나가지 않게 하려고 이불을 뒤집어썼지만 소용이 없었다. 울면 울수록 더욱 서러웠고, 또 원망스러움만 커져 갔다.

바보 같은 그녀는 오늘 밤에야 비로소 설무검이 사랑하는 여자가 자신이 아니라는 사실을 알게 되었다.

설무검이 워낙 무뚝뚝하고 내심을 표현하지 않는 성격이라서 그러는 것뿐이지, 알고 보면 고선 자신을 무척 좋아하고 있을 것이라고 철석같이 믿고 있었다.

그러나 만약 오늘 밤에 고선이 마치 무슨 볼일이라도 있는 것처럼 설무검의 거처인 육각거로 찾아가서 은근슬쩍 떠보지 않았더라면, 그녀는 앞으로도 계속 착각 속에서 아무것도 모른 채 쭐레쭐레 설무검을 따라다녔을 것이다.

두 시진 전, 고선이 설무검에게 복수를 다 마치고나면 가정을 이루어야 하지 않겠느냐고 간접적으로 돌려서 은근히 물어보았었다.

물론 그녀는 설무검이 가정을 이룰 때, 즉 혼인을 하면 고선 자신과 할 것이라는 사실을 그때까지만 해도 추호도 의심하지 않았었다.

설무검이 봉황단주인 은자랑이라는 여자와 가끔 만난다는 사실을 알고는 있지만 별달리 신경 쓰지 않았다. 그만큼 자신이 있었던 것이다.

설무검이 가볍게 고개를 끄덕이기만 하자 고선은 내친김에 조금 더 집요해지기로 했다. 만약 혼인을 하게 되면 누구와 할 것이냐고 넌지시 물은 것이다. 부끄러워서 얼굴을 살포시 붉히면서 말이다.

설무검의 대답은 간단했다.

"연화에게 이미 청혼을 했고, 허락을 받았다."

그때 고선의 하늘이 무너졌고 그때부터 지금까지 내내 이불 속에서 울고 있는 것이었다.

척!

그때 방문이 열리고 명한이 들어섰다. 그러자 이불 속의 울음소리가 뚝 끊어졌다.

명한은 등 뒤로 문을 닫고 그 자리에 가만히 서서 침상 위에 불룩한 이불을 바라보았다.

고선은 누가 방에 들어온 것을 알고는 숨을 죽이고 가만히 있었다.

그러나 옛말에도 울음과 재채기는 참지 못한다고 했다. 고선은 입을 틀어막은 채 참으려고 애를 썼으나 끝내 조금 전보다 더 큰 오열이 터져 나오고 말았다.

"으흐흑……!"

명한의 몸이 움찔했다. 그는 반사적으로 침상을 향해 몇 걸음 걸어가다가 멈추었다.

그는 현조운의 말을 듣고 고선을 찾아온 것이었다.

두 시진 전에 설무검이 고선에게 그런 말을 했을 때 그 자리에 현조운도 함께 있었다.

현조운은 명한에게 그 일에 대해서 간단하게 설명해 주고는 가서 고선을 위로해 주라고 일러주었다.

명한은 고선이 설무검을 얼마나 좋아했는지, 아니, 사랑했는지 잘 알고 있다.

그렇기 때문에 지금 그녀가 얼마나 깊은 절망에 빠져 있을지를 짐작할 수 있는 것이다.

그렇지만 고선이 열두 살 어린 나이에 천백검문 문주인 천뢰환선의 제자로 입문했을 때부터 줄곧 그녀를 마음에 품고 있었던 명한이, 그녀가 설무검을 무조건 맹종하면서 따라다니는 것을 바라보면서 가슴을 쥐어뜯어야만 했던 아픔과 실의에 비할 수는 없었다.

천뢰환선의 사제의 제자인 명한은 고선과 마치 친오누이처럼 생활하면서 십여 년 동안 무공을 익혔었다.

그리고 두 사람 앞에 설무검이 나타나기 전까지만 해도 명한은 고선이 장차 자신의 여자가 될 것이라는 사실을 추호도 의심하지 않았었다.

그렇지만 꿈과 현실은 어긋나기 위해서 존재하는 것들이다.

지난 사 년여 동안 명한은 깊은 늪 속에 빠져 허우적거리면서 수없이 절망하여 쓰러졌다가 일어서기를 반복했으며, 이윽고 마음을 정리하여 일 년여 전부터는 고선이 설무검과 잘되기를 진심으로 빌어주게 되었다.

그런데 일이 이렇게 돼버린 것이다. 그렇지만 지금의 명한은 오열하는 고선이 몹시 가엾다는 생각밖에는 들지 않았다. 이 기회에 그녀를 어떻게 해봐야겠다는 불순한 마음 따윈 한

올도 없었다.

"으흑흑흑……!"

아예 경계심을 놓아버린 고선은 대성통곡을 했다. 방에 누가 들어왔든 상관이 없었다. 하기야, 오늘 밤에 그녀의 하늘을, 천하를 잃었는데 부끄러움이며 창피함 따위가 무슨 대수라는 말인가.

그녀의 서러운 통곡에 명한은 마음이 갈가리 찢어지는 것만 같았다. 주먹을 움켜쥔 그는 거의 뛰듯이 침상으로 달려가 거칠게 이불을 젖혔다.

고선은 그를 발견하고서도 놀라지도 않고 그냥 퍼질러 앉은 채 목을 놓아 울기만 했다.

명한의 얼굴이 씰룩였다.

"사매, 그가 미우냐?"

"흑흑흑! 밉다면 어쩔 거야?"

"그를 죽이겠다, 내 손으로."

고선의 울음이 뚝 그쳤다. 그녀는 적잖이 놀라는 얼굴로 명한을 바라보았다.

그리고 그녀는 발견했다. 분노와 안타까움으로 가득 물들어 있는 명한의 얼굴을.

고선에게 설무검이 하늘이듯이, 명한에게도 하늘이었다. 물론 다른 의미의 하늘이지만.

명한은 일그러진 얼굴로 고선을 굽어보다가 휙 몸을 돌려

성큼성큼 방문으로 걸어갔다.

순간 고선의 울음이 그쳤다. 그리고 그녀의 얼굴이 아주 짧은 시간 복잡하게 여러 차례 변했다.

뚝!

그러나 명한은 방문까지 가지도 못하고 멈춰야만 했다. 침상에서 몸을 날린 고선이 뒤에서 두 팔로 그의 허리를 끌어안았기 때문이다.

"……."

명한은 두 눈을 크게 떴다. 이날까지 고선의 손 한 번 잡아보지 못한 그였다.

그런데 지금 그녀의 늘씬하고 풍만한 몸이 그의 등으로 고스란히 느껴지고 있었다.

"사매……."

"사형은 바보 아니에요?"

"무슨 말이지?"

"그는 하늘이에요. 그런데 어떻게 사형이 그를 죽이겠다는 건가요? 덤비기도 전에 죽는 것은 사형이 될 거예요."

"나는……."

명한은 돌아서지 않았고, 고선도 두 팔로 그의 허리를 안은 채 풍만한 젖가슴으로 그의 넓은 등을 압박하면서 뺨을 어깨에 대고 눈을 내리감으며 나직이 속삭였다.

"그리고 나 역시 바보였어요. 나는 방금 전에야 두 가지 사실을 깨달았어요."

 명한은 그게 무엇이냐고 묻지 않았다. 자신이 입을 열면 혹시 실언이라도 하여 이 꿈만 같은 일이 깨져 버릴까 걱정이 됐기 때문이었다.

 고선은 그의 뒷목에 호록호록 뜨거운 숨결을 토해냈다.

 "그 하나는, 용에게는 여의주가 소중하듯이 말똥구리에겐 말똥이 소중하다는 사실이에요."

 고선은 고즈넉한 미소를 지었다. 그런데 이상하게도 자꾸만 눈물이 났다.

 "나는… 진달래가 지면 세상이 끝나는 줄로만 알았어요. 그런데 때가 되니 철쭉꽃이 피어서 또 다른 세상이 되는군요. 그게 세상의 이치라는 사실……. 그것을 또 깨달았어요."

 사실 명한은 학식이 높은 사람은 아니다. 그는 용기를 내어 돌아섰다.

 그 바람에 그가 우려했던 대로 고선의 두 팔이 풀리며 두 사람은 떨어지게 되었다.

 명한의 눈가에 '가만히 있을 것을…' 하는 아쉬움과 후회가 설핏 스쳤다.

 그러나 그보다는 어쩌면 지금부터 일어날지도 모르는 일에 대해서 더 기대가 됐다.

 "그럼 내가… 말똥이라는 것인가?"

 고선은 고개를 끄덕였다.

"그래요. 나는 말똥구리고."

"그렇다면 내가 말똥이라는 것이 좋은 것이겠군."

슥—

고선이 눈을 내리깔면서 명한에게 가까이 다가들었다.

그러자 아주 가끔 흐릿하게만 느꼈었던 고선의 향기가 훅! 하고 짙게 명한에게 끼쳐 왔다.

또한 고선의 젖가슴이 명한의 앞가슴에 닿았다가 깊숙이 눌러오면서 뭉클한 감촉을 전해주었다.

그녀는 명한의 가슴에 뺨을 묻고 눈을 감으며 중얼거렸다.

"말똥구리는 죽을 때까지 말똥만 파먹고 살거든요."

지금 이 순간 명한은 자신이 말똥이 아니라 파리똥이 되어도 상관이 없다고 생각했다.

지금 자신에게 벌어지고 있는 일이 꿈만 같았고, 몸이 먼지처럼 가벼워져서 구름 위에 둥둥 떠 있는 것만 같았다.

그래서 고선이 뺨을 대고 있는 자신의 앞섶이 축축하게 젖는 것을 그다지 개의치 않았다.

"어머니와 형님들은… 어찌 되셨습니까?"

한나절 동안의 혼절에서 깨어난 설영이 침상에서 벌떡 몸을 일으키면서 외친 첫 마디였다.

"으윽……."

그러나 그는 곧 몸을 뒤틀면서 얼굴 가득 고통스러운 표정을 떠올리며 도로 침상에 누워버렸다.

그는 얼굴 한 군데만 빼고는 온몸에 흰 천이 칭칭 감겨져 있는 상태였다.

하지만 얼굴에도 긁힌 듯 가느다란 상처들이 여기저기 무수히 그어져 있었다.

설영이 걱정되어 오랫동안 침상 옆을 지키고 있던 설무검은 부드러운 미소를 지으면서 설영을 조심스럽게 안아 편하게 눕혀주었다.

"모두 괜찮다."

"죽은 사람은 없습니까?"

"백무평과 소도천이 죽었다."

설무검은 섣불리 설영을 위로하려 하지 않고 솔직하게 말해주었다.

"아……."

설영은 한숨 같은 탄성을 터뜨렸다. 온몸에서 기운이 쭉 빠지는 것 같았다.

그 숲에서 철혈풍운군의 풍고수들과 싸울 때의 기억이 방금 전의 일처럼 생생하게 떠올랐다. 그리고 그들의 죽음이 온통 자신의 탓인 것만 같았다.

"네 잘못이 아니다."

설영의 마음을 짐작했는지 설무검이 그의 머리를 부드럽게 쓰다듬었다.

열혈충심(熱血忠心)

"형님, 그렇지만……."

설영은 말을 잇지 못하고 눈물을 왈칵 쏟았다.

"너는 최선을 다해서 잘 대처했다. 어느 누구도 그보다 잘할 수는 없었을 게야."

설무검의 말이 백 번 옳았다. 그 당시에 설영은 무적이라고 할 수 있는 풍군의 풍고수 백 명을 맞아 자신의 목숨을 버릴 각오까지 해가면서 일행과 아미파 천추고수들을 지키려고 분투했었다.

또한 그가 사용했던 전술은 누구도 흉내를 내기 어려운 최상의 것이었다.

그렇지만 지금 설영의 머릿속에서는 그 당시에 이랬으면 좋았을 것을, 저렇게 했으면 좀 더 낫지 않았을까, 하는 온갖 생각과 후회들이 명멸했다.

그러나 만시지탄(晩時之歎)이다. 이번 일은 설영에게 몸과 마음으로 큰 상처와 교훈을 남겼다.

크게 상심했던 설영은 그대로 혼절을 했다가 한 시진쯤 지난 한밤중이 돼서야 다시 깨어났다.

문득 그는 이상한 느낌을 받았다. 누군가 자신의 몸을 만지고 있다는 사실을 깨달은 것이다.

그는 눈을 뜨고 상체를 일으키려고 하면서 누가 자신의 몸을 만지는 것인지 확인하고는 깜짝 놀랐다.

"형수님……."

양연화였다. 그녀는 설영이 혼절한 사이에 그의 옷과 몸을 칭칭 묶었던 헝겊을 풀어내고 물수건으로 몸과 상처 부위를 깨끗이 닦아낸 후, 지금은 상처에 정성스럽게 금창약을 바르고 있었다.

"아, 깨어났군요."

양연화는 설영을 바라보며 환한 미소를 지으면서도 두 손은 부지런히 움직이며 치료를 멈추지 않았다.

아주 짧은 순간, 설영은 그녀의 손길이 무척 능숙하다는 사실을 깨달았다.

더불어 그녀가 설영의 몸을 닦고 치료하는 것이 지금이 처음이 아닐 것이라는 생각이 들었다. 그러자 문득 부끄러움이 몰려왔다.

양연화는 설영에게 일별을 던진 후 다시 시선을 거두고 치료에 열중하고 있었다.

설영은 고개를 들고 있었기 때문에 자신이 속곳 하나만 달랑 입고 있는, 거의 알몸이나 다름이 없는 상태라는 것을 알 수 있었다.

그는 방금 전보다 더 부끄러워져서 상체를 일으키려고 애쓰며 손을 내저었다.

"그만… 이제 됐습니다, 형수님."

설무검은 자신과 양연화에 대해서 오직 한 사람, 설영에게

만 며칠 전에 간략하게 얘기해 주었었다.

설영은 크게 기뻐하며 진심으로 축하해 주었다. 그가 양연화에 대해서 알고 있는 것은 그녀가 양궁표의 여동생이라는 사실뿐이었다.

하지만 그녀에 대해서 속속들이 안다고 해도 진심으로 축하하는 마음은 변함이 없을 터이다.

"조금만 하면 다 됐어요."

양연화가 치료를 계속하면서 다정하게 말했지만 설영은 힘겹게 몸을 일으켰다.

아직도 온몸이 고통스러운 상태였으나 양연화가 계속 치료를 하도록 내버려 둘 수는 없었다.

설영이 일어나려고 버둥거리자 양연화는 짓궂은 막내 동생을 대하는 듯한 미소를 지었다.

"의원이 다녀간 후로는 제가 줄곧 공자를 치료했어요. 이번이 벌써 네 번째예요. 그러니 계속 치료하게 해주세요."

양연화의 말은 다분히 설득력이 있었다. 설영은 자신이 부끄러움 때문에 괜한 어리광을 부리고 있는 것이라는 생각마저 들었다.

그가 가만히 있자 양연화가 다시 치료를 할 자세를 잡으면서 미소 지었다.

"자, 다시 눕도록 하세요, 공자."

그러나 설영은 말을 듣지 않았다. 그는 두 팔꿈치로 상체를 지탱한 상태에서 정색으로 양연화를 바라보았다.

"그만두겠습니다."

하지만 속으로는 장난스러운 미소를 짓고 있었다.

"네?"

설영이 갑자기 정색을 하자 양연화는 긴장된 표정으로 조심스럽게 그를 바라보았다.

설영은 표정은 물론 목소리까지 엄숙하게 하여 말을 이었다.

"세상에 한참 손아래 시동생에게 공자라고 부르고, 꼬박꼬박 상전 대하듯 존대를 하는 형수가 어디에 있겠습니까? 만약 형수님께서 말투를 바꾸시면 저도 얌전히 치료를 받도록 하겠습니다."

양연화는 두 눈을 크게 뜨면서 매우 놀란 표정을 지었다. 하지만 그녀는 곧 눈가에 이슬이 촉촉하게 맺히면서 고마운 표정을 지었다.

설영이 자신을 가족으로 맞이하려 한다는 것을 어찌 그녀가 모르겠는가.

설영은 양연화의 표정이 변하는 것을 뻔히 보면서도 짐짓 너스레를 떨면서 몸을 일으키려는 시늉을 했다.

"정히 못하시겠다면 저도 그만 일어나겠습니다."

철썩!

"못써! 영아, 너는 지금 형수에게 반항하는 것이냐?"

열혈충심(熱血忠心) 145

그때 양연화가 설영의 몸을 약간 비틀어 돌려 눕히더니 맨살이 거의 드러난 엉덩이를 시원스럽게 갈기면서 짐짓 엄하게 꾸중을 했다.

"당장 눕지 못하겠니? 볼기를 한 대 더 맞아야 정신을 차리겠어?"

"아, 알았습니다요, 마님……. 시키는 대로 합죠, 네."

철썩!

"아야!"

"마님이 아니라 형수야, 형수!"

양연화가 정정을 해주며 다시 한 번 볼기를 때렸다. 이번에는 방금 전보다 조금 더 아팠다.

"소성주, 몸도 불편하신데 어딜 가시려는 겁니까?"

설영이 방문을 붙잡은 채 비틀거리며 방에서 나오자 그때 복도를 지나던 결사칠위 우두머리 금록이 깜짝 놀라서 달려와 부축을 했다.

"복코대장, 마침 잘 만났어. 무평과 도천이 있는 곳으로 안내해 줘."

"소성주……."

금록은 안색이 어두워지며 착잡한 표정을 짓다가 설영을 지하 연공실로 안내했다.

"속하가 모시겠습니다."

스르릉!

석문이 한쪽으로 밀리면서 열리자 설영과 금록이 석실 안으로 들어섰다.

석실 안으로 두어 걸음 들어서던 두 사람은 순간 뚝 걸음을 멈추어 서며 전면을 쳐다보았다.

석실 안쪽 석대 앞에 설무검이 뒷모습을 보인 채 우뚝 서 있었기 때문이다.

두 사람이 들어섰는데도 설무검은 미동조차 하지 않았다. 그는 석대 위에 나란히 놓여 있는 두 개의 관을 묵묵히 굽어보고 있을 뿐이었다.

두 개의 관에는 결사칠위의 백무평과 소도천의 시신이 나란히 누워 있었다.

설무검의 태산 같은 뒷모습을 바라보고 있는 금록의 얼굴이 일그러졌다.

그는 감동하고 있었다. 설무검이 이곳에서 수하의 주검을 지키고 있을 줄은 예상하지 못했던 것이다.

내가 죽으면, 천주께선 내 시신을 저렇게 굽어보면서 애통해 하시겠지. 그런 생각을 하자 가슴속에서 불끈불끈 충성심과 용기가 마구 솟구쳤다.

설영은 금록을 놔둔 채 조용히 걸어가 설무검 옆에 서서 관을 굽어보았다.

관 속에 누워 있는 백무평과 소도천은 깨끗한 옷으로 갈아입혀진 평상시와 다름이 없는 모습이었다. 또한 더없이 평온한 표정이었다.

살아생전에는 희노애락에 찌들었는데, 오히려 죽어서 안정을 찾은 듯했다.

"무평… 도천……."

설영은 두 사람을 굽어보며 나직이 중얼거렸다. 그의 뺨 위로 눈물이 흘러내렸다.

그는 백무평, 소도천과는 예전에도 그리 친하지 않은 사이였지만, 그들의 죽음이 마치 자신의 팔다리가 잘려 나간 것처럼 마음이 아프고 괴로웠다.

그때 설무검이 설영의 어깨에 손을 얹었다.

"형님."

"나가자."

설무검은 설영의 어깨를 잡고 석실 문 쪽으로 이끌었다.

단랑과 염탕, 반호, 오장보, 청랑은 모두 자신들의 거처에서 치료를 받고 있었다.

염탕을 제외한 네 사람은 고갈됐던 공력을 거의 회복하고 온몸에 입었던 상처들을 치료하고 나서는 벽을 짚거나 절룩거리면서나마 겨우 돌아다니기 시작했다.

그렇지만 염탕은 아직도 의식을 되찾지 못한 채 사경을 헤

매고 있는 중이었다.

등에서 가슴으로 관통한 상처가 너무 깊었고, 피를 많이 흘렸기 때문이다.

염탕의 방에는 여러 사람들이 있었다. 단랑과 반호, 오장보, 청랑이었다.

그들 네 사람은 자신의 몸도 성치 않은 상태이며, 아직 치료를 꾸준히 받아야 하는데도 염탕이 누워 있는 침상 근처를 떠나려 들지 않았다.

의원이나 그들을 시중드는 하녀들이 아무리 잡아끌어도 막무가내였다.

단랑은 오히려 의원과 하녀의 목에 칼을 들이대며 죽이겠다고 엄포를 놓을 정도였다.

청랑은 결사칠위의 일원으로서 이들의 형제는 아니지만, 참혹하기 짝이 없었던 싸움을 함께 치렀던 끈끈한 동료애를 느끼고 있었기 때문에, 마치 자신이 이들과 생사고락을 함께 하는 형제처럼 느껴졌다.

이들 네 사람은 염탕이 조금이라도 빨리 깨어나게 하려고 그에게 돌아가면서 진기를 주입시켜 주는 과정에서 서로 먼저, 그리고 많이 주입하겠다면서 옥신각신 소란을 피웠는데 그 광경이 흡사 싸움을 방불케 했다.

칠의문의 은밀한 장소에 위치한 넓은 밀실에 많은 사람들이 운집해 있었다.

 단상의 태사의에는 설무검이 꼿꼿한 자세로 앉아 있고, 그 옆 호피의에 은자랑이 앉았으며, 두 사람 뒤에는 현조운과 한효령이, 설무검 옆에는 설영과 양궁표가, 은자랑 옆에는 한효령이 서 있었다.

 설영은 아직 온전치 못한 몸이라 치료를 계속 받아야 하지만, 그 스스로 오늘의 모임이 매우 중요하다는 판단을 내렸기에 무리를 하여 나온 것이다.

 또한 설무검은 일부러 은자랑까지 불렀다.

 설무검의 지시로 단상에 두 개의 태사의를 나란히 놓았지만, 은자랑이 극구 사양하면서 호피의로 대체하여 자신은 거기에 앉았다.

 태사의는 원래 그 무리의 최고 수장이 앉는 상징적인 자리다. 설무검은 은자랑이 삼천무림과는 동떨어진 조직인 봉황단의 단주이고, 그녀를 존중하는 의미에서 동격으로 대우하고자 했는데 결국 그녀의 사양으로 이루어지지 못했다.

 설영과 양궁표 양쪽에는 결사칠위의 네 명, 금록과 화영, 진명군, 함웅. 그리고 곽정과 정미, 천백검문의 고선, 명한이 철탑처럼 우뚝 섰다.

 단하의 앞쪽에는 중천오충의 우두머리들과 추풍도 화운비가 늘어서 있었고, 뒤쪽에는 소림, 아미, 곤륜파의 장문인과 장로들이 나란히 서 있었다.

이 자리에는 가장 중요한 설무검의 형제들이 네 명이나 참석하지 못했다.

그리고 청랑도 오지 못했다. 그들은 최소한 열흘 이상 치료와 정양을 해야만 거동할 수 있을 테고, 또한 그들 모두 잠시도 염탕의 곁을 떠나려 들지 않았기 때문이다.

지금 좌중에는 긴장과 침묵이 오랫동안 흐르고 있었다. 기침소리, 아니, 숨소리조차 들리지 않았다.

곤륜파 장문인 운룡자와 두 명의 장로는 이곳 칠의문에 온 후에 설무검의 신분을 알게 되어 기절을 할 정도로 놀란 경험이 있었다.

그들은 감히 설무검을 똑바로 쳐다보지 못하고 허리와 고개를 약간 숙인 채 시립하는 듯한 자세를 취하고 있었다. 그들은 중천무림에 속한 중천오문의 장문인으로서 중천절 수하의 신분이었다.

"나는……."

이윽고 설무검이 꼿꼿한 자세로 앉은 채 나직하고도 굵은 저음을 흘려냈다.

모두들 바짝 긴장하여 귀를 기울였다.

설무검은 어느 때보다도 담담한 표정으로 말을 이었다.

"나와 내 형제들만의 복수행(復讐行)을 원한다."

조용한 목소리였지만 실내에 있는 사람들 귀에는 천둥소리처럼 크게 들렸다.

모두의 표정이 홱 돌변했다. 그들은 방금 설무검이 한 말의 의미를 즉시 알아들었다.

설무검과 설영, 그리고 양궁표를 위시한 형제들끼리 배신자들, 즉 중천오세를 상대하겠다는 뜻인 것이다.

그래서 사람들은 혹시나 자신들이 잘못 들은 것이 아닌지 귀를 의심하고 옆 사람의 표정을 살피는 등 한동안 침묵 속에서 술렁였다.

모두 경악을 했지만 그중에서도 더 놀란 사람은 은자랑과 결사칠위의 금록, 화영, 진명군, 함웅이었다.

그들은 어리둥절한 표정으로 설무검을 쳐다보았다. 그들은 설무검이 말한 '형제'에 설마 자신들도 포함되었겠지라고 생각하면서도 불길한 마음을 떨쳐 버릴 수가 없었다.

"그게… 무슨 말씀이십니까?"

그때 흑룡보주 주영걸이 어리둥절한 얼굴로 한 걸음 앞으로 걸어나가면서 설무검을 쳐다보며 물었다.

놀란 상태라서 천주에게 최대의 예의를 갖추어야 한다는 사실마저도 망각한 상태였다.

모두가 하고 싶은 말을 주영걸이 대표로 대신해 주었다. 모두의 얼굴에 극도의 긴장이 떠오른 채 눈도 깜빡이지 않으면서 설무검을 주시했다.

설무검은 조금 전에 말했을 때와 달라지지 않은 담담함으로 다시 한 번 확인시켜 주었다.

"중천오세에 대한 복수는 나와 내 형제들만으로 실행하겠다. 너희는 그만 손을 떼도록."

모두의 귀는 잘못되지 않았다. 제대로 들은 것이다. 오히려 설무검은 조금 전보다 더욱 확실한 말로 모두를 경악하게 만들었다.

좌중에 다시 질식할 것 같은 침묵이 찾아들었다. 하지만 조금 전에 설무검의 말을 기다리고 있을 때와는 전혀 다른 의미의 침묵이었다. 모두의 얼굴에 경악과 불신의 표정이 가득 떠올라 있었다.

열 호흡 정도의 시간이 흘렀을 때, 음양문주 음양생사신의 남편 양술사신 부량이 단상 앞으로 바짝 다가들며 침착하려고 애쓰는 표정으로 입을 열었다.

"이… 이유가 무엇입니까?"

그 역시 모두가 궁금한 말이었다.

"이것은 내 개인의 사사로운 원한이다. 너희는 상관이 없다."

설무검은 오늘 몇 시진에 걸쳐서 심사숙고한 끝에 이런 결정을 내렸다.

그러므로 당연히 지금까지 세웠던 계획도 전면 수정했다. 중천무림을 뿌리째 뽑아버리는 것에서 중천오세, 아니, 남은 중천사세의 지존들만 죽이는 것으로.

설무검이 여태까지와는 달리 엄숙한 표정과 어조로 다시

입을 열었다.

"이것은 내 마지막 명령이다. 너희는 지금 즉시 해산하여 각자의 길로 가라."

최후통첩이었다. 이것은 천주의 명령이다. 여기에 모여 있는 사람들은 중천절의 가장 충성스러운 수하들이므로 그것을 거역할 수가 없다.

더구나 설무검은 중천절로서 내리는 마지막 명령이라고 하지 않았는가.

모두의 얼굴이 절망으로 가득 물들었다. 어떤 사람들은 굵은 눈물을 뚝뚝 흘렸고, 어떤 사람들은 그 자리에 털썩 주저앉아 고개를 푹 숙이며 깊은 한숨을 내쉬었다.

"대가……."

은자랑이 불신과 두려움이 가득한 표정으로 바로 옆에 앉은 설무검을 바라보았다.

"설마… 소녀마저 거부하시는 것은 아니겠지요?"

말의 내용은 '설마 나는 아니겠지'라고 자위하면서도, 그 말은 가늘게 떨리고 있었다.

설무검은 은자랑에게 고개를 돌리면서 일부러 굳은 표정을 지어 보였다.

"랑아, 나는 너를 포함한 모두와 이제 인연을 끊고 싶구나."

"아……."

한가닥 희망마저 사라져 버리고 불길함이 현실로 드러나자 은자랑은 앉아 있을 기력마저 없는 듯 의자의 등받이에 몸을 기대면서 망연자실한 표정을 지었다.

 만약 등받이가 없었다면 그녀는 뒤로 나자빠졌을 것이다. 그러나 그런 것은 어쨌든 상관이 없다. 방금 자신이 들은 말이 사실이 아니라고만 한다면 그 어떤 희생이라도 치를 수 있는 그녀였다.

 "뭐 하는 거예요, 당신! 여태껏 우리 모두를 여기까지 끌고와 놓고서, 이제 와서 인연을 끊겠다니! 농담치고는 지나친 것 아닌가요?"

 또다시 침묵을 깬 사람은 고선이었다. 그녀는 어느새 울고 있었다.

 자신이 울고 있다는 사실도 모르면서 펑펑 눈물을 쏟고 있었다. 몇 시진 전에는 설무검에게 사랑의 버림을 받아서 울더니, 이제는 인연의 버림을 받아 울고 있는 것이다.

 "미안하구나, 선아. 할 말이 없다."

 '미안'이라거나, '할 말이 없다'라는 말은 과거 중천절이 사용하는 어휘에는 들어 있지 않던 것들이었다.

 변했다. 확실히 중천절 설무검은 예전의 그가 아니었다.

 그는 지독히도 인간적으로 변해 버렸다.

 슥—

 이윽고 설무검이 몸을 일으켰다.

그러자 사람들이 화들짝 놀랐다. 그가 이 자리를 떠나면 죽을 때까지 다시는 못 볼 것 같은 불길함을 이 순간 모두 똑같이 느끼고 있었다.

바로 그때였다.

"불복합니다!"

누군가 목이 터져라 우렁차게 외쳤다. 얼마나 큰 외침인지 넓은 밀실 전체가 쩌렁쩌렁 울렸다.

사람들의 시선이 한곳으로 집중되었다. 그곳은 설무검 앞쪽 단하였다.

그곳에 결사칠위의 우두머리 금록이 무릎을 꿇은 채 이마를 바닥에 대고 있었다.

그러자 화영과 진명군, 함웅도 금록의 좌우에 같은 자세를 취하면서 입을 모아 외쳤다.

"속하들도 불복합니다!"

금록은 천주가 왜 이런 결정을 내렸는지 알 수 있을 것 같았다. 아마도 백무평과 소도천의 죽음 때문일 것이다.

금록은 오늘 낮 건천산 숲 속의 그 싸움에서 백무평과 소도천의 시신을 목격한 설무검의 표정을 지금도 생생하게 기억하고 있다.

설무검은 백무평과 소도천이 정말 죽었는지 몇 번이나 확인을 했고, 그들이 죽었다는 사실을 믿으려 하지 않았으며, 그들 곁에 한참이나 앉아서 깊은 생각에 잠겼었다. 그리고 그때 그가 짓고 있었던 표정은 '상심'이었다.

예전의 설무검은 그러지 않았다. 일단 목표를 세우면 어떤 희생을 치르던 개의치 않았었다. 아니, 목적을 이루기 위해서는 희생은 당연한 것이라고 여겼었다.

아까 금록이 설영을 안내하여 백무평과 소도천의 시신이 안치되어 있는 지하 연공실로 내려갔을 때, 그곳에 예상하지도 않았던 설무검이 있었다.

그때 금록은 그의 넓은 등을 보면서 그가 두 사람의 죽음을 얼마나 애통해하는지 절실하게 깨달았었다.

그 후에 설무검이 모두와의 인연을 끊겠다는 결정을 내렸기 때문에, 금록은 그가 더 이상 측근들의 죽음을 원치 않는다는 사실을 깨달은 것이다.

죽은 줄 알았던 중천무림의 천주 설무검이 살아서 돌아왔다는 사실이 조금 알려지면서 현재 그의 주위로 꽤 많은 충성스러운 수하들이 모여든 상태다.

설무검의 귀환 소식이 대대적으로 알려지면 지금의 몇십 배에 달하는 수하들이 구름처럼 운집할지도 모른다. 아니, 분명히 그럴 것이다.

낙성검가가 중천무림의 맹주가 되고, 단해룡이 천주로 등극하는 시점에서 전대 천주인 설무검을 선택하는 사람들은 목숨을 내놓았다고 해도 무방할 터이다.

그렇게 해서 전대 천주와 당금 천주 사이에 전쟁이 벌어진다면, 설무검을 따르는 수많은 사람들이 죽게 될 것이다. 아니, 어쩌면 전멸할지도 모른다.

설무검을 추종하는 사람들은 기꺼이 목숨을 내놓을 각오가 되어 있지만, 설무검 자신은 그렇지 않은 것이다.

그는 자신의 복수를 위해서 수많은 사람들이 희생당하는 것을 원하지 않는다.

그 문제는 지금 갑자기 불거져 나온 것이 아닐 터이다. 아마도 그의 심중에 하나의 묵은 고민거리로 내내 남아 있던 중에 백무평과 소도천이 죽었고, 그래서 차제에 결정을 내려 버린 것이리라.

우뚝 일어선 설무검은 잠시 그들을 굽어보다가 고개를 돌려 외면한 채 그대로 걸음을 옮겨 입구로 향했다. 그 뒤를 설영과 양궁표가 따랐다.

저벅저벅……

심해처럼 적막한 실내에 세 사람의 발자국 소리만 공허하게 울리고 있었다.

"크윽……"

문득 주영걸의 입에서 짓씹는 듯한 신음이 흘러나왔다.

그러나 그것뿐, 아무도 입을 열지 않았다. 다만 모두의 얼굴표정이 점차 하나로 통일되고 있었다. 아주 빠른 속도로.

입구에 도달하여 양궁표가 열어준 문으로 막 나가려던 설무검이 무엇인가를 감지하고 뚝 걸음을 멈추었다.

이어서 느릿한 동작으로 뒤돌아보다가 그의 안색이 가볍게 변했다.

돌아선 설무검과 설영, 양궁표는 중인 모두가 일어서서 이쪽을 향해 우뚝 서 있는 것을 보았다.

서로 말이나 전음을 주고받지 않았음에도 그들 모두의 행동은 마치 약속이나 한 것처럼 일치했다.

그때 금록이 제 자리에 선 채 잔잔하지만 힘있는 목소리로 외치기 시작했다.

"바람을 타고 물결을 깨뜨리며!"

그러자 기다렸다는 듯이 결사칠위의 화영, 진명군, 함웅이 우렁차게 뒤를 이어서 우렁차게 외쳤다.

"나아갈 때가 오면!"

그다음에는 모두들 입을 모아 밀실이 떠나갈 정도로 큰 목소리로 외치면서 비장한 표정으로 굵은 눈물을 흘리며 합창을 했다.

"높은 돛 바로 달고 창해를 건너리라!"

설영과 양궁표의 가슴이 떨려왔다.

설영은 힐끗 설무검을 쳐다보았다. 설무검의 짙은 눈썹이 가볍게 찌푸려져 있었다. 단지 그것뿐이었다.

그때 주영걸이 비통하게 외쳤다.

"우리의 돛이 부러졌습니다!"

차차창!

열혈충심(熱血忠心) 159

다음 순간 모두 일제히 무기를 뽑아 자신의 목을 베어갔다.
무기가 없는 사람은 주먹을 들어 자신의 정수리 천령개를 짓쳐 갔다.
겁을 주자는 것이 아니고, 모두들 정말 죽으려는 결심이었다.
누가 먼저 죽자고 선동을 한 것도 아닌데, 지금 이 순간 모두의 마음이 일맥상통했다.
그들은 그 행위로써 소리 높여 외치려는 것이다.
한 척의 배를 타고 거친 파도가 몰아치는 창해를 건너다가 돛이 부러졌으니 이제 종말이 왔다는 사실을.
시퍼런 칼날과 굳은살 박인 주먹이 그들의 목을 베어가고 머리를 짓쳐 가는 순간은 너무도 짧고 빨랐다.
설영과 양궁표는 두 눈을 찢어질 듯 부릅떴으며, 한 방울 눈물이 뺨을 타고 흘러내렸다.
"멈춰라―!"
쩌르릉!
그 순간 설무겁이 대갈일성 우렁차게 외쳤다. 그 외침은 그의 공력이 고스란히 실린 엄청난 위력의 사자후(獅子吼)였다.
그리고 사자후는 순간적으로 모두의 행동을 제압해 버렸다.
한마디 외침으로써 다수의 심혈을 제압해 버리는 초상승

의 수법인 것이다.

　모두의 행동이 한순간 일제히 정지됐다. 주먹은 정수리를 가격하는 순간에, 무기는 목을 베는 순간에 멈추었다.

　그렇지만 칼날이 이미 목의 살 속으로 약간 파고들어 피가 흐르는 사람도 있었다.

　설무검의 사자후는 중인을 세 호흡 정도 제압하고 있다가 풀어주었다.

　아무리 반박귀진의 경지에 이른 설무검이지만 많은 고수들을 한꺼번에 오랫동안 묶어둘 수는 없는 일이다.

　모두들 주먹을 정수리에 대고, 무기를 목에 댄 채 어떤 사람은 피를 줄줄 흘리면서 설무검을 주시했다.

　자결을 하는 것은 지금이 아니라도 얼마든지 기회가 있다.

　그리고 설무검이 이대로 나가 버리면, 이들은 정녕코 자신의 목숨을 끊을 각오였다.

　설무검의 눈빛이 흐려졌다. 뺨이 씰룩였다. 목젖이 오르락내리락하면서 주먹을 움켜쥐었다.

　설영과 양궁표는 설무검의 그런 모습을 처음 보았다.

　"너희들은……."

　이윽고 설무검이 갈라진 듯한 목소리로 입을 열었다.

　"진정 어리석구나."

　그 말에 모두들 부르르 세차게 몸을 떨면서 격동에 가득 찬 표정을 지었다.

그리고는 또다시 뜨거운 감격의 눈물을 흘렸다. 노인이나 젊은이나, 남자나 여자나 하나가 되어 거칠고 투박한 눈물을 뚝뚝 흘리면서도 얼굴에는 환한 웃음이 가득했다.

뭇사람이 한마음이면 성을 쌓고[衆心成城], 뭇사람이 한목소리면 쇠도 녹인다[衆口鑠金]고 했다.

이들의 진정 어린 열혈충심이 마침내 설무검의 얼음 같은 마음을 녹인 것이다.

第百章

휼방지쟁(鷸蚌之爭)

"대가!"

실내로 은자랑이 다급히 달려 들어오며 외쳤다.

실내에는 많은 사람들이 둥글고 큰 탁자 둘레에 모여 앉아 차를 마시면서 세부적인 계획을 세우고 있는 중이었다.

그중에는 설무검과 설영이 나란히 앉아 있는 모습도 보였다. 예의를 차려야 할 장소를 제외하고는 모두들 격의없이 둘러앉아 대화하고 술을 마신다는 것을 모르고 있던 소림, 아미, 곤륜파 사람들은 감히 천주와 같은 탁자에 앉아 있다는 사실에 가시방석에 앉은 듯한 표정이었다.

설무검과 설영 뒤에 우뚝 서 있는 현조운과 그 뒤에 일렬로 늘어선 금록을 위시한 결사칠위의 네 명만이 우뚝 선 채 호위를 하고 있을 뿐이었다.

"대가의 추측이 맞았어요! 남천무림의 고수들이 이미 낙양 근처까지 도달해 있었어요!"

은자랑은 너무 놀라고 급한 나머지 앉을 생각도 하지 않고 설무검 곁으로 달려와 빠르게 얘기했다.

설무검과 설영, 양궁표를 제외한 모든 사람들이 해연히 놀란 얼굴로 은자랑의 다음 말을 기다렸다.

"낙양성을 중심으로 가깝게는 삼십여 리. 멀게는 백 리 이내에 있는 방, 문파들 오십여 곳에 남천무림의 고수들이 칩거해 있는 것을 백봉령루의 정보망이 확인했어요!"

은자랑의 목소리는 흥분과 놀라움으로 뒤범벅되었다.

"오십여 방, 문파라니… 낙양성 백 리 이내라면 중천무림의 세력권일 텐데 어째서……"

운룡자가 믿을 수 없다는 듯 중얼거렸다. 그의 말대로 낙양성 백 리 이내는 중천무림의 세력권 중에서도 한복판이라고 할 수 있는 지역이다.

중천무림의 세력권은 북으로 오백여 리, 동서로 천오백여 리, 남으로 팔백여 리에 달할 정도로 광활하다.

은자랑은 운룡자를 힐끗 보더니 다시 설무검을 보면서 흥분이 가라앉지 않은 목소리로 말을 이었다.

"정확하게 오십사 곳의 방, 문파에 남천고수가 백오십 명씩 은신해 있어요."

이번에는 설무검 한 사람을 제외한 모두의 안색이 급변했다. 만면에 떠오른 것은 경악지색이었다.

오십사 곳의 방, 문파에 백오십 명씩의 남천고수들이 은신해 있다면, 모두 합하여 무려 팔천백 명이다. 실로 혀를 내두를 만큼 어마어마한 숫자였다.

더구나 그들이 남천무림 전체에서 엄선한 정예고수라는 점을 감안한다면, 그 위세가 어떨지는 가히 어렵지 않게 짐작할 수 있을 터이다.

경악 뒤에는 침묵이 흘렀다. 아무도 입을 열지 않았다. 누군가 마른침을 삼키자 모두 흠칫 놀라 그 사람을 쳐다볼 정도로 긴장감이 팽배해 있었다.

"그렇다면 그들 오십사 개의 방, 문파들이 중천무림을 배신했다는 말입니까?"

설무검에게서 가장 멀리 앉아 있는 형신이 혀로 바싹 마른 입술에 침을 묻히고 나서 은자랑을 쳐다보며 물었다. 얼굴에는 극도의 긴장이 가득 떠올라 있었다.

"그것은 그리 중요한 일이 아니에요."

은자랑이 냉랭한 얼굴과 싸늘한 목소리로 귀찮다는 듯 대답해 주었다.

형신이 설무검의 수하가 아니었다면 대답해 주지도 않았겠지만, 대답하더라도 하인을 대하듯 반말을 했을 것이다.

휼방지쟁(鷸蚌之爭) 167

사실 지금에 와서 남천무림이 낙양성 인근 백여 리 이내의 방, 문파 오십사 곳을 포섭했는지 강제로 점거를 했는지는 은자랑의 말처럼 중요한 일이 아니다.

지금 중요한 것은, 남천무림이 중천무림을 도모하려고 팔천여 고수를 턱 밑에 은신시켜 두었다는 사실이다.

"남천고수들은 아직 은신처에서 꼼짝도 하지 않고 있어요. 수하들에게 철저히 감시를 시켜놓았으니 움직임이 있으면 일각 이내에 비합전서로 연락이 올 거예요."

은자랑은 그 말을 마치고 설무검의 왼쪽 자신의 자리에 앉아서 목이 타는 듯 차를 한 잔 마셨다.

설무검의 오른쪽에 앉아 있는 설영이 그녀가 차 한 모금을 마시기를 기다렸다가 눈이 마주치자 부드러운 미소를 지어 보였다.

기이하게도, 은자랑은 방금 전까지 흥분과 긴장으로 두근거리던 마음이 설영의 미소를 접하는 순간 한결 나아지는 것을 느끼고 신기하다는 생각이 들었다.

은자랑이 설무검에게 한 말은 비록 몇 마디에 불과했지만 엄청난 내용이었다. 그리고 더 이상 보충할 만한 말도 없었다.

설무검은 꼿꼿하게 앉아서 팔짱을 끼고 눈을 지그시 감은 채 깊은 생각에 잠겨 있었다.

실내의 사람들은 아무도 입을 열지 않았고, 서로 시선을 마주치지도 않았다. 오로지 설무검의 얼굴만 뚫어지게 주시하고 있을 뿐이었다.

원래 설무검은 함붕과 진우장이라는 자의 실토를 받아낸후, 생각을 정리하고 나서 은자랑에게 낙양성 인근의 방, 문파들을 샅샅이 살펴보라고 지시했었다.

장도명이 낙성검가의 책사라는 신분이면서도 남천무림의 맹주인 남궁세가의 책사 적멸수사 감한랑의 수하를 포섭했다는 사실에 주목한 것이다.

진우장은 감한랑의 명령을 받아 그것을 일단 장도명에게 보고하고, 장도명은 그 명령 내용을 검토한 후 다시 진우장에게 명령을 하달했다고 한다.

진우장은 그것을 다시 함붕에게 전하고, 함붕은 그대로 시행하는 것과 동시에, 낙성검가 내에서 벌어지는 비밀스러운 정보들을 진우장에게 고스란히 알려주었다.

이후 진우장은 그 정보를 장도명에게 보고하고, 다시 검토되고 조작된 정보가 진우장에 의해서 감한랑에게 보고된다.

낙성검가와 남궁세가 사이에는 장도명이 도사리고 있다. 그러므로 남궁세가는 오로지 장도명의 입에서 나온 계략을 낙성검가의 정보라고 철석같이 믿고 있었을 것이다.

그런 사실들을 종합해 봤을 때, 장도명은 무엇인가 커다란 음모를 꾸미고 있는 것이 틀림없었다.

그때 설무검의 뇌리를 스치는 것이 하나 있었다. 설영을 구하러 갔다가 대평원에서 사파고수 이만 칠천여 명과 마주쳐 싸웠던 일이다. 그 어마어마한 규모의 사파고수들은 모두 장도명의 수하였다.

그리고 또 설무검은 설영과 양궁표 등이 당하현 내에서 사파고수들과 싸웠다는 이야기도 들었다.

그들이 싸운 사파고수들 각각은 무림의 일류고수 이상의 수준이라고 했다.

설무검 일행이 싸웠던 이만 칠천 명의 사파고수 대부분은 오합지졸이었지만, 그들 중에 몇백 명 정도는 설영 일행이 싸웠던 사파고수들처럼 일류고수 이상의 수준이었다.

설무검은 그 점에 착안했다. 사도무림에 속해 있는 사파고수의 수는 수십만을 헤아릴 정도다.

그들 전부를, 아니, 그들 중에 일부만 정예화(精銳化)시켰더라도 그 수는 족히 몇 만은 될 터이다.

장도명은 사파고수들을 정예화시킨 것이 분명했다. 그들 중에 일부가 설무검과 설영 일행을 공격했던 것이다.

장도명은 사도무림을 정예화시켜서 대체 무엇을 하려는 속셈이라는 말인가?

바로 그때 설무검은 또 한 가지 사실을 기억해 냈다.

그것은 천추혈의맹의 실질적인 맹주인 무당파 장문인 현천 진인이 소림사 근처 숲에서 은밀하게 장도명을 만났었다는 사실이다.

일전에, 천추혈의맹이 무모하게 중천무림을 공격하려는 발호(跋扈)의 배후에는 장도명이 있을 것이라는 결론을 내린 바 있었다.

아마도 현천 진인은 장도명이 어마어마한 규모의 사파고수들을 거느리고 있다는 사실을 확인한 연후에 중천무림을 공격하겠다는 결정을 내렸을 것이다.

설무검의 의문이 거기에 이르렀을 때 떠오르는 것은 한 가지밖에 없었다.

휼방지쟁(鷸蚌之爭).

도요새와 조개가 싸우면 이득을 보는 것은 어부다.

천추혈의맹이 중천무림을 공격하고, 남천무림이 또다시 중천무림을 공격한다.

천추혈의맹은 당연히 괴멸될 것이고, 중천무림과 남천무림 둘 중 하나도 전멸할 것이다. 마지막 하나가 남는다고 해도 피투성이가 된 상태일 것이다.

바로 그때 장도명의 정예화된 사파고수들이 들이닥쳐 최후의 승자를 무자비하게 짓밟아 버린다.

그렇게 해서 장도명은 중천무림과 남천무림을 동시에 수중에 넣는다.

생각이 거기까지 이른 설무검은 그 즉시 은자랑에게 남천무림이 낙양성 인근까지 접근해 왔는지 알아보라고 지시를 내렸던 것이다.

"함붕에게 낙성검가의 동향을 알아와라."

이윽고 장고(長考)를 끝낸 설무검이 나직한 어조로 입을 열자 금록이 화영에게 고개를 끄덕여 보였다.

그러자 화영은 설무검에게 공손히 허리를 굽힌 후 쏜살같이 밖으로 달려나갔다.

함붕에게 간 화영을 기다리는 동안 칠의문 깊은 곳 밀실에서는 설무검을 비롯한 중인이 술을 마시고 있었다.

무겁고 긴장된 분위기를 진작시키는 데에는 술보다 좋은 것이 없다.

설무검과 술을 많이 마셔본 양궁표나 설영, 은자랑 등은 익숙하게 술잔을 주고받았고, 몇 차례 술자리를 함께했던 중천오충의 우두머리나 화운비, 금록과 수하들은 머뭇거리다가 곧 분위기에 젖어들었다.

하지만 원공 선사나 창령 신니, 운룡자를 비롯한 삼파의 장로들은 하늘같은 설무검과 대작을 하는 자리라서 어쩔 줄을 모른 채 좌불안석 전전긍긍하고 있었다.

"장문인, 원래 불가에서는 술을 마시지 않소?"

그때 설영이 원공 선사를 보면서 궁금한 얼굴로 물었다.

원공 선사는 어색한 미소를 지었다.

"아미타불… 자주는 아니지만 불가나 도가에서도 가끔은 곡주(穀酒)를 마신다오."

"하면, 불가나 도가에서 술을 마시는 방법이 속세와 사뭇 다른 것이오?"

원공 선사는 벙긋 미소를 지었다.

"술을 마시는 데에 무에 다를 게 있겠소이까?"

"불가인은 어떻게 술을 마시는지 한 번 보고 싶소. 부디 안계를 넓혀주시오."

설영의 표정이 너무도 진지하여 원공 선사는 감히 다른 생각을 하지 못했다.

그는 넓은 승포 자락에서 손을 빼내어 술잔을 잡고는 설영을 쳐다보았다.

설영이 무척 진지한 표정으로 응시하고 있어서 원공 선사는 어쩔 도리가 없이 천천히 술잔을 들어 단숨에 비우고는 멋쩍은 얼굴로 설영을 쳐다보았다.

설영은 적이 감탄한 듯 고개를 끄덕였다.

"과연 불가인의 술 마시는 동작은 기품과 절도가 있는 것 같소."

그는 이번에는 운룡자를 바라보며 조금 전 원공 선사에게 지었던 것과 같은 표정으로 물었다.

"이번에는 곤륜파 도인의 술 마시는 모습을 한번 견식해 봐도 되겠소?"

"허허헛! 도인이라고 뭐 다르겠소이까?"

운룡자는 너털웃음을 한바탕 웃고는 시원스러운 동작으로

술잔을 입에 털어 넣었다.

설영은 고개를 끄덕이면서 빙그레 미소를 지었다.

"불가인도, 도인도 술을 잘 마시는군요. 자! 그렇다면 이번에는 속가인의 잔을 한 잔 받으시지요."

설영은 술 주담자를 들고 가서 원공 선사와 운룡자, 그리고 장로들에게까지 일일이 술을 따른 후, 창령 신니 앞에 서서 아름다운 미소를 지었다.

"이모님, 설마 여승은 술을 마시지 말라는 불법(佛法)이 있는 것은 아니겠지요?"

"아, 아닙니다."

"그렇다면 소질의 잔을 받으세요."

물론 소림, 곤륜, 아미파 사람들은 자신들이 설무검 앞이라 너무 경직돼서 술을 마시지 못하고 있으니까 설영이 재치있게 분위기를 완화시키려고 그런다는 사실을 알고 있다.

설영의 재치로 그때부터 좌중은 속가와 불가, 도가의 사람들이 한데 어울려서 화기애애하게 술을 마셨다.

함붕을 만나러 간 화영이 돌아온 것은 한 시진 반이 지난 인시(寅時:새벽 4시)경이었다.

어제 오후 무렵, 함붕은 설무검에게 충성을 맹세하고 낙성검가로 돌아갔었다.

낙성검가를 배신하고 남천무림에 붙었던 반복무상하는 놈을 쉽사리 믿을 수는 없는 노릇이었다.

그래서 금록이 미리 붙잡아두었던 함붕의 가족 중에서 아내를 데리고 와서 두 사람을 대면시켰다.

또 아내는 함붕에게 자신만이 아니라 세 자식과 노모까지 함께 억류되어 있다는 말을 해주었다.

그 후에 금록은 함붕의 혼혈을 제압해서 데리고 나가 낙성검가 근처에서 풀어주었다.

만약 함붕이 아내와 자식들, 노모까지 버리고 낙성검가에 이실직고를 하는 극단적인 상황이 벌어진다고 하더라도 그는 설무검 일행이 어디에 있는지 전혀 모르고, 그가 누군지조차도 모른다.

그러므로 낙성검가에서 그의 말을 믿어줄 리가 만무하다. 오히려 그를 수상하게 여겨 뒤를 캐는 일이 벌어지면, 그 자신만 위태롭게 될 것이다.

결국 함붕은 배신하지 못했다. 화영은 그에게서 전해들은 두 가지 소식을 가지고 돌아왔다.

첫째, 낙성검가는 남천무림이 지척까지 숨어들어 왔다는 사실을 까맣게 모른 채 천추혈의맹 토벌과 오늘 정오에 있을 단해룡의 중천절 즉위식 준비 때문에 더없이 분주하다는 것.

둘째, 설란궁주 설란후 정지약이 낙성검가에 찾아와 단해룡의 거처에서 현재 그와 함께 밤을 보내고 있다는 것.

화영은 두 번째 보고를 주저하면서 몹시 어렵사리 했고, 보고를 마치자 중인은 극도로 긴장하여 조심스럽게 설무검의

휼방지쟁(鷸蚌之爭) 175

표정을 살폈다.

설무검이 누군지 전혀 모르고 있는 함붕은 아무런 생각 없이 그저 설란후가 낙성검가에 왔다는 사실을 화영에게 전해 주었을 뿐이다.

그러나 설무검을 주시하고 있는 중인은 그에게서 아무런 반응도 발견하지 못했다.

중인은 제대로 알지 못하고 있었다. 설란후 정지약에 대한 설무검의 원한이 얼마나 깊은지를.

원래 김이 나지 않는 물이 뜨거운 법이다. 정말로 깊은 원한은 결코 표정이나 행동으로 드러나지 않는다.

가슴속 깊은 곳에 똬리를 틀고 있으며, 골수에 서리서리 쌓이고 맺히는 것이다.

"금록."

설무검이 생각을 끝내고 마침내 입을 열었다.

"하명하십시오."

"낙양 일대의 지리에 대해서 잘 아느냐?"

"잘 압니다."

"장도명의 수하들을 찾아라."

"명을 받듭니다."

금록이 깊숙이 허리를 굽힌 후 화영, 진명군, 함웅과 함께 입구로 달려갔다.

그러자 중인의 얼굴에 의아한 표정이 떠올랐다. 설무검이 왜 장도명의 수하들을 찾으라고 지시한 것인지 이유를 모르기 때문이었다.

중인 중에는 아까 함붕과 취운개, 진우장을 문초할 때에야 비로소 장도명이라는 존재가 있다는 것에 대해서 알게 된 사람들도 더러 있었다.

그랬기에 그들은 아예 설무검이 한 명령에 대해서는 짐작조차 하지 못하고 있는 형편이었다.

금록 일행이 막 문을 열고 밖으로 나가려 할 때 설영이 급히 일어서며 제지했다.

"잠깐!"

금록 등은 멈춰서 설영을 향해 뒤돌아섰다.

설영은 은자랑을 보면서 총명하게 눈을 빛냈다.

"랑 누님, 남천고수들이 은신하고 있는 방, 문파들이 낙양성을 중심으로 백여 리 이내에 산재해 있다고 하셨죠?"

"그래."

설영은 다시 금록을 쳐다보았다.

"그렇다면 복코대장은 낙양성 백여 리 바깥쪽을 찾아봐야 할 거야."

금록은 의아한 표정을 지으면서 설무검을 쳐다보면서 하명을 기다렸다.

설무검은 빙그레 미소를 지었다.

"영아 말이 맞다. 그들이 은신해 있다면 백여 리 바깥에 있을 것이다. 나는 미처 거기까지 생각하지 못했구나."

금록 일행은 즉시 밀실 밖으로 달려나갔다.

설영이 한 말의 의미를 깨달은 사람은 설무검과 은자랑 두 사람뿐이었다.

설무검의 그림자처럼 행동하고 있는 양궁표는 모든 사실을 설무검만큼 알고 있다.

하지만 그것을 종합적으로 분석하고 결론을 이끌어내는 두뇌가 부족해서 장도명이란 인물이 무슨 음모를 꾸미고 있는지, 또한 얼마나 중요한 위치를 차지하고 있는지는 아직 깨닫지 못하고 있었다.

모두들 의아한 표정을 지으면서 서로의 얼굴을 쳐다보고 있는 중에 형신이 조심스럽게 설영에게 물었다.

"소성주, 어째서 장도명이란 자의 수하들을 찾아보라는 것이고, 또 낙양성 백여 리 바깥쪽을 찾아보라는 것은 무슨 뜻입니까?"

설영은 가볍게 고개를 끄덕인 후 입을 열었다.

"우선 현재 상황에 대해서 설명하는 것이 순서이겠군요."

형신의 질문은 모두들 궁금하게 여기는 바이므로 중인은 설영의 말에 귀를 기울였다.

설영은 천추혈의맹과 낙성검가, 남궁세가의 배후에 장도명이 있다는 자세한 내막을 되도록 간략하면서도 일목요연하게 설명했다.

그것에 대해서 설무검과 설영은 따로 대화를 나눈 적이 없었지만, 설영의 설명은 설무검의 생각과 한 치의 오차도 없이 일치했다.

새로운 사실을 알게 된 중인이 크게 놀라 탄성을 터뜨리자 설영은 잠시 뜸을 들였다가 말을 이었다.

"그러므로 중천무림을 공격하는 순서는 첫 번째가 필경 천추혈의맹이 될 것이고, 두 번째가 남천무림. 그리고 배후인 장도명이 마지막이 될 것이에요. 천추혈의맹의 잔존 세력은 낙양성 밖 십여 리 이내에, 남천고수들은 백여 리 이내 은신하고 있는 것이 확인됐어요."

장내는 숨소리조차 들리지 않았다.

"공격하게 되는 순서대로 낙양성과 가깝게 은신하고 있다는 뜻이지요. 만약 우리의 추측처럼 장도명이 음모를 꾸미고 있는 것이 분명하다면, 그는 구태여 서두를 필요가 없을 거예요. 중천무림과 남천무림의 싸움은 한두 시진 만에 끝나지는 않을 테니까요. 그러니까 장도명의 수하들은 백 리 밖에서 느긋하게 추이를 관망하고 있을 것이라는 얘기죠."

좌중 여기저기에서 나직한 탄성이 흘러나왔다. 그제야 이해했다는 뜻이고, 어린 설영이 거기까지 헤아렸다는 사실에 감탄을 하는 것이었다.

설무검은 묵묵히 술을 마시고 있었다. 그렇지만 중인은 그가 깊은 생각에 잠겨 있다는 사실을 알 수 있었다. 그는 한참 술잔을 만지작거리면서 생각하다가 반 각 간격으로 한 잔 정도 마시고 있었다.

 그러는 중에도 시간은 자꾸 흘러 어느덧 묘시(卯時:새벽6시)가 되어갔다.

 이제 오늘 낮 정오가 되면 중천무림 한복판에서 천재지변에 버금가는 대사건이 벌어질 것이다.

 모두의 앞에 술과 요리가 놓여 있었지만 술을 마시고 있는 사람은 설무검과 설영, 은자랑뿐이었다.

 다른 사람들은 설무검과 설영, 은자랑을 보면서 안정을 찾으려고 애를 쓰고 있지만 역부족이었다. 그들의 얼굴에는 시간이 흐를수록 긴장감이 점점 짙어졌다.

 이곳에 있는 사람들은 한두 사람을 제외하곤 대부분 설무검이나 설영, 은자랑보다 나이가 많았다.

 하지만 그들은 자신들의 수양이 세 사람에 비해서 턱없이 부족하다는 사실을 새삼 절감하고 있었다.

 모두들 초조해서 손에 땀이 고일 지경인데도 설무검 등 세 사람은 깊은 생각을 하다가도 술을 마실 때면 술맛을 음미하는 여유마저 보이고 있었다.

 사실 설영은 겉으로는 밝은 얼굴을 하고 있지만, 속으로는 설무검과 모두에게 미안한 마음을 금할 길이 없었다.

 얼마 전 설영이 형 설무검을 칠 년여 만에 처음 만났던 날, 설무검이 제압해 놓은 장도명을 모두들 죽이기를 원했지만 설영이 간곡하게 부탁을 하여 살려주었었다.

만약 그때 장도명을 죽였더라면 필경 지금의 형세는 크게 변해 있을 것이다.

어쩌면 지금의 이런 분란은 아예 일어나지 않았을지도 모르고, 정오에 벌어질 천추혈의맹과 남천무림의 대공격 같은 것은 애당초 계획되지도 않았을 터이다.

설영은 술잔을 손에 든 채 물끄러미 설무검을 바라보았다.

그가 깊은 생각에 잠겨 있는 모습이, 이 난관을 어떻게 타개해야 할는지 고민하는 것이라 여겨 설영의 마음이 더욱 무겁게 가라앉았다.

만약 어떤 해결책을 생각해 내지 못해서 장도명이 꾸민 음모대로 천추혈의맹과 중천무림, 남천무림이 한바탕 싸움, 아니, 전쟁이 벌어져 수많은 사람들이 죽는다면, 그리고 설무검과 설영 형제의 복수를 하지 못하게 된다면, 그것은 전부 설영의 책임인 것이다.

그렇지만 설영은 그 당시 장도명을 놓아준 것을 지금도 후회하지는 않았다. 하나뿐인 친구 태무의 간청 때문에 그를 살려줄 수밖에 없었다.

만약 지금 또다시 그런 상황에 처하게 된다면, 아마도 설영은 똑같은 행동을 취하게 될 터이다. 그는 그만큼 태무를 진정한 친구로 생각하고 있는 것이다.

설영은 어떻게 하면 이 난국을 타개할 수 있을 것인가를 고심하고 또 고심했다.

좋은 계책을 떠올려 자신이 저지른 잘못을 다소나마 상쇄하고 싶기 때문이었다.

그렇지만 설영의 머리는 제자리걸음만 되풀이할 뿐 한 걸음도 앞으로 나아가지 못하고 있었다.

현재의 상황에 대해서는 누구보다 명석하게 잘 알고 있지만, 중천무림에 대해서는 별로 아는 바가 없기 때문에 궁리가 조화롭게 연결이 되지 않는 것이다.

"이것은 기회다."

그때 설무검이 술잔을 내려놓으며 조용한 어조로 중얼거렸다.

모두의 시선이 일제히 설무검에게 집중되면서 얼굴에는 화색이 돌았다.

그중에서도 설영의 눈이 가장 빛났다. 설무검이 '기회'라는 말을 했기 때문이다.

설무검은 천천히 좌중을 둘러보고 나서 입을 열었다.

"지금부터 내가 방법의 서두를 제시할 테니, 여러분은 구체적인 계획을 궁리해 보도록 하게."

 진천방주인 진천패검 담제웅은 동이 트지도 않은 어두컴컴한 신 새벽에 침상에서 내려왔다. 아니, 사실은 밤새 거의 한숨도 잠을 이루지 못했다.
 오늘 정오에 낙성절정검 단해룡이 중천절에 등극한다. 바로 그것 때문이었다.
 담제웅과 단해룡은 전대 중천절인 검신에 의해서 발탁되어 승승장구하여 중천오세의 위치에까지 올랐으며, 각각 설무검의 좌우익(左右翼), 즉 왼쪽 날개와 오른쪽 날개로 위세를 떨쳤었다.
 그렇지만 두 사람 중에 누가 왼쪽이고 누가 오른쪽인지 정해져 있던 것은 아니었다.

그만큼 두 사람이 일인지하만인지상의 무소불위 권력을 누렸었다는 얘기다.

그러다가 담제웅과 단해룡이 주축이 되어 음모를 꾸며 중천절을 권좌에서 끌어내렸다. 사실 중천절의 생사는 그리 중요하지가 않았다.

그는 십중팔구 죽었을 것이고, 요행히 살았다고 해도 스스로 밥벌이도 하지 못할 폐인이 됐을 것이 분명할 테니까 말이다.

음모를 꾸미고 실행에 옮기기 직전까지도 다음 대 중천절이 누가 되느냐 하는 것은 정해지지 않은 상태였었다. 그 당시에는 일단 중천절을 끌어내려 놓고 보자는 식이었다.

그런데 이후 중천절의 보위(寶位)가 공석이 되자 어쩌다 보니까 자연스럽게 단해룡이 다음 대 중천절로 낙점이 돼버렸고, 그다음부터는 어떻게 하면 전대 중천절의 죽음을 중천무림 전체에 정당화시키고 단해룡을 중천절에 등극시키느냐는 것 때문에 칠 년여의 세월을 보냈었다.

단해룡 외에 중천절이 될 만한 사람이 없는가라는 사실은 한 번도 주제로 떠오른 적이 없었으며, 단해룡이 중천절이 되는 것에 의문을 제기한 사람도 없었다.

마치 처음부터 그가 중천절이 되기로 묵약이 되어 있었던 것 같은 분위기였다.

물론 담제웅 심중에는 전대 중천절이 사라진 날부터 지금
이 순간까지 '왜 내가 중천절이 될 수 없는 것인가?'라는 의
문이 끝없이 솟구쳤지만, 그것을 한 번도 입 밖에 내본 적이
없었다.

 여하튼 무엇이 두려웠든, 아니면 우유부단한 성격 때문이
었든 간에 세월은 흘러 오늘 정오에 단해룡이 새로운 중천절
의 위에 오르게 되었다.

 담제웅은 칠 년 전에 이어 이번 중천절의 대에도 왼팔 아니
면 오른팔이 될 것이다.

 그는 변하지 않았지만, 중천절은 변했다. 단해룡은 진보했
지만 그는 답보상태다. 아니, 그러므로 그것은 분명한 퇴보
다.

 그것 때문에 담제웅은 밤잠을 설쳤다. 그리고 배신의 날 이
후 처음으로 후회라는 것을 했다.

 설무검을 배신하지 않았던 것이 더 좋지 않았을까 하고. 그
랬더라면 최소한 동격이었던 단해룡에게 무릎을 꿇어야 하는
비참함은 맛보지 않아도 좋았을 터이다.

 회지막급(悔之莫及). 이제 와서 아무리 후회해 봐도 아무런
소용이 없는 일이다.

 한 가지, 담제웅 살아생전에는 결코 중천절이 될 수 없다는
사실만은 명백하다.

 그리고 전대 중천절을 배신했었던 음모를 또다시 획책할

수도 없다. 그는 영원한 이인자다.

문득, 담제웅은 단해룡이 전대 중천절보다 더 혹독한 중천절이 될지도 모른다는 불길한 예감이 들었다.

그런 생각을 하다 보니까, 불현듯 '전대 중천절이 정말 혹독했었는가?'라는 의문이 들었다.

그러더니 그 생각은 꼬리를 물었다. 과연 배신을 하여 전대 중천절의 힘줄을 끊고 단전을 파훼시키고 불에 태워 죽이려고 했을 만큼, 그는 담제웅에게 최악의 중천절이었는가라는 의문도 들었다.

그렇지만 아니었다. 전대 중천절은 담제웅이 알고 있는 가장 완벽한 사내였고 군림자였었다.

"빌어먹을……"

담제웅은 침상에 걸터앉아 생각을 하다가 끝내 얼굴을 일그러뜨리면서 나직이 중얼거렸다.

"방주."

그때 저만치 방문 밖에서 귀에 익은 조용하고도 공손한 목소리가 들렸다.

문득 담제웅은 의아한 생각이 들었다. 그 목소리는 자신의 가장 충직한 심복이며, 진천방의 이인자인 청룡전주(靑龍殿主)의 것이기 때문이었다.

그가 이처럼 이른 새벽에 담제웅을 찾아온 예는 과거에 한 번도 없었다.

물론 그는 담제웅이 자고 있을 것이라 여겼을 것이다. 그렇다면 잠을 깨우면서까지 알려야만 하는 중요한 일이라는 뜻이 아니겠는가.

"들어오게."

담제웅이 침실을 나와 거실로 가서 하녀를 불러 차를 내오라고 지시하는 동안 청룡전주가 들어와 앉아 있는 담제웅 옆쪽에 서서 공손히 허리를 굽혔다.

"방주."

원래 담제웅은 차를 마시는 것을 광적으로 좋아한다. 움직이지 않고 있을 때의 그의 손에는 언제나 찻잔이 쥐어져 있으며, 찻잔 안에는 천하의 귀하고 향기로운 차가 담겨 있다.

그래서 그는 보고를 들을 때에도 차를 마신다. 그런데 청룡전주는 하녀가 차를 내오기도 전에 입을 열었다.

담제웅은 가볍게 눈살을 찌푸렸으나 이번에도 그만큼 중요하고 급한 일이겠거니 이해했다.

"말하게."

"양슬사신이 왔습니다."

청룡전주는 기다렸다는 듯이 단숨에 말해 버렸다.

"누구?"

담제웅은 의아한 표정을 지었다. 못 들어본 별호였다.

"음양문주인 음양생사신의 양슬사신 부량이 방주를 뵙겠다고 찾아왔습니다."

못 들어본 별호가 아니라 너무나 오랫동안 듣지 않았던 별호라서 생소했던 것이다.

중천오충 중에서도 가장 속을 썩이던 음양문의 문주 양슬사신이 제 발로 찾아오다니, 너무 뜻밖이고 놀라서 담제웅은 잠깐 동안 어리둥절한 표정을 지을 뿐 뭐라고 지시를 내리지 못했다.

청룡전주는 자신을 쳐다보는 담제웅의 얼굴에서 그가 무엇을 궁금하게 여기는지 깨닫고 공손히 대답했다.

"그는 혼자 왔습니다."

"혼자? 무엇 때문에?"

"중요한 일이라고 합니다."

담제웅은 눈살을 찌푸렸다. 양슬사신이 적진의 심장부라고 할 수 있는 진천방까지 찾아온 것은 과연 놀랄 만한 일이고, 무슨 이유로 찾아왔는지 궁금하기는 하지만, 그를 만나지 않은 편이 좋다고 결정했다.

생각은 짧게 결정은 간단하게 하는 것이 그의 오랜 습관이다. 그리고 그 결정은 지금껏 그를 유지시켜 온 여러 힘의 원천 중에 하나였다.

"돌아가라고 하게."

오늘 단해룡이 중천절에 등극하게 되는데, 담제웅 자신이 중천오충의 한 명을 만나는 것은 그리 현명한 처사가 아니라고 판단한 것이다.

담제웅으로서는 양슬사신이 찾아온 이유를 짐작하지 못하는 바가 아니었다.

아마도 양슬사신은 조만간 중천무림에서 쫓겨나게 될 것이 두려워 그것 때문에 상의, 아니, 간곡한 청탁을 하려고 찾아왔을 것이 분명하다.

청탁에는 그만한 대가가 주어진다. 대가가 무엇일지 호기심이 가지 않는 것은 아니지만 지금은 때가 아니다. 한순간의 섣부른 탐욕은 일생을 망칠 수도 있다.

담제웅이 단해룡의 천하에서라도 그나마 제 이인자의 자리를 지키고 있으려면 몸조심을 해야만 하는 것이다.

그런 비참한 생각을 하게 되자 담제웅은 또다시 비위가 뒤틀려서 얼굴이 찌푸려졌다.

그가 등받이에 몸을 묻으면서 께름칙한 생각을 털어버리려고 애쓰고 있을 때 하녀가 차를 가지고 조심스럽게 다가왔다.

하녀가 가까이 당도하기도 전에 향기로운 다향이 먼저 은은하게 끼쳐 왔다.

담제웅은 다향에 취하면서 빠르게 양슬사신을 잊고 있었다. 아니, 잊으려고 노력했다. 양슬사신 같은 놈은 한 잔의 차만도 못한 자다.

지금 담제웅에게 있어서 차를 마시는 것은 그 무엇보다도 중요한 일이었다.

하녀가 공손히 바치는 찻잔을 받아 든 담제웅은 벌써 마음이 푸근해져 있었다.

담제웅이 찻잔을 입에 대고 막 한 모금을 마시고 있을 때 청룡전주가 입을 열었다.

"만약 방주께서 만나기를 거절하면, 이런 말을 전해달라고 그가 말했습니다."

후룩!

담제웅은 두 모금 째를 마시면서 청룡전주가 아직도 가지 않고 옆에 서 있다는 사실을 그제야 깨달았다.

하지만 신경 쓰지 않았다. 아니, 차를 마시는 즐거움을 방해받고 싶지 않아서 침묵을 지켰다. 꾸짖는 것은 차를 마신 후라도 늦지 않을 터이다.

"낙성검가의 가주가 오늘 정오에 중천절에 오르지 못하게 될지도 모른다고 말입니다."

쨍강!

담제웅은 찻잔을 떨어뜨렸다. 그가 너무도 아끼는 청화백자 찻잔이 바닥에 떨어져 산산조각 깨져 버렸다. 하지만 그는 놀란 얼굴로 청룡전주를 쳐다보고 있었다.

그는 입 안에 한 모금의 차를 머금고 있지만 향을 조금도 느끼지 못했다.

청룡전주의 안내를 받아 거실로 들어온 양슬사신 부량은

거침없이 담제웅의 맞은편에 앉았다. 물론 담제웅에게 인사를 하지도 않았다.

그 모습을 보면서 담제웅은 부량이 자신을 찾아온 목적이 청탁을 하기 위해서라는 예상과는 다를지도 모른다는 생각이 언뜻 들었다.

"주위를 물려주시오."

부량은 하녀를 쳐다보면서 가볍게 고개를 끄덕이며 조용히 입을 열었다.

청룡전주를 내보라는 말을 하면서도 그를 쳐다보지도 않았고, 담제웅에게 요구를 하면서도 그 역시 쳐다보지 않았다. 부량이 쳐다본 사람은 하녀였다.

그는 한 잔의 차를 원하고 있는 것이었다. 건방지기 짝이 없는 행동이었다.

하녀는 부량이 이른 새벽에 찾아온 손님이라 여겨 공손히 그의 앞에 차를 따라주었다.

부량은 담제웅과 청룡전주의 얼굴이 보기 싫게 일그러진 것을 아는지 모르는지, 두 손으로 찻잔을 감싸고 지그시 눈을 감고 음미를 하면서 입으로 가져갔다.

담제웅은 부량을 지그시 응시하다가 고개를 끄덕여서 청룡전주와 하녀를 물리쳤다.

부량의 행동에 화를 내기에는 그가 가지고 왔을 말의 내용이 너무도 궁금했다.

모름지기 청탁을 하러온 자는 극도의 저자세이기 마련인데, 부량은 그렇지 않았다.

오히려 빚을 받으러 온 사람의 행동처럼 사뭇 당당하다. 그것은 그가 청탁이 아닌 선물을 그것도 꽤나 대단한 것을 가지고 왔을 것이라는 사실을 의미하고 있었다.

'오늘 정오에 단해룡이 중천절에 오르지 못한다.'

현재의 담제웅에게 그보다 더 매력적인 말은 없을 터이다. 단해룡이 중천절에 오르지 못할 이유가 전혀 없다고 생각하면서도, 그러기를 간절히 바라는 이율배반적인 마음이 담제웅 마음속에 가득 차 있었다.

이제 곧 부량이 하게 될 말이 단 일 할의 가능성뿐이라고 해도, 담제웅은 그것을 붙잡고 싶었다.

담제웅은 부량이 차를 다 마실 때까지 참을성 있게 기다려 주었다.

얘기를 듣고 나서 화를 내든 부량을 죽이든 해도 늦지 않을 것이기에 진득하게 기다렸다.

그렇지만 기다리는 것은 정말 지겨웠다. 더구나 이런 상황에서의 기다림이란 피를 거꾸로 흐르게 만들었다.

얼마나 긴장하고 있는지 담제웅은 자신이 좋아하는 차도 마시지 않고 있으며, 언제부턴가 등받이에서 등을 뗀 채 꼿꼿한 자세로 앉아 두 손을 맞잡고 있다는 사실마저도 느끼지 못하고 있었다.

딸깍!

이윽고 부량이 찻잔을 내려놓고 아주 느긋한 동작으로 담제웅을 쳐다보았다.

"한 가지 약속을 해줘야겠소."

이어서 그는 정말로 빚을 받으러 온 사람처럼 목소리를 내리깔며 당당하게 요구했다.

"말해보게."

울분을 나중으로 미루어두고 있는 담제웅으로서는 얼마든지 양보를 할 수 있었다.

"나를 중천무림의 이인자로 삼아주시오."

흠칫! 그 말에 담제웅은 가볍게 몸을 떨면서 꼿꼿한 자세가 더욱 꼿꼿하게 경직되었다.

부량의 말은 담제웅이 일인자 곧 중천절이 된다는 전제하에 가능한 요구이기 때문이다.

"그러겠네. 말해보게."

담제웅은 어떻게 해서 너를 이인자로 만들어줄 수 있느냐고 묻지 않았다.

부량은 말하기 전에 담제웅의 얼굴을 똑바로 주시했다. 평소 같았으면 부량의 그런 행동에 담제웅이 벌써 발작을 했겠지만, 지금은 그런 분위기가 아니었다. 오히려 부량의 시선에 담제웅은 더욱 긴장감이 고조되었다.

이윽고 부량이 입을 열었다.

"정오에 천추혈의맹이 낙성검가를 공격할 것이오."

순간 담제웅은 맥이 탁 풀렸다.

"알고 있네."

천추혈의맹이라면 이미 거의 토벌됐고, 약간의 잔존 세력만이 남아 있는 상태다.

겨우 그들만으로 정오에 낙성검가를 공격할 것이라고는 믿지 않지만, 공격하더라도 이미 만반의 준비가 되어 있어서 추호도 문제될 것이 없다.

"자네는 겨우 그까짓 일로 나를……."

"그 직후에 남천무림이 대공격을 개시할 것이오."

"……."

담제웅은 이제 자신이 부량을 치도곤 낼 시간이라 여기고 막 입을 열다가 말이 끊겼다. 그리고는 그가 한 말에 얼굴 가득 어이없는 표정을 떠올렸다.

"그게… 무슨 소린가?"

무슨 말인지 몰라서 묻는 것이 아니다.

"남천무림의 정예고수 팔천여 명이 낙양성 밖 백여 리 이내에 집결해 있소. 그들은 천추혈의맹이 낙성검가를 공격한 직후 낙양성을 대거 공격하여 짓밟을 것이오."

담제웅의 어이없는 표정이 더욱 짙어졌다. 그러더니 잠시 후 헛웃음을 터뜨렸다.

"허허헛! 너 무엇을 잘못 먹었느냐?"

부량이 '자네'에서 '너'로 여지없이 격하되었다.

중천오세는 각기 정보만을 수집하는 전문적인 조직을 휘하에 두고 있다.

물론 봉황단의 백봉령이나 개방만은 못하지만, 그밖에는 어떤 정보 조직에도 뒤지지 않는다고 자부할 만한 수준의 실력을 지니고 있다.

그런데도 중천오세의 정보 조직들은 방금 부량이 말한 내용에 대해서 터럭만큼도 보고한 적이 없었다. 그것은 부량의 말이 얼토당토않은 것임을 입증하는 것이다.

슥—

"갑시다."

그때 부량이 가타부타 긴 말 할 것 없다는 듯 일어서며 짧게 중얼거리고는 문 쪽으로 걸음을 옮겼다.

담제웅은 앉은 채 아직 어이없는 웃음을 지우지 않으며 미약한 분노를 드러냈다.

"어딜 간다는 것이냐?"

"남천고수들이 은신해 있는 장소로 당신을 안내하겠소. 당신 눈으로 직접 확인하시오."

"……."

담제웅은 또다시 할 말을 잃고 말았다.

같은 시각.

"가시죠. 문주께 보여드릴 것이 있소이다."

중천오세의 하나인 혼천도문 문주의 거처에 문주 혼원광폭도 선우종과 마주 앉아 있던 화운비가 몸을 일으키며 정중하게 말했다.

평소에 벽파도문의 문주인 화운비를 각별하게 여기고 있던 선우종은 엉거주춤 따라 일어섰다.

"이런 이른 새벽에 불쑥 찾아와서 느닷없이 보여줄 것이 있다니, 대체 그게 뭔가?"

사십오 세의 선우종은 오십팔 세의 화운비에게 거침없이 하대를 했다. 그를 수하라고 여기기 때문이다.

화운비는 돌아서서 정색을 하고 진중하게 입을 열었다.

"가서 보시면 알 것이오. 한 가지 말해둘 것은, 그 일이 문주에게 기회가 될 수도 있다는 사실이오."

부량의 안내로 낙양성 밖 백여 리 일대를 한 시진에 걸쳐서 돌아보고 난 담제웅은 낙양성으로 돌아오는 내내 한마디 말도 하지 않았다.

그는 중천무림 휘하의 이십여 방, 문파에 남천고수들이 은신해 있는 것을 확인했으며 대충 둘러봤는데도 불구하고 그들의 수가 근 삼천이 훨씬 넘는다는 사실을 알 수 있었다.

부량은 그들이 중천무림의 오십여 방, 문파에 은신해 있으며 그 수가 무려 팔천이라고 했었다.

담제웅은 이십여 방, 문파밖에 돌아보지 않았지만 이제는 그 말을 믿을 수 있었다.

그가 확인한 수가 삼천이 훨씬 넘으니 팔천이 아니라 만 명이라고 해도 믿을 수밖에 없는 상황이었다.

낙양성으로 돌아오는 동안에 동이 텄고, 어느덧 진시(辰時: 아침 8시)가 되었다.

오는 동안에 담제웅의 머릿속에는 수많은 생각들이 복잡하게 일어났다가 꺼지기를 반복했다.

오늘 정오에 천추혈의맹이 낙성검가를 공격하고, 남천무림이 중천무림의 중심지인 낙양성을 대공격한다는 것은 분명한 사실로 드러났다.

지금 담제웅이 생각하고 있는 것은 중천무림의 안전 같은 것이 아니었다.

꿈에서조차 예상하지 못했던 이 사상초유의 사태에 자신이 어떻게 처신을 해야 이득인가하는 것이었다.

그렇지만 낙양성에 도착할 때까지 그 어떤 대책도 세우지 못한 상태였다. 대책을 세우기에는 너무 촉박했고 일이 너무도 엄청났다.

도대체 이 상황에서 자신이 어떻게 해야 할는지 갈피를 잡을 수가 없었다.

결국 그가 내린 결론은 가장 단순하면서도 보편적인 것이었다. 한시라도 빨리 이 사실을 단해룡에게 알려서 대책을 세

워야겠다는 것이었다.

부량이 그에게 했던 말은 이 순간 까맣게 잊고 있었다. 사태가 너무 긴박하고 엄청나기 때문이었다. 좀 더 정확하게 말하자면 그는 겁이 난 것이다.

중천사세와 중천칠지파의 고수들을 합치면 칠, 팔천 명은 족히 될 터이다. 그리고 중천무림 전체는 사, 오만에 달하는 고수들이 있다.

곧 공격하게 될 남천고수들이 팔천여 명의 정예고수라고 하지만, 중천무림 전체를 감당하기에는 역부족이다.

남천무림이 노리는 것은 급습이다. 중천무림이 완벽한 방어태세를 갖추고 있으면 어림도 없는 일이다. 남천무림은 패퇴하고 말 것이다.

지금 즉시 단해룡에게 이 사실을 알리고 준비에 돌입하면 빠듯하나마 남천무림의 급습에 대비할 수 있을 터이다.

중천사세와 중천칠지파가 팔천의 남천고수들과 싸우고 있는 동안에 중천무림 전역에서 사, 오만의 고수들이 몰려들어 남천고수들을 깡그리 타작하면 되는 일이다.

성내에 들어서자마자 담제웅은 낙성검가로 방향을 잡고 거의 달리다시피 가고 있다가 하나의 그림자가 자신의 뒤를 바짝 따르고 있는 것을 발견했다.

그는 그제야 양슬사신 부량이 여전히 자신을 따르고 있다는 사실을 깨달았다.

가볍게 놀란 담제웅이 뚝 걸음을 멈추고 돌아서자 부량도 신형을 멈추었다.

담제웅은 부량이 이처럼 중대한 정보를 제공했다는 사실을 잠시 잊고 있었다.

"자네는 어쩔 텐가? 나와 같이 들어가서 가주를 만날 텐가? 큰 공을 세웠으니 가주도 자넬 달리 볼 걸세."

"아니오. 당신이 들어가면 나는 나대로 가겠소."

"그래. 어쨌든 고맙네."

대충 고개를 끄덕이고는 낙성검가 쪽으로 몸을 돌리려던 담제웅의 머리를 퍼뜩 스치는 것이 있었다.

부량은 담제웅을 찾아와서 다짜고짜 '나를 중천무림의 이인자로 삼아주시오'라고 요구했다. 그 말은 곧 담제웅이 중천절이 된다는 뜻이었다.

담제웅은 뒷골이 스윽 당기는 듯한 긴장을 느끼면서 진지한 얼굴로 다시 부량을 쳐다보았다. 그는 잊고 있었던 또 하나의 사실을 그제야 떠올렸다.

"자네… 나를 중천절로 만들어줄 수 있다는 뜻이었나?"

담제웅은 거두절미하고 본론부터 말했다. 지금은 밀고 당길 때도 아니고, 앞뒤 잴 여유도 없었다.

더구나 부량은 담제웅이 낙성검가로 가고 있는 것을 뻔히 보고 있으면서도 만류하거나 애면글면 속을 끓이지도 않고 있었다. 그 점이 담제웅을 초조하게 만들었다.

"그렇소."

담제웅은 재빨리 주위를 둘러보면서 대로변 어느 장원의 담 아래로 빠르게 걸어갔고, 부량은 태연하게 그를 따랐다.

"말해보게."

방금 전까지만 해도 곧장 낙성검가로 향하던 담제웅은 지금 주위를 살피면서 극구 조심하고 있었다.

부량은 담제웅을 똑바로 응시했다.

"먼저 약속을 분명히 해주시오."

"알았네. 내가 중천절이 될 수만 있다면, 자네를 틀림없이 이인자로 만들어주겠네."

사실 부량은 중천무림의 이인자가 될 생각 따윈 눈곱만큼도 없었다.

그저 그렇게 제 욕심을 강력하게 피력해야지만 담제웅이 더 잘 속아줄 것 같았기 때문이다.

담제웅은 자신이 정말 중천절이 되기만 한다면, 그때 가서 어떻게 될는지는 몰라도 지금 심정 같으면 부량을 이인자가 아니라 그보다 더한 것도 해줄 수 있을 것 같았다.

부량은 담제웅을 똑바로 응시하며 진지한 얼굴로 말했다.

"중천오충이 전적으로 당신을 밀어주겠소."

"중천오충이……."

조금 전까지만 해도 복잡하기만 했던 담제웅의 머릿속에서 갑자기 커다란 폭죽이 터졌다.

그리고 그때부터는 머릿속에서 잔뜩 엉켜 있던 실타래가 술술 풀리기 시작했다.

부량은 더 이상 아무런 말도 하지 않고 묵묵히 담제웅을 응시하고 있었다.

담제웅이 아둔패기가 아닌 바에야, 중천오충이 자신의 편이라고 하는 말을 듣는 순간 머릿속에 하나의 계획이 구상되고 있어야 당연하다.

아무것도 모르는 상황에서 남천무림의 팔천 정예고수가 일제히 급습을 가한다면 중천무림은 그야말로 쑥밭이 되고 말 것이다.

물론 진천방과 담제웅을 추종하는 핵심 세력 여덟 개 방, 문파는 전란(戰亂)이 발발하기 전에 쥐도 새도 모르게 낙양성을 빠져나갈 테니 한 명도 다치는 사람이 없을 것이다.

담제웅으로서는 그 싸움에서 중천무림이 이기든 남천무림이 이기든 상관이 없다.

담제웅이 이끄는 진천방과 팔 개 방, 문파. 그리고 중천오충은 지금부터 소리 없이 낙양성을 빠져나가 먼발치에서 곧 벌어질 싸움을 관망하고 있다가 싸움이 끝난 후에 들이닥쳐 살아남은 쪽을 짓밟아 괴멸시키면 되는 것이다.

담제웅은 차가운 담벼락에 등을 댔다. 밤새 차디차게 식었던 돌담의 냉기가 등줄기를 타고 온몸으로 퍼지면서 정신이 빠르게 상쾌해졌다.

그 자세로 다시 한 번 생각해 보았다. 그렇지만 방법은 그것뿐이었다.

외길이다.

그리고 그 외길의 끝에는 중천절이라는 찬란한 지위가 그를 기다리고 있을 것이다.

살아생전에는 자신하고는 인연이 없다고 여겼던 중천절의 자리가 아닌가.

담제웅의 얼굴이 벌겋게 상기되고 숨이 가빠왔다. 그러나 그의 입에서 나온 말은 침착했다.

"문주, 다른 중천사충 사람들을 만나게 해줄 수 있겠나?"

어느새 그의 말투가 변했다. 마치 중천절로서의 위엄을 갖춘 듯했다.

그의 요구는 확인을 하자는 것이었다. 정말 부량의 뒤에 중천오충이 있는 것인지, 그리고 그들이 자신의 힘이 되어줄 것인지를 말이다.

第百二章

배후(背後)

낙양성 중천로.

마차 다섯 대가 나란히 달릴 만한 드넓은 대로 중간쯤에 위치한 거대한 대장원, 아니, 그것은 성채(城砦)라고 해야 옳을 정도로 웅장했다.

중천군림성이었다.

사시(巳時:오전 10시).

드넓은 중천군림성 전역에는 사람은커녕 그림자조차 보이지 않았다.

오늘은 낙성절정검 단해룡이 중천절의 위에 오르는 날이라서 이곳을 지키던 무사들도 모두 철수한 상태였다.

중천군림성에서도 가장 크고 웅장한 전각이며 한복판에 위치해 있는 군림각 역시 오전의 따사로운 햇살 아래에서 침묵을 지키고 있었다.

군림각 오층 전체의 창은 모두 닫혀 있었고 대전 입구도 굳게 닫혀 있다.

중천군림성의 지상에는 한 사람도 없었다. 그러나 땅 속에는 있었다.

그것도 수많은 사람들이.

놀랍게도 군림각 지하 십 장 깊이에는 군림각과 똑같은 규모의 지하건물이 있었다.

물론 지상에 세워진 군림각과 외견상으로 똑같은 전각이 지하에 있을 리가 만무했다.

지상에 있는 군림각의 내부 구조나 크기가 똑같은 지하건물이 군림각 바로 아래 십 장 깊이에 있다는 것이다.

군림각 일층에 있는 대전과 접객실, 호위고수들의 대기실과 당직실, 하녀실, 주방 등의 내부시설이 지하 군림각 일층에 그대로 옮겨놓은 듯이 재현되어 있었다.

지상 군림각 이층의 내부가 지하 군림각 이층에, 삼, 사, 오층의 내부 역시 지하 군림각 삼, 사, 오층에 똑같은 모양과 형태로 배치되어 있었다.

사실 지하의 건물은 군림각 아래에만 있는 것이 아니었다. 중천군림성 전체의 지하 십 장 깊이에 중천군림성 전체가 똑같은 규모로 고스란히 자리를 잡고 있는 것이다. 그리고 그것들은 거미줄처럼 얽힌 지하통로로 연결되어 있었다.

중천군림성이 건립되기 전의 이 땅에는 당(唐)나라 말기에 축조된 매우 낡고 고색창연한 풍광의 왕부(王府)가 있었다.

설무검은 낡은 왕부를 헐고 그 위에 왕부와 똑같은 위치에 똑같은 규모의 전각들을 새로 지었다. 물론 전각의 수도 왕부 때와 같았다. 그것이 바로 군림보였다.

설무검이 굳이 왕부를 사들여 그곳에 왕부와 똑같은 위치와 규모를 고집하면서 군림보를 세운 데에는 그럴 만한 이유가 있었다.

왕부를 건축할 당시에 왕부 지하 깊은 곳에 왕부와 똑같은 규모의 지하 건축물을 축조했다는 정보를 입수했고, 또 확인을 했기 때문이었다.

언젠가는 쓸모가 있을지도 모른다는 생각에 그 자리에 군림보를 지었지만, 훗날 군림보가 중천군림성으로 승격되고 나서도 지하의 시설은 별로 사용할 일이 없었다.

설무검은 지하시설을 군림영보(君臨影堡)라고 혼자 이름을 지어놓고는 일 년에 한두 차례 산책을 하듯 내려가 보는 것 말고는 평소에는 까맣게 잊고 지냈었다.

그런 그곳이 지금은 무척이나 요긴하게 사용되고 있었다.

군림영보라는 이름에 걸맞게, 옛 군림보의 그림자들이 음예(陰翳)하게 웅크리고 있는 것이다.

"괜찮을까요?"

은자랑이 설무검을 바라보면서 나직이 속삭였다. 이곳 지하에서는 아무리 큰 소리로 떠들어도 지상에는 추호도 들리지 않는 데도 은자랑은 지레 조심을 하느라 말을 할 때마다 조심스럽게 속삭이고 있었다.

"무엇을 묻는 게냐?"

뒷짐을 진 설무검은 전면 광장에 많은 사람들이 짐을 지고 바쁘게 이리저리 오가는 광경을 응시하면서 되물었다.

"모두 다요."

"잘 될 게야."

"하지만……."

설무검이 잘 될 것이라는 데에도 은자랑은 걱정을 쉬이 떨쳐 버리지 못했다.

그도 그럴 것이, 이제부터 벌어질 일이 너무도 크고 엄청나기 때문이었다.

은자랑처럼 배포가 큰 여걸이 생각하기에도 지금 진행하고 있는 일은 차라리 도박이라고 해야 옳을 만큼 위험천만한 일이었다.

"우리 모두의 생사가 걸린 일인데 좀 더 시간을 두고 다시 차근차근 계획을 세우는 편이……."

"랑아."

"네?"

"너는 이 모든 계획을 어린 영아가 세웠다는 사실 때문에 불안한 것이냐?"

"네……."

결국 은자랑은 솔직하게 고백을 하고 말았다.

"내가 누구냐?"

뜬금없는 설무검의 물음에 은자랑은 가볍게 놀라는 표정을 지으며 그의 얼굴을 새삼스럽게 바라보면서 조심스럽게 대답했다.

"절대와 완전의 남자… 예요."

"후후… 인간에게 절대와 완전이란 없다. 나는 범인들에 비해서 조금 더 강하고 또 예리한 편이다."

"네……."

은자랑은 입으로만 수긍하는 체하고 머리로는 부정을 했다.

"영아가 아닌 다른 사람이 세운 계획이라고 해도 실현 불가능한 것이었다면 결행하지 않았을 것이다."

다시 말해서, 아우가 세운 계획이기 때문에 미비하더라도 밀고 나가려는 것이 아니라는 뜻이다.

"그렇게 말씀해 주셔서 고맙습니다, 형님."

"악!"

나란히 서 있는 두 사람 뒤에서 갑자기 설영의 목소리가 들려오자 은자랑이 소스라치게 놀라 뾰족한 비명을 내질렀다. 평소의 그녀였다면 있을 수 없는 일이겠지만, 지금은 워낙 긴장해서 온 신경이 곤두서 있는 상태였다.

"영아……."

은자랑은 멋쩍은 얼굴로 서 있는 설영을 보면서 미안해서 어쩔 줄을 몰랐다. 자신이 한 말을 그가 들었다고 여겼기 때문이었다.

"미안하구나, 영아. 나는……."

"괜찮아요, 랑 누님."

설영은 예의 아름다운 미소를 지어 보이면서 두 사람을 스쳐 지나 전면으로 걸어갔다.

은자랑은 이왕 내친김에 조금 더 용기를 내어 설영의 등에 대고 물었다.

"영아, 너는 이 계획이 성공할 가능성이 어느 정도라고 예상하는 것이니?"

설영은 멈춰서 뒤돌아보며 빙그레 미소 지었다.

"일 할이에요."

"일… 할……."

은자랑의 얼굴색이 해쓱하게 변했다.

그녀가 충격을 받았거나 말거나 설영은 짐을 지고 바쁘게 오가는 사람들 속으로 섞여 들어 자신도 무거운 짐 하나를 메고 옮기기 시작했다.

설무검과 은자랑은 지하 군림영보의 군림각 앞 돌계단 위에 나란히 서 있었다.

그들 앞에 펼쳐진 드넓은 광장 복판에는 각종 짐 꾸러미들이 몇 개의 작은 산을 방불케 할 정도로 쌓여 있었고, 사람들은 너나 할 것 없이 그것을 군림영보의 각 전각으로 옮기느라 분주했다.

군림영보에는 설무검과 관계되는 사람들은 한 명도 빠짐 없이 들어와 있는 상태다.

설무검의 의형제들과 직계 수하들은 물론이고, 중천오충과 중천칠지파의 벽파도문 전원, 그리고 봉황단 휘하로 낙양에 있는 지란루와 선화루의 모든 고수들과 식솔들, 또한 동방객잔의 전 식솔들이 총망라되었다.

중천오충과 벽파도문의 가족들은 두 시진 여에 걸쳐서 모두 낙양성 밖 먼 곳으로 피난을 시켰다.

물론 이목을 끌지 않으려고 최대한 주의를 기울이는 것을 잊지 않았으며, 다행이 의심의 눈으로 보는 사람은 없었다.

가족들이 당장 입을 옷과 귀중품만을 챙겨 단출한 상태로 집을 떠났기 때문에 가능한 일이었다.

설무검은 한 가족 당 은자 백 냥씩을 나누어 주었는데, 그 정도 금액이면 한 가족이 천하 어느 곳에서든 최소한 반 년 이상은 풍족하게 생활할 수 있다.

광장에 잔뜩 쌓여 있는 짐의 대부분을 차지하고 있는 것은 식량과 생필품이었다.

설무검이 군림영보에서 석 달 이상 생활할 수 있는 준비를 갖추라고 지시했기 때문이다.

"대가께서도 성공 가능성을 일 할로 보세요?"

잠시 후 정신을 약간 수습한 은자랑이 이번에는 설무검에게 물었다.

설무검은 짐을 메고 광장을 가로질러 빠르게 걸어가고 있는 설영을 눈으로 좇으면서 대답했다.

"영아가 자신이 세운 계획이라서 겸손하게 대답한 것이다. 사실 가능성은 그보다 높다."

은자랑은 반색을 했다.

"그렇죠? 설마 겨우 성공 가능성 일 할인 계획을 결행한 것은 아닌 거죠?"

"그래."

"호홋! 그럴 줄 알았어요! 그럼 대가는 몇 할로 보시죠?"

설무검은 몸을 돌려 군림각으로 들어가며 툭 내뱉었다.

"이 할."

"……."

은자랑은 할 말을 잃고 가볍게 비틀거렸다. 그때부터 그녀의 눈에는 이 드넓은 지하가 생활공간이 아닌 하나의 거대한 무덤으로 보였다.

하지만 그녀는 알지 못했다. 성공 가능성 이 할이 얼마나 대단한 것이라는 사실을.

천하의 아무리 쉬운 일이라고 해도 성공 가능성은 삼 할을 넘지 못한다.

세상에 가만히 있어도 저절로 성사되는 일이란 없다. 무릇 어떤 일이든 그것을 성사시키는 것은 사람인 것이다. 아무리 쉬운 일이라고 해도 자연적으로 되는 것이 삼 할, 사람의 힘이 칠 할이라는 것이다.

설무검은 자신을 비롯한 형제들과 수하들이 팔 할 이상의 능력을 발휘할 것이라는 사실을 믿어 의심하지 않았다.

"어머? 여기가 영 오라버니의 침실이었어요?"

은리는 신기한 듯 실내를 두리번거리면서 연신 예쁜 탄성을 터뜨리느라 바빴다.

"여기가 아니고 저기."

설영은 침상에 앉아서 엉덩이로 가볍게 굴러보고 있는 은리를 바라보다가 천장을 가리키면서 빙그레 미소 지었다.

"그렇군요. 군림영보는 지상에 있는 중천군림성과 규모와 위치가 똑같다고 했으니까 바로 저 위가 옛날 오라버니의 거처인 잠룡원 안 침실이었겠군요."

지하라고는 하지만 단지 창문이 없다는 것뿐이지 그 외에 모든 것은 옛날 잠룡원 시절의 내부시설과 거의 다르지 않게 꾸며져 있었다. 가구와 침상, 접객실, 서가도 너무 똑같아서 설영은 그것들을 둘러보면서 잠시 자신도 모르게 옛 생각에 젖어 들었다.

"그런데, 많이 다쳤다고 들었는데… 이젠 괜찮아요?"

은리가 서 있는 설영의 손을 잡아끌어 자신이 앉아 있는 침상에 나란히 앉게 하면서 염려스러운 표정을 지었다.

"괜찮아, 끄떡없어."

설영은 조금 과장된 동작을 해 보이며 빙그레 미소 지었다.

"소성주!"

그때 침실 밖에서 외치는 듯한 급한 목소리가 들렸다. 설영은 그가 칠의문의 젊은 제자인 사마윤이라는 것을 즉시 알아차렸다. 그의 목소리는 많이 서둘고 있었다.

"무슨 일이오?"

"천주께서 소성주를 찾으십니다."

설영과 은자랑이 침실 밖으로 나가자 접객실에 서 있던 사마윤이 즉시 허리를 굽혔다.

"사람들이 돌아왔소?"

"그렇습니다."

"모두?"

그렇게 묻는 설영의 얼굴이 약간 긴장으로 굳어졌다.

"네, 모두 무사히 돌아왔습니다."

"다행이다……."

설영의 얼굴이 환하게 밝아졌다. 사실 그는 자신이 세운 계획의 첫 단계를 실행하러 간 사람들 때문에 그동안 꽤나 긴장하고 있었던 것이다.

실내에는 설무검을 비롯한 사람들이 모두 모여 있었다.

설영과 은리가 실내로 나란히 들어서자 설무검과 은자랑을 제외한 모든 사람이 앉아 있던 자리에서 일어나 정중히 허리를 굽혔다.

설영은 설무검의 오른쪽 빈자리에 앉기 전에 빠르게 실내를 살펴보았다.

설영과 눈이 마주친 부량과 화운비, 주영걸이 빙그레 미소를 지으면서 가볍게 고개를 숙여 보였다.

세 사람이 모두 무사히 돌아온 것을 자신의 눈으로 확인한 설영의 얼굴에 그제야 안도의 표정이 떠올랐다.

설영과 은리가 나란히 앉자 기다리고 있던 부량이 일어나서 제일 먼저 보고를 시작했다.

"담제웅은 진천방과 자신을 추종하는 여덟 개 방, 문파의 고수들 삼천여 명을 은밀하게 낙양성 밖으로 빼돌리고 있는 중입니다. 놈은 은신해 있는 남천고수들을 직접 눈으로 확인하고는 잠시 허둥거리는 것 같았으나 오래지 않아서 속하의 요구를 수락했습니다."

설무검이 가볍게 고개를 끄떡이자 부량이 앉고 두 번째로 화운비가 일어나 보고를 이었다.

"혼천도문의 선우종 역시 남천고수들을 확인하고는 두말없이 속하가 제시한 계획에 응했습니다. 현재 그는 혼천도문과 추종세력 이천을 은밀한 지역으로 이동시키고 있는 중입니다."

화운비 역시 선우종을 만나서 부량이 담제웅에게 했던 것과 똑같은 행동과 제안을 했는데 선우종이 수락했다는 것이다.

혼천도문은 낙양성 외곽에 자리 잡고 있으므로 고수들을 이동시키는 데에는 별 무리가 없을 터이다. 또한 그는 잔꾀가 없고 우직한 성격이라서 속이고 뺨을 치는 것쯤은 어려움이 없을 것이다.

화운비가 앉자 세 번째로 일어난 주영걸은 쭈뼛거리면서 죄스러운 표정을 지었다.

"속하는 사해부의 임시 부주인 도비륜 하여정을 만나는 데에 진을 다 빼버렸습니다. 만난 이후에도 그 계집이 얼마나 속하를 벌레취급을 하고 또 단해룡을 마치 천신인 양 칭찬을 하느라 정신이 없는지, 일격에 쳐 죽이고 싶은 것을 참느라 정말 애먹었습니다."

"그래서 말은 못 꺼냈겠군요?"

설영이 담담하게 묻자 주영걸은 얼굴이 벌개져서 연신 허리를 굽혔다.

"죄, 죄송합니다. 소성주. 그녀에게 말을 꺼내면 그 즉시 단해룡에게 달려가서 고해바칠 것 같아서……."

"잘 하셨습니다. 저는 그녀를 회유하는 것은 그다지 기대하지 않았었습니다."

주영걸이 다시 한 번 허리를 굽힌 후 자리에 앉자 그때부터 사람들은 침묵을 지켰다.

지금의 상황을 누가 굳이 설명을 하지 않아도 모두들 잘 알고 있었다.

이발지시(已發之矢). 화살은 이미 시위를 떠난 것이다.

그때 은자랑이 태연하려고 애쓰는 표정으로 조용히 입을 열었다.

"자……. 그럼 이제 정오가 되기를 기다리면 되는 것인가요?"

그렇지만 아무도 대답을 하지 않았다.

"천주."

잠시 후 부량이 조심스럽게 입을 열었다.

설무검이 쳐다보자 부량은 꼿꼿한 자세로 자신의 의견을 내놓았다.

"담제웅이 중천오충의 고수들이 집결해 있는 것을 확인하려고 들지도 모릅니다. 어떻게 해야 할는지……."

"괜찮네."

"네……."

설무검이 괜찮다고 하여 부량은 그런가보다 하고 마지못

해서 대답은 했지만 속으로는 아직 이해를 하지 못했다. 그것은 다른 사람들도 마찬가지였다.

중천무림과 남천무림의 대대적인 싸움 직후에 담제웅이 급습을 가해야 하는데, 그때 그는 자신의 휘하 삼천 명으로는 부족하다고 여길 것이 분명하다.

말이 삼천 명이지 그중에서 진천방의 팔백여 명을 제외하면 나머지 이천이백여 명은 일류와 이류가 섞여 있으며 그중에서도 칠, 팔 할이 이류고수 수준이다.

그러므로 그들로는 남천무림의 정예고수 이천여 명이나 설란궁을 포함한 중천사세의 정예고수 이천여 명을 상대하기에도 역부족인 것이다.

그 싸움에서의 승자가 남천무림이 됐든 중천무림이 됐든 생존자가 이천 명 이상이 남는다면, 담제웅에겐 중천오충이 절대적으로 필요하다.

만약 중천오충이 돕겠다고 나서지 않았다면 그는 무슨 일이 있어도 중천절이 되겠다는 야욕을 실행에 옮기지 않았을 것이다. 죽는 것보다는 단해룡의 이인자로 남는 편이 훨씬 나을 테니까 말이다.

"담제웅이 중천오충의 수장(首長)들 다섯 분들을 직접 만나봤겠지요?"

그때 설영이 조용한 어조로 부량에게 물었다.

"그렇습니다, 소성주."

"그자가 중천오충 수장들에게 자신을 돕겠느냐고 물어보던가요?"

"그렇습니다. 그래서 속하들은 전력으로 돕겠다고 약속을 했습니다, 소성주."

"그렇다면 됐습니다. 담제웅은 중천오충이 자신을 도울 것이라고 믿을 것입니다."

중인은 설무검이 부량의 물음에 대해서 단지 '괜찮다'라고만 한 것에 대해서 설영이 친절하게 설명을 해주고 있다는 사실을 깨달았다.

중인은 설무검의 '괜찮다' 라는 말의 의미를 어린 설영이 파악하고 있는데 반해서 자신들은 그러지 못한 것을 조금쯤은 부끄러워하고 있지만, 설영이 천고의 귀재라는 사실에 적잖이 위안을 느끼고 있었다.

중인에게는 설무검보다는 설영이 많이 편했다. 그래서 의문이 생기면 못내 조심스러워하면서도 설여에게 묻기를 마다하지 않았다.

"소성주, 담제웅이 속하들을 믿을 것이라고 어떻게 확신할 수 있습니까?"

설영은 자신만의 자랑거리인 아름다운 미소를 환하게 지어 보였다.

"믿지 못할지도 모르지요."

"옉?"

방금 전에는 담제웅이 중천오충을 믿을 것이라고 말하더니 이제는 또 믿지 못할지도 모른다고 말하자 중인의 안색이 홱 급변했다. 얼마나 놀랐는지 좌중의 누군가 괴이한 소리까지 터뜨렸다.

"그래도 담제웅이나 선우종으로서는 어쩔 수가 없을 거예요."

설영은 중인의 속이 까맣게 타는 것을 아는지 모르는지 빙그레 미소를 지었다.

"왜냐하면 담제웅에게는 중천오충이 고수들을 집결해 놓았는지 확인할 만한 여유가 없을 테니까요."

"왜 그런 겁니까?"

이번에는 주영걸이 물었다. 그의 얼굴에는 답답해서 죽을 것 같은 표정이 역력했다.

"담제웅은 지금쯤 낙성검가에 있을 거예요."

진천방과 추종세력 삼천을 이끌고 있어야 할 담제웅이 낙성검가에 있을 것이라니, 열흘 삶은 호박에 이도 들어가지 않을 말이었다.

"단해룡이 자신의 중천절 즉위식 날에 담제웅의 모습이 보이지 않는다면 어떻게 할 것 같은가요?"

"아!"

"오! 그렇군요……!"

설영의 조용한 말에 여기저기에서 탄성이 터져 나왔다. 중인은 그제야 설영의 말을 납득할 수가 있었다.

자신의 중천절 즉위식에 담제웅이 참석하지 않았다는 사실을 단해룡이 알게 된다면, 그 즉시 진천방으로 사람을 보낼 것이 분명하다.

이후 진천방에 아무도 없다는 사실이 드러나게 되면 심상치 않음을 감지한 단해룡이 그 즉시 무언가 조치를 취하게 될 것이다. 일이 그쯤 되면 담제웅의 거사는 물 건너갔다고 봐야 할 것이다.

"담제웅은 낙성검가에서 단해룡에게 얼굴을 내비친 후 정오의 즉위식 직전에 슬그머니 그곳을 빠져나갈 것입니다. 그런 그가 과연 중천오충의 고수들이 어디에 얼마나 집결해 있는지 확인할 겨를이 있겠습니까?"

말을 마친 설영은 절색미녀처럼 화사하게 웃으며 좌중을 둘러보았다.

중인의 얼굴에 떠올라 있는 것은 감탄지색뿐이었다.

"그럼… 선우종도 낙성검가에 와 있겠군요?"

이번에는 형신이 아는 체를 하며 물었다.

"아니, 그자는 오지 않았을 것입니다. 그자에 대해서 형님께 들은 바로는, 그자는 담제웅만큼 머리가 좋지 못합니다. 지금쯤 자신이 중천절이 될 것이라는 환상에 사로잡혀서 눈에 보이는 것이 없겠지요."

선우종을 속여 혼천도문과 추종세력 이천을 낙양성 밖으

로 내보내고 돌아온 화운비는 설영을 보면서 가볍게 고개를 끄떡였다.

문득 설무검은 실내의 벽쪽 석대 위에 놓여 있는 각루(刻漏:물시계)를 쳐다보았다. 각루는 현재 병시(丙時:오전 11시)를 나타내고 있었다.

그때 실내의 문이 급히 열리더니 금록이 나는 듯이 달려들어 오면서 외쳤다.

"천주!"

원래 금록은 침착하고 무겁기로 정평이 나 있는 사람이다. 그런데 지금 다급하게 달려들어 오는 그의 얼굴은 당혹과 흥분으로 벌겋게 상기되어 있었다.

그는 설무검의 명령으로 장도명의 수하를 찾으러 수하들을 이끌고 떠났었다.

설무검은 무언가 예기치 않았던 사태가 발생했음을 깨달았다.

중인이 긴장된 얼굴로 금록을 주시할 때, 그는 설무검에게 무릎을 꿇고 다급한 목소리로 외쳤다.

"부, 북천벽력궁이 나타났습니다!"

설무검의 낯빛이 흠칫 변했다. 그의 표정이 변하는 것은 무척 드물게 보는 일이었다.

"뭐라고 했느냐?"

금록은 설무검을 똑바로 응시하며 또박또박 보고했다.

"북천벽력궁 고수들이 대거 출현했습니다."

순간 좌중이 흡사 무덤 속처럼 고요해졌다. 숨소리조차도 들리지 않을 정도였다.

삼천무림 중에 북천무림의 지배자인 북천벽력궁이 나타나다니, 그 누구도 예상하지 못했던 일이었다.

"음! 자세히 설명해라."

잠시 후 설무검은 무거운 신음을 흘리며 입을 열었다. 그의 얼굴은 납덩이처럼 무겁게 굳어 있었다.

"속하는 장도명의 수하들을 찾기 위해서 수하들과 함께 낙양성 백여 리 밖을 샅샅이 수색하고 있었습니다. 그러다가 우연히 어느 마을에서 며칠 전에 사냥을 나선 사냥꾼들이 돌아오지 않고 있다는 소문을 듣고 이상하게 여겨 그들이 갔다는 천대산(天臺山)으로 향했습니다."

천대산이라면 낙양성 남쪽 백오십여 리 거리인 이수 상류에 위치해 있다.

"속하는 그곳 천대산 깊숙한 곳에 숨어 있는 엄청난 규모의 무리를 발견했고, 그들이 북천벽력궁의 고수라는 사실을 확인했습니다."

금록이 확인했다면 정확할 것이다.

"얼마나 되더냐?"

"대략 잡아도 일만은 넘을 것 같았습니다."

"이, 일만!"

"맙소사……."

실내 여기저기에서 경악에 가까운 탄성이 터져 나왔다. 그리고는 다시 침묵이 흘렀다.

설무검을 비롯하여 모두들 북천벽력궁이 왜 느닷없이 나타났는지에 대해서 골똘히 생각했지만 한 가지 가능성 외에는 떠오르는 것이 없었다.

그것은 북천벽력궁도 남천무림과 장도명이 품고 있는 목적과 같다는 것이다.

"장도명의 수하들은 찾았느냐?"

"아직 못 찾았습니다. 송구합니다."

설무검이 생각난 듯이 묻자 금록이 죄스러운 듯 고개를 조아렸다.

설무검은 북천벽력궁의 출현도 혹시 장도명의 음모가 아닐까 하고 연결해 보았지만 곧 씁쓸한 표정을 지었다. 지금으로선 그렇게 생각할 만한 아무런 단서가 없었다.

단지 한 가지. 북천벽력궁이 낙양성에서 백오십여 리 거리인 천대산에 숨어 있다면, 가장 마지막에 나타날 가능성이 크다는 사실이었다.

설영은 팔꿈치를 탁자에 대고 손바닥으로 이마를 짚은 채 깊은 생각에 잠겨 있었다.

이번 거사(巨事)의 계획도 별 생각 없이 일사천리로 줄줄 읊던 그로서는 드물게 보이는 모습이었다. 그러더니 문득 나직한 소리로 중얼거렸다.

"백여 리 이내에는 남천무림이 숨어 있고, 백오십여 리에는 북천무림이 있다… 그렇다면 장도명은 백오십여 리 밖에 있다는 말인가?"

중인은 설영을 주시하며 그가 무엇인가를 깨닫기를 기대하고 있었다.

설영은 계속 중얼거렸다. 마치 이곳에 자신 외에는 아무도 없다고 여기는 듯한 행동이었다.

"장도명이 모든 것을 계획했다면 그의 수하들은 백오십여 리 밖에 있어야 하는데……. 과연 그자가 그 정도로 대단한 인물인가 하는 것에는 의문이 드는군."

설영은 갑자기 고개를 설레설레 가로저었다.

"어쩌면 우리가 장도명을 과대평가한 것인지도 모르겠군요. 그자의 관상은 그 정도로 대단한 인물은 아니었어요."

설무검은 설영이 어릴 때부터 이것저것 닥치는 대로 책을 탐독했기 때문에 그가 관상에도 조예가 깊다고 해도 이상하게 여기지 않았다.

그렇지만 설영의 말은 매우 충격적이었다. 장도명을 과대평가한 것이라면, 과연 그가 꾸민 음모는 무엇이고 그가 개입되지 않은 것은 또 무엇이란 말인가.

또한 장도명이 진우장과 함붕을 포섭하여 낙성검가와 남궁세가의 정보를 교란하고 거짓정보를 흘려보낸 것은 어떻게 해석을 해야 하는 것인가.

"영아, 배후 인물이 장도명이 아닐 가능성이 얼마나 된다고 생각하느냐?"

웬만해서는 질문을 하지 않는 설무검이지만 지금은 그럴 때가 아니었다.

설영은 골치가 아프다는 듯 미간을 잔뜩 찡그렸다. 그와 가장 친한 은리도 그런 모습을 처음 보았다.

"모르겠어요. 반반일 것 같기도 하고……."

그 많은 생각을 머릿속에 담은 채 분석하고 정리하자니 머리가 깨질 것 같은 것도 무리는 아니었다.

그는 이마를 찌푸린 채 생각에 골몰하면서 중얼거렸다. 생각과 동시에 말하는 것이었다.

자신이 결론을 내릴 수 없으니 중인들이 듣고 어떤 결론이든 생각해 보라는 의도였다.

"장도명은 혈월단이라는 해적의 우두머리로서 오래 전부터 봉황단 총단인 신봉각에 드나들었어요."

"그자는 본 단에서 잡일이나 처리하는 심부름꾼 정도에 불과했어요."

은자랑이 설영의 말을 받아 보충설명을 했다.

"아마도 그는 봉황단의 잡일을 처리하는 과정에 견문과 경험을 넓히면서 점차 힘을 길렀을 거예요."

중인의 머릿속에 장도명이라는 한 인간의 모습과 행로가

각양각색으로 그려지고 있었다.

"순서대로 나열하자면… 장도명은 무당장문인 현천 진인을 제일 처음에 만났었고… 진우장을 포섭한 시기로 봤을 때 그다음이 남궁세가가 분명해요. 그자는 남궁세가의 책사인 감한랑의 심복 진우장을 포섭함으로써 남궁세가로 흘러드는 중천무림의 정보를 마음대로 조작할 수 있게 되었지요. 그 후 그자는 저를 미끼로 낙성검가에 접근하여 단해룡의 책사가 되었어요. 그리고는 감한랑의 명령으로 진우장이 포섭한 함봉마저도 마음대로 휘두를 수 있게 되었어요. 장도명이 저와 형님을 공격했던 것은 아마도 우리를 제압하거나 죽여서 단해룡의 신임을 얻으려고 했던 것 같아요. 그자는 낙성검가의 신임을 얻기 위해서라면 무슨 짓이든지 했을 거예요."

설영은 긴 설명을 끝내고 나서 즉시 말을 이었다.

"바로 그 점이 그의 모자람을 증명하고 있어요. 신임을 얻기 위해서 지나치게 무리한 상대를 골랐다는 것이죠. 그 정도 머리 밖에 쓰지 못하는 자라면 천추혈의맹 정도는 가능해도 낙성검가와 남궁세가, 북천벽력궁까지 제멋대로 쥐락펴락 할 정도는 아니라고 생각해요. 하지만 그자가 이번 일에 깊이 개입되어 있으며 그로 인해 큰 이득을 보게 될 것은 틀림이 없는 것 같군요."

거기까지 얘기한 설영은 갑자기 벌떡 일어나면서 손바닥으로 탁자를 세게 내려쳤다.

"아!"

설무검을 비롯한 중인은 바짝 긴장해서 설영을 주시했다.

설영은 중인을 둘러보며 빠른 어조로 물었다.

"혹시 낙양성 내에 몹시 비밀스러운 장소 같은 것이 있나요? 일이만 명 정도를 너끈히 수용할 수 있는."

그는 장도명이 백오십여 리 밖이 아닌, 어쩌면 낙양성 한복판에 있을지도 모른다는 생각을 했다. 원래 등잔 밑이 어두운 법[燈下不明]이다.

중인들은 서로의 얼굴을 쳐다보면서 고개를 가로저었다. 낙양성이 크다고는 하지만 전체 둘레가 육십구 화리(華里:1화리는 0.5km)에 불과하다.

그 안에 이십여 개 방, 문파와 수백 개 장원들과 대로변에는 수많은 점포들이 처마를 맞대고 빼곡하게 들어차 있는데, 어디에 무려 일이만 명을 수용할 공간이 있겠는가.

"그런 곳이 한군데 있다."

그때 설무검이 나직이 중얼거리며 자리에서 일어나 곧장 입구로 걸어갔다.

"형님! 그곳이 어딥니까?"

금록이 열어주는 문으로 나가던 설무검은 설영의 물음에 짧게 대꾸했다.

"설란궁."

第百三章

삼천무림의 일통(一統)

 설무검이 나가고 반 다경 쯤 지났을 때 지란루주가 들어와 은자랑 앞에 다가가 공손히 허리를 굽혔다.
 이어서 그녀는 은자랑 앞에 섰는데 입술을 달싹거리는 것으로 미루어 전음으로 보고를 하는 듯했다.
 하지만 중인은 설무검이 '설란궁'이라고 말하고 나가 버린 것 때문에 삼삼오오 모여서 수군거리느라 은자랑에게는 신경을 쓸 겨를이 없었다.
 전음을 듣던 은자랑은 한순간 크게 놀라는 표정을 짓더니 곧 심각한 표정으로 깊은 생각에 잠겼다.
 그 사이에 지란루주는 공손히 허리를 굽히고는 총총히 밖으로 나갔다.

"리아."

이윽고 은자랑은 깊은 생각에 잠겨 있는 설영 곁에 찰싹 붙어 있는 은리를 조용히 부르더니 그녀의 손을 잡고 긴 치맛자락을 끌면서 방을 나갔다.

은자랑 자매가 나가는 것을 눈여겨 본 사람은 아무도 없었다.

그렇지만 그 이후 그녀들은 다시 돌아오지 않았고, 군림영보에서는 그녀들의 모습을 두 번 다시 볼 수 없었다.

"응?"

그로부터 일 각이 지나서야 생각을 멈춘 설영이 제일 먼저 은리가 없어진 것을 알아차렸고, 그다음에는 은자랑마저 없다는 사실을 깨달았다.

설무검은 갈색 장포에 방갓을 깊이 눌러쓴 모습으로 대로변에 빼곡하게 맞붙어 있는 건물들 지붕 위를 쏘아낸 화살보다 더 빠르게 내달리고 있었다.

정오가 거의 다 되어가는 시각이었다. 정오까지 남은 시각은 불과 일 각 남짓.

그는 쏘아가면서 대로를 힐끗 내려다보았다. 대로에는 수많은 사람들이 마치 파도처럼 움직이고 있었다.

그들 대부분은 낙성검가 쪽으로 향하고 있었다. 한껏 멋을

낸 모습들인데, 단해룡의 중천절 즉위식을 구경하러 가는 것 같았다.

시간이 늦어서인지 모두들 서두르는 기색이 역력해서 밀고 밀치고 쓰러지는 등 난리가 난 광경이었다.

설무검은 행인들 중에 방갓이나 모자 따위를 깊이 눌러쓴 사람들이 적게는 서너 명, 많게는 칠팔 명씩 무리를 지어서 몰려가는 것을 발견했다.

아마도 천추혈의맹의 생존자들인 것 같았다. 얼핏 내려다본 그들의 수는 수십 명이나 됐다.

쏘아가고 있는 저만치 전방에 설란궁이 보이자 설무검은 비스듬히 방향을 틀어 설란궁 뒤쪽으로 향했다.

슛—

그가 뒷담을 넘어 우거진 숲으로 스며든 것을 발견한 사람은 아무도 없었다.

그는 멈추지 않고 곧장 인공 가산으로 향했다. 가산의 키 작은 나무들은 한창 파릇파릇 새싹을 틔워내고 있는 중이고 풀들이 무성해서 제법 숲을 이루고 있었기에 그의 모습을 어느 정도 은폐시켜 주었다.

그는 지하연공실 입구에서 삼 장쯤 떨어진 나무 뒤에 숨어서 입구를 주시했다. 입구 양쪽에 두 명의 은의여검사가 지키고 있는 모습이 보였다.

설무검은 다시 가산 아래쪽을 굽어보았다. 잡목 숲 사이로

구불구불 오솔길이 뻗어 있고, 아래쪽에서는 지하연공실의 입구가 보이지 않을 것 같았다.

결정을 내린 순간 설무검은 망설임 없이 한 줄기 바람처럼 연공실 입구를 향해 쏘아갔다.

그에게 삼 장은 눈 한 번 깜빡거리기도 전에 당도할 수 있는 짧은 거리에 불과했다.

두 명의 은의여검사는 측면에서 추호의 기척도 없이 쏘아오는 설무검을 발견하지 못했다.

파팍!

설무검이 쏘아오면서 발출한 네 줄기의 지풍이 찰나지간 그녀들의 마혈과 혼혈을 동시에 제압해 버렸다.

그녀들은 자신들이 누구에게 왜 당하는지도 모르는 상태에서 깊은 잠에 빠져 들었다.

설무검은 뻣뻣해진 그녀들을 입구 양쪽의 돌기둥에 선 채로 기대어 세워놓아 멀리서 누가 보더라도 별일이 없는 것처럼 위장했다.

이어서 안쪽으로 움푹 들어가 있는 연공실 입구로 미끄러지듯이 다가갔다.

그런데 만년은회강으로 만든 두꺼운 철문에 매달려 있는, 역시 만년은회강으로 만든 커다란 쇄약(鎖鑰:자물쇠)이 지금은 열려 있는 상태였다. 그것은 선희빈 외에 다른 사람이 얼마 전에 들어갔다는 의미였다.

설무검은 철문을 가만히 밀어보았다. 그러자 약간 힘을 주었을 뿐인데도 보기와는 달리 육중한 철문이 스르르 미끄러지듯이 안쪽으로 열렸다.

지하연공실을 확인하기 위해서 쇄약을 부수려고까지 했던 설무검에게는 다행스러운 일이었다.

그는 빨려들듯이 안으로 들어가 철문을 원래대로 해놓은 다음 아래로 구불구불 나선형으로 이어져 있는 돌계단을 익숙하게 쏘아 내려갔다.

예전에 그는 설란후 정지약을 따라서 이곳에 두 번 와본 적이 있었다.

그때 정지약은 연공실 옆의 석실로 그를 안내한 후 두 개의 석문을 연이어 열어 보였었는데, 놀랍게도 그곳은 지름이 백오십여 장에 이르는 천연적으로 형성된 거대한 원형의 지하광장이었다.

그 지하광장은 설란궁의 가장 뒤쪽에 위치해 있으며 그 당시에 설무검은 지하광장 맞은편에 하나의 석문이 있고, 그곳을 열고 나가면 이십여 장 길이의 동굴이 나오며 그 끝이 낙수 강변으로 이어져 있다는 사실을 알게 되었었다.

설영이 낙양성 내에 일이만 명을 수용할 만한 장소가 있느냐고 물었을 때, 설무검은 즉시 설란궁의 지하광장이 생각났으며 그곳에 장도명의 수하들이 웅크리고 있을 것이라고 거의 확신을 했다.

설영은 장도명이 천추혈의맹과 낙성검가, 남궁세가, 북천벽력궁을 모두 아우르는 거대한 계획을 감당할 만한 재목이 아니라고 거의 단정적으로 말했었다.

설무검은 장도명의 수하들이 만약 이곳에 있다면 장도명의 배후에 버티고 있는 사람은 아마도 선희빈일 것이라고 생각하고 있었다.

그들 남녀가 어떤 경로를 통해서 만났는지는 모르지만 그것은 현재로썬 그다지 중요한 일이 아니었다.

입구를 출발한지 다섯 호흡만에 설무검은 계단의 맨 끝에 내려섰다.

그의 앞에는 폭 일 장에 길이 십여 장의 복도가 뻗어 있고 복도 왼쪽에 두 개의 석문이 나란히 있었다.

그의 기억이 틀리지 않다면 첫 번째 석문 안쪽이 연공실이고 두 번째 석문 안쪽이 지하광장으로 향하는 입구 역할을 하는 곳이었다.

설무검은 추호의 기척도 내지 않은 채 전면으로 나아갔다.

그의 두 발은 바닥에서 반 자 가량 뜬 상태에서 허공을 밟고 있었다.

이어서 그는 첫 번째 석문 앞에 멈추고 석문 안쪽의 기척을 감지하다가 가볍게 움찔하며 표정이 변했다.

연공실 안에는 따로 하나의 석실이 더 있다. 그곳에는 침상과 석탁 등 생활을 하는데 불편함이 없을 정도로 최소한의 시설이 갖추어져 있었다.

그런데 지금 그곳에서 씨근거리는 거친 숨소리가 새어 나오고 있는 것이었다.

그것은 누가 들어도 남녀의 격렬한 교합에서 발생하는 신음성이 분명했다.

설무검은 잠시 더 귀를 기울이다가 여자의 숨소리가 정지약이 아니라고 판단했다.

그녀와 수많은 밤을 함께 보낸 그가 그녀의 신음 소리를 구별하지 못할 리가 없다.

그렇다면 지금 이 신음 소리의 주인은 선희빈일 것이다. 하면, 남자는 대체 누구라는 말인가.

장도명인가? 그럼 그는 선희빈과 내연의 관계였다는 말인가?

거기까지 생각하던 설무검은 가볍게 눈살을 찌푸리고는 그곳을 떠나 두 번째 석문 앞에서 멈추었다.

선희빈의 나이는 올해 사십 대 후반쯤 될 터이다. 황제의 후궁으로 총애를 받다가 정지약을 낳은 후 황궁을 나와 독수공방 오랜 세월을 보냈으니, 그녀가 사내와 몸을 섞는다고 해서 손가락질을 받을 일은 아니다.

하지만 설무검에게 있어서의 선희빈과 정지약은 특별한 존재들이다.

그 두 여자 때문에 그와 설영이 오랜 세월 동안 설명하기조차 어려운 고생을 했으며, 중천군림성의 천오백여 수하들이 이유도 모른 채 처참한 죽음을 당해야만 했었다.

그러므로 세상 사람들이 모두 다 하는 정사라고 해도, 선희빈과 정지약이 하는 것이라면 더없이 추악하고 역겹게 느껴지는 것이다.

'있다!'

두 번째 석문 안쪽을 감지하던 설무검의 표정이 굳어졌다. 그는 두 개의 석문 너머에 수많은 사람들이 운집해 있는 사실을 청력만으로 간파했다.

그는 그곳에 잠시 머물면서 숨소리만으로 지하광장에 있는 자들의 수를 세어보기 시작했다.

그렇다고 한 명 한 명 일일이 세는 것이 아니다. 그들이 웅크리고 있는 지하광장의 넓은 위치를 머릿속에 그린 다음에 그것을 쪼개어 나가면서 백여 명 단위로 뭉뚱그려서 세는 것이니 어려운 일은 아니었다.

머릿수를 세어나가던 설무검의 눈이 조금 커졌다. 지하광장에 웅크리고 있는 자들의 수가 무려 만팔천여 명에 달했기 때문이다.

더구나 숨소리로 가늠한 그자들의 무공수위는 모두 일류고수 이상이었다.

오히려 그들 중에는 결사오위의 수준에 이르는 자들도 백여 명이나 되는 것 같았다.

그 정도라면 남천무림의 팔천 명이나, 북천벽력궁의 일만 명에 결코 뒤지지 않는다. 아니, 오히려 그들보다 최소한 삼분의 일 정도는 더 강할 터이다.

중천오세의 하나인 설란궁 인공 가산 아래에 무려 일만팔천 명이나 되는 어마어마한 고수들이 웅크리고 있다는 사실이, 철석간담 설무검을 적잖이 놀라게 만들고 있었다.

설무검은 지하광장에 있는 자들이 장도명의 수하가 분명하며, 지금 선희빈과 뜨겁게 운우지락을 나누고 있는 자도 장도명이 틀림없다는 판단을 내렸다.

궁금하던 것을 확인했으니 위험을 감수하면서까지 이곳에 더 있을 이유가 없었다. 그는 왔던 길을 되돌아 다시 연공실 입구 철문 밖으로 나왔다.

철문을 원래대로 살짝 닫은 후 잡목 숲으로 쏘아가면서 뒤돌아보며 입구 양쪽 돌기둥에 기대어 있는 두 명의 은의여검사를 향해 지풍을 날렸다.

지풍에 적중되어 순식간에 마혈과 혼혈이 풀린 그녀들은 자신들이 돌기둥에 기대어 있다는 사실을 깨닫고는 화들짝 놀라 급히 자세를 바로잡았다.

그러면서 서로를 쳐다보며 살짝 미안한 표정을 지었다. 그녀들은 각기 자기 혼자만 잠깐 동안 잠이 들었던 것이라고 착각을 한 것이다.

설무검은 지하연공실 입구가 잘 보이는 잡목 숲 속에 책상

다리를 하고 앉아서 장도명이라고 추측되는 인물이 나오기를 기다리기 시작했다.

정오가 막 지난 시각.

설무검은 낙성검가 쪽에서 요란한 소리가 들려오는 것을 감지했다.

물론 공력을 끌어올리지 않으면 들을 수 없는 소리였다. 병장기끼리 부딪치는 소리와 비명 소리, 고함 소리 등이 한데 뒤섞여 귀가 따가울 정도여서 공력을 거두었다. 그러자 다시 설란궁 인공가산의 고요함이 찾아들었다.

천추혈의맹의 무당파와 청성파, 그리고 얼마 안 되는 화산파 천추고수들이 단해룡의 중천절 즉위에 맞춰서 낙성검가를 급습했을 것이다.

그렇지만 미리 만반의 준비를 갖추고 있던 중천무림 고수들이 즉시 맞서서 싸우고 있을 것이다.

그러나 중천무림 쪽은 적잖이 당황하고 있을 터이다. 진천방과 혼천도문이 감쪽같이 사라져 버리고, 선우종은 아예 나타나지도 않았으며, 조금 전까지 보이던 담제웅도 어디론가 사라졌으니, 낙성검가와 설란궁, 사해부 고수들만으로 천추혈의맹 칠백여 고수들을 맞이하여 싸우고 있을 것이다.

하지만 그들 삼파 만으로도 천추혈의맹을 어렵지 않게 제압하게 될 터이다.

문제는 곧이어 들이닥칠 팔천여 남천무림의 정예고수들이다. 그때부터 낙성검가는 아니, 중천무림은 빠른 속도로 붕괴하게 될 것이다.

그때 문득 설무검의 시선이 지하연공실 입구로 향했다.

한 사람이 막 연공실 입구 밖으로 나오고 있었다.

"……!"

그 인물을 발견한 순간 설무검은 움찔 가볍게 몸을 떨었다.

예상하고 있던 장도명의 모습이 아니었다.

그 인물은 설무검과 비슷한 키에 체구는 오히려 설무검보다 더 크고 당당했다.

호랑이의 눈을 그대로 빼어 박은 듯 부리부리한 호목(虎目)에 크고 단단한 곰의 어깨, 성성이처럼 긴 두 팔은 거의 무릎까지 이르렀으며, 하체는 길고 강건했다.

일신에는 평범한 홍의단삼을 입었고 붉은색 가죽신을 신었으며, 어깨에는 한 자루 푸른빛이 감도는 도를 메고 있는 모습이 한눈에도 척당불기(倜儻不羈)의 호걸임을 알 수 있었다.

설무검은 그가 누군지 알고 있다. 팔 년 전과 십 년 전에 그를 두 차례 대면한 적이 있었다.

그는 바로 북천무림의 절대자인 북천절(北天絶) 도제(刀帝) 황보숭(皇甫崇)이었다.

장도명인 줄만 알았더니, 선희빈과 뜨거운 정사를 나눈 인물이 북천절 황보숭이었던 것이다.

설무검은 그를 뚫어지게 주시하고 있으면서 한순간 머리가 혼란스러웠다.

북천무림이 중천무림에 대해서 어떤 흑심을 품고 천대산에 일만정병(一萬精兵)을 은신시켜 놓았는지도 아직 풀리지 않는 수수께끼인데, 황보숭이 선희빈의 내연의 남자였다니, 눈으로 보고 있으면서도 믿어지지 않는 일이었다.

연공실 입구를 지키던 두 명의 은의여검사는 황보숭을 향해 깊숙이 허리를 굽힌 채 감히 그의 얼굴을 쳐다보지도 못하고 있었다.

그로 미루어 황보숭이 이곳 설란궁에 자주 드나들었다는 사실을 짐작할 수 있었다.

그때 황보숭이 숨을 한 차례 들이마시며 심호흡을 하더니 가산 꼭대기를 향해 쏘아 오르기 시작했다.

설무검은 더 이상 생각을 이을 수가 없었다. 지금은 황보숭을 뒤쫓는 것이 급선무였다.

그는 잡목 숲 사이로 가산 꼭대기를 향해 쏘아갔다.

그가 가산 꼭대기에 도착했을 때 황보숭의 모습은 어디에도 보이지 않았다. 그렇지만 그곳에서 갈 수 있는 방향은 한 군데뿐이었다.

설무검은 가산 꼭대기에 길게 쳐져 있는 뒷담을 가랑잎처럼 가볍게 넘었다.

담 너머는 낭떠러지였고 십여 장 아래에 강가의 백사장이 펼쳐져 있었다.

설무검이 하강하면서 쳐다보자 황보숭은 백사장을 가로질러 강, 즉 낙수를 향해 하나의 붉은 구름 덩어리처럼 쏘아가고 있었다.

설무검은 즉시 황보숭을 뒤쫓지 않고 절벽 아래의 한 그루 노송 뒤에 몸을 숨겼다.

강 건너까지는 엄폐물이 전혀 없기 때문에 이대로 추격하다가 황보숭이 뒤돌아보기라도 하면 영락없이 들킬 것이기 때문이다.

강 건너 둑을 넘어가면 드넓은 평야지대가 나온다. 그곳으로 방향을 바꾸지 않고 계속 달려가면 천대산이다. 황보숭은 천대산으로 가려는 듯했다.

황보숭이 지금부터 천대산으로 가서 그곳에 숨어 있는 일만 명의 수하들을 이끌고 낙양성으로 오는 것이라면, 그는 남천무림이 낙양성을 공격하고서도 두 시진 쯤 지난 후에 도착하게 될 것이다.

남천무림과 중천무림의 싸움이 끝나고 나면 담제웅이 이끄는 진천방을 비롯한 삼천여 고수들이 들이닥칠 것이고, 선우종이 이끄는 이천여 고수도 거의 같은 시각에 낙양성으로 휘몰아쳐 올 것이다.

그렇게 낙양성은 다시 또 한바탕 아비규환의 전쟁터로 돌변할 테고 아마 최후의 승자는 담제웅이 될 것이다. 선우종은 담제웅의 상대가 되지 못한다.

담제웅은 피폐해진 중천무림을 장악하고 나서 득의만면하여 중천절이라도 된 양 으스댈 것이다.

그렇지만 그의 천하는 짧으면 반 시진, 길어야 한 시진 안에 막을 내리고 말 터이다.

황보숭이 이끄는 북천벽력궁이 태풍처럼 들이닥쳐 지칠 대로 지친 담제웅의 수하들을 일방적으로 도륙할 테니까 말이다.

설무검은 생각했다. 과연 선희빈과 황보숭, 그리고 장도명 세 사람의 관계는 무엇인가.

낙수 건너 강둑 위에 올라선 황보숭이 잠시 멈춰 낙성검가가 있는 방향을 쳐다보고 있었다.

설무검은 그가 무슨 생각을 하고 있는지 짐작할 수 있을 것 같았다.

아마도 자신이 삼천무림을 최초로 일통하는 인물이 될 것이라고 흐뭇해하지 않겠는가.

남천무림의 팔천여 정예고수가 중천무림에서 뼈를 묻고 나면 남천무림은 전체 전력의 절반 이상을 잃었다고 봐야 한다.

남궁세가주 남궁장천은 꽤 오랜 세월 동안 중천무림을 붕괴시킬 계획을 차근차근 실행하는 과정에 남천무림 전체에서 엄선에 엄선을 거듭하여 정예고수들을 선발했을 것이다.

 그들 팔천 명을 잃고 나면 북천무림이 남천무림을 손에 넣는 것은 여반장과 같은 일이지 않겠는가.

 '그런데 과연 장도명의 수하들은 무엇 때문에 지하광장에 숨어 있는 것인가?'

 그것이 끝내 풀리지 않는 의문이었다.

 "금록."

 설무검은 여전히 노송 뒤에 몸을 감춘 채 전음으로 조용히 금록을 불렀다.

 설무검이 군림영보를 나섰을 때 금록과 진명군, 화영, 함웅 네 명은 먼발치에서 그를 뒤쫓았었다.

 "하명하십시오."

 금록의 모습은 보이지 않고 공손한 전음 소리만 들려왔다.

 "선희빈의 연공실 안 지하광장에 장도명의 수하 만팔천 명이 숨어 있다. 너는 혼자서 그들을 감시하고 있되, 수하들에게는 군림영보로 돌아가 최대한 많은 양의 벽력탄(霹靂彈)을 구해오도록 하라."

 그러나 금록에게서는 대답이 없었다. 아마도 만팔천 명, 그리고 벽력탄이라는 말에 경악해서 입이 얼어버린 듯했다.

 암중의 그가 정신을 차리고 대답을 하려고 했을 때 설무검은 이미 강을 향해 바람처럼 쏘아가고 있었다.

태무의 얼굴 가득 극도의 경악지색이 떠올랐다. 그는 평생 지금처럼 놀라본 적이 없었다.

"허헛! 놀랐느냐?"

마주 앉은 장도명이 거 보란 듯이 껄껄 웃으며 물었지만 태무는 입을 반쯤 벌린 채 아무 말도 하지 못했다.

중천오세의 하나인 설란궁에서도 심장부라고 할 수 있는 설란후 정지약의 집무실인 백설루 이층 접객실에 장도명과 태무가 마주앉아 있었다.

"사부가 여태껏 너에게 말하지 않은 것은 미안하구나. 하지만 워낙 막중한 비밀이고, 만에 하나라도 새어나가면 안 되기 때문에 감추고 있었다."

지금 장도명이 앉아 있는 자리는 예전에 정지약이 설무검의 품에 안겨 창 아래 펼쳐진 인공호수의 경치를 감상하면서 사랑을 나누던 곳이었다.

"나는 천하를 제패하고 다스릴 만한 거목이 아니다. 나는 그 사실을 진작부터 잘 알고 있었기에 처음부터 그런 욕심을 부리지 않았다."

태무가 듣든지 말든지 신경 쓰지 않고 장도명은 독백처럼 주절거렸다.

"나는 이인자의 자리로 족하다, 아니, 내 영역과 내 몫의 소출이 나는 곳이라면, 삼인자나 사인자라고 해도 상관이 없다. 하나 일인자는 싫다. 나 스스로 일인자의 자리는 거부한다.

일인자는 위험하고 또 골치 아픈 자리다."

태무의 얼굴에서 점차 놀라운 표정이 걷히고 있었다.

"내가 모시는 분에게는 따님이 계시기 때문에 아마도 나는 삼인자 정도가 될 것 같다. 이제 곧 그분의 평생 숙원이 이루어지고 더불어서 내 꿈도 실현된다."

태무는 이미 침착함을 되찾고 묵묵히 장도명을 응시하고 있었다.

그는 장도명을 십육 년 동안 사부로 모시고 온갖 신산을 다 겪었지만 지금 자신이 보고 있는 사람은 처음 보는 낯선 사람처럼 느껴졌다.

그가 아는 장도명은 교활하고, 비정하며, 아첨에 능할 뿐만 아니라 목적을 위해서라면 수단과 방법을 가리지 않는 것은 물론, 자신의 간도 빼줄 위인이었다.

그런데 지금 태무가 보고 있는 장도명에게서는 그런 모습을 조금도 느낄 수가 없었다.

태무 맞은편에 앉아 있는 사람은 그저 후덕한 모습의 중년 선비 같은, 아끼고 사랑하는 자식을 바라보는 아비의 모습을 하고 있었다.

태무의 경험으로는 지금 장도명은 가식을 부리고 있는 것이 아니다. 믿을 수 없게도 그는 너무도 솔직하고 또 자상했다.

"무야."

장도명은 태무가 십육 년 동안 한 번도 들어보지 못했던 온화한 표정과 목소리로 그를 불렀다.

"그동안 미안했다. 사부가 너에게 몹쓸 짓을 많이 했구나. 용서해 다오."

태무가 아무런 대꾸도 하지 않았지만 장도명은 개의치 않고 말을 이었다.

"헛헛! 나도 나 자신을 속이느라 많이 힘들었단다. 어떨 때는 어느 것이 진짜 나인지 나 자신조차도 알 수 없을 때가 종종 있었지."

슥—

장도명이 두 손을 뻗어 태무의 한 손을 감싸 잡았다.

예전에 장도명의 손은 얼음장처럼 차디찼었는데 어찌 된 일인지 지금은 몹시 따뜻했다.

교활함을 버리고 온화함을 되찾으면 손까지 따뜻해지는 것인지 태무는 알 수가 없었다.

"너도 그동안 애썼다. 이제 잠시 후면 새로운 세상이 열린다. 그곳에서 나와 너는 여태까지의 모든 것을 털어버리고 새로운 삶을 살도록 하자꾸나. 응?"

태무는 대답하지 않았다. 지금 이 순간에 그가 생각하는 것은 오직 하나, 설영뿐이었다.

자신이 방금 전에 알게 된 사실 때문에 설영과 그의 형이 어떤 상황에 처하게 될 것인지, 그것만이 염려될 뿐이었다.

이상한 일이다. 설영을 만나기 전까지만 해도 태무에게는 꿈과 이상이라는 것이 있었다.

그러나 설영을 만나고 나서부터는 그런 것들이 모두 사라져 버리고 우정만 남게 되었다. 그런 모든 것들이 우정 하나보다 값어치 없게 느껴졌기 때문이다.

장도명은 태무의 손을 꼭 잡은 채 눈물을 글썽였다.

"나도 너도… 참 고생이 많았다. 이제부터라도 나는, 무 너에게 정말 훌륭한 아비 노릇을 해보고 싶구나."

장도명의 말을 듣고 태무는 자신도 모르게 울컥하고 가슴속에서 무엇인가 치밀어 올랐다. 하지만 그가 마른침을 한 번 꿀꺽 삼키자 곧 가라앉았다. 장도명이 주는 감동이란 태무에게 그 정도 가치뿐이었다.

"지금 이곳 낙양성은 전쟁터다."

장도명은 태무의 손을 놓고 찻잔을 집어 들면서 창밖으로 시선을 던졌다. 그가 바라보고 있는 방향은 낙성검가가 있는 곳이었다.

"보고에 의하면 진천방의 담제웅과 혼천도문의 선우종이 각각 삼천과 이천 명의 고수를 이끌고 낙양성 밖 북쪽과 동쪽에 은신해 있다고 하더구나."

그는 빙그레 미소를 지었다. 예전 같은 교활한 미소가 아니라 후덕한 미소였다.

마치 정말로 좋은 아비가 되기로 작심을 한 듯한 사내가 지을 수 있을 듯한 그런 미소 말이다.

"담제웅과 선우종 정도의 인물은 감히 단해룡을 배신하지 못한다. 누군가 그 둘에게 천추혈의맹과 남천무림이 곧 공격할 것이라고 정보를 제공한 것 같은데, 내 생각에는 그자가 아무래도 설무검일 것 같다."

태무의 표정이 가볍게 살짝 변했다. 하지만 장도명은 창밖에 시선을 고정시킨 채 말을 이었다.

"그들 형제 말이다. 복수 따윈 잊고 어디 멀리 가서 평화롭게 살면 좋을 것을……."

그것은 태무도 바라고 있는 바다. 설무검과 설영 형제가 그렇게만 해준다면, 태무는 모든 것을 잊고 장도명을 친아버지처럼 여기면서 진짜 효도 같은 것을 한 번 해보고 싶다는 생각이 들었다.

그러나 그것은 바람일 뿐이고 현실은 그렇지가 못하다.

"쯧쯧… 그 형제들은 자신들이 숨어 있는 그곳이 무덤이 될 것이라는 사실을 어찌 알고 있겠느냐?"

순간 태무의 몸이 눈에 띄게 움찔 떨렸다. 그는 자신의 얼굴이 놀라움으로 물들었다는 사실을 굳이 감추려 들지 않고 장도명에게 물었다.

"그들 형제가 낙양성에 있습니까?"

"그렇단다. 그 옛날 자신들이 살던 중천군림성 지하에 꼭꼭 숨어 있지. 그래서 도대체 무얼 얻을 수 있다고……."

태무의 얼굴이 더욱 초조하게 변했다.

"그분께서는… 그들 형제도 죽일 겁니까?"

장도명은 여전히 창밖 인공호수를 보고 있었다. 그래서 태무의 표정이 변한 것을 보지 못했다. 어쩌면 그는 일부러 보지 않으려고 하는지도 몰랐다.

"물론 죽이시겠지. 그들을 살려두어서야 삼천무림을 일통했다고 할 수 없으실 테니까."

"……."

후룩!

장도명은 다 식어버린 차를 한 모금 마시고 나서 인공호수에 시선을 고정시킨 채 부드러운 미소를 지으며 나직이 중얼거렸다.

"무야, 나는 너에게 정말 좋은 아버지가 되고 싶구나."

태무의 귀에는 그 말이 들리지 않았다. 그는 그저 설영 걱정 때문에 안달재신 할 뿐이었다.

황보숭은 대평원 한복판에서 신형을 멈추고 돌아섰다.

추격자가 있다는 사실을 방금 전에 감지했기 때문이다.

아니, 그는 추격자가 일부러 기척을 드러내어 자신을 멈추게 했다는 사실을 알고 있었다.

그래서 도대체 어떤 자가 북천무림의 절대자를 멈추게 했는지 약간 궁금해졌다.

황보숭은 전방 백여 장 거리에서 자신을 향해 곧장 쏘아오고 있는 한 명의 방갓인을 응시했다.

깊숙이 눌러쓴 방갓이 얼굴을 거의 가렸으며 각지고 강파른 턱만 살짝 보일 뿐이었다.

하지만 황보숭은 불과 세 번 호흡할 정도의 짧은 시간 사이에 자신이 빠르게 긴장하고 있다는 사실을 깨달았다.

방갓인이 누군지는 전혀 모르지만, 또한 오십여 장이나 먼 거리지만, 그에게서 뿜어지는 남다른 기도를 감지한 것이다.

패도적이거나 강력한 기도가 아니었다. 아무 것도 느껴지지 않는 기도. 키 큰 풀 위를 바람처럼 달려오는 모습이 마치 한 조각 풀잎이 바람에 실려 훌훌 날아오는 듯한 초자연적인 그런 기도였다.

'설마 저것이 초아무기(超我無氣)라는 것인가?'

나를 완전히 없앤 무의 상태에서 자연과 합일시킨다는 초아무기의 상태.

'저런 기운이 실제로 존재하고 있다니……'

황보숭은 불신의 표정을 지으면서도 자신의 눈이 틀리지 않았을 것이라고 생각했다.

그가 놀라고 있는 사이에 방갓인은 순식간에 그의 삼 장 앞에 이르러 우뚝 멈춰 섰다.

이글거리는 태양을 머리 위에 이고 우뚝 서 있는 사내는, 백여 장 거리에서 봤을 때보다 몇 배나 더 초탈한 존재로 그 자리에 서서 그늘이 드리워진 방갓 사이로 황보숭을 바라보고 있었다.

그러나 황보숭이 누군가. 이 정도로 주눅이 든다면 북천무림의 절대자가 아닐 터이다.

"귀하는 내가 알고 있는 사람인가?"

사십오 세의 황보숭은 가슴을 쭉 펴면서 똑바로 방갓인을 주시하며 굵직하고 우렁우렁한 목소리로 물었다.

설무검은 황보숭을 추격하는 동안 한 가지 결정을 내렸다. 그래서 일부러 그의 백여 장 후미에서 기척을 흘려 그를 멈추게 한 것이었다.

슥—

"그렇소."

설무검은 느릿하게 방갓을 벗으며 조용히 대꾸했다.

"자네……."

설무검의 얼굴을 뚫어지게 주시하면서 눈을 껌뻑거리던 황보숭은 마침내 그가 누군지 알아채고 눈을 커다랗게 떴다.

"무검! 자네가 틀림없나?"

"그렇소, 황보숭."

십 년 전에 처음으로 황보숭을 대면했을 때의 설무검은 아직 중천무림의 절대자가 아니었고, 황보숭은 북천무림의 절대자가 아니었다.

아니, 그때는 무림이 중천이니 북천, 남천으로 나누어지기 전이었다.

설무검은 그때 황보숭과 의기투합하여 크게 통음한 후 하나의 조약을 체결했었다.

하남을 중심으로 한 지역을 중천이라 정하고 설무검이 절대자가 되고, 황보숭은 산서와 감숙, 하북, 열하성, 이북을 북천으로 명명하여 그곳의 절대자가 되자는 것이었다.

그렇게 해서 중천무림과 북천무림이 탄생했으며, 그런 조짐을 진작부터 알고 있던 남궁세가는 재빨리 강소성과 안휘, 절강, 강서 일대를 규합하여 남천무림이라 이름 짓고 스스로 절대자의 위에 올랐었다.

두 번째로 황보숭을 방문했을 때의 설무검은 중천무림의 절대자가 되어 있었다.

그때 그는 삼천무림 일통이라는 원대한 포부를 안고 황보숭의 심중을 떠보기 위해서 갔었다.

그리고 중천무림으로 돌아와 삼 년 안에 삼천무림을 일통한다는 대계를 세우고 비밀리에 추진하다가 측근들에 의해 배신을 당해 지금에 이르게 된 것이었다.

"자네가 살아 있었다니……."

잠시의 시간이 흘렀는데도 황보숭은 여전히 믿기 어렵다는 표정을 지우지 못했다.

"왜 낙양에 왔소?"

설무검의 차분한 목소리가 황보숭의 불신 어린 마음에 찬물을 끼얹었다.

그 물음 덕분에 황보숭은 즉시 정신을 차리고 현실로 돌아올 수 있었다.

"중천을 손에 넣고 싶네."

황보숭 정도의 인물은 거짓말을 하지 않는다. 천성이나 성품 따위하고는 상관이 없다.

원래 군림자라는 존재들은 거짓말을 할 필요가 없기 때문이다. 거짓말의 목적은 위기를 모면한다든가 자신에게 이롭게 하기 위해서인데, 발아래의 모든 것이 자신의 소유인 군림자가 굳이 무엇 때문에 거짓말을 하겠는가.

"돌아가시오."

그렇게 말하면서 황보숭을 주시하는 설무검의 얼굴에서는 어떤 표정도 찾아볼 수가 없었다.

위압도, 협박도, 부탁도 아니었다. 그는 그저 돌아가라고 말했을 뿐이다.

'초아무기인 것 같더니… 잘못 보았나?'

황보숭은 삼 장 앞에 서 있는 설무검에게서 조금 전에 느꼈던 초자연적인 기운 같은 것을 추호도 느끼지 못했다. 그 대신 사냥꾼이나 농부 따위가 흔히 지니고 있는 극히 평범함을 느끼고 있었다.

"무검 자네. 팔 년 전에 날 찾아왔을 때, 삼천무림을 일통하겠다는 야망을 품고 있지 않았었나?"

"그랬소."

"자네가 팔 년 전에 품었던 것을 나는 지금에야 품었네."

설무검은 똑바로 황보숭을 주시했다.

"돌아가시오."

황보숭이 아는 한 설무검은 똑같은 내용의 말을 결코 두 번 말하는 사내가 아니었다.

그러므로 이것은 최후의 통첩이다. 이 말을 거부하면 그 즉시 출수할 것이 분명했다.

쿠우웃!

황보숭은 입으로 대답하지 않았다. 설무검이 삼 장 앞에 멈추기 전부터 극한으로 끌어올리고 있던 공력을 한순간 오른팔에 모아 대도를 뽑는 것과 동시에 곧장 설무검을 향해 일직선으로 부딪쳐 갔다.

황보숭은 도기나 도강을 발출하지 않고 그저 도를 휘둘러 설무검의 머리를 쪼개어갔다.

절정을 뛰어넘은 초절고수들이 싸우면 검기와 도기, 검강과 도강이 난무할 것 같지만 그렇지 않은 경우가 허다하다.

초절고수들의 싸움은 대체로 두 가지 유형이다. 십여 초식 안에 빨리 끝나거나, 며칠 밤낮을 새워가면서 지루한 장기전을 펼치는 것이다.

검기나 도강 따위를 사용하면 피하고 방어하며 쫓고 쫓기면서 장기전이 될 가능성이 높다.

그러나 지금의 황보숭처럼 맨몸으로 부딪쳐 가는 것은 속전속결, 단 몇 초식 안에 끝내려는 의지인 것이다.

그 대신 움켜잡은 도에 전 공력을 주입시킨 상태다. 그리고 그 도에서 천변만화의 변화와 태산을 쪼개고 대해를 가르는 위력이 한꺼번에 쏟아져 나온다. 그것도 불과 몇 장 거리의 지척에서 말이다.

그러므로 단기전은 곧 접근전이며 공력이 승패를 가른다.

과거 황보숭은 설무검이 자신보다 공력이 약간 낮았었다는 사실을 생생하게 기억하고 있었다.

쿠오오!

천공에서 쏘아내린 뇌전이 지상으로 쏘아 내리듯, 황보숭의 푸른빛이 감도는 허공을 갈가리 찢어발기며 설무검의 정수리로 내리꽂혔다.

설무검은 피하지 않았다. 피해도 소용이 없다. 선공을 가하는 자는 상대가 어디로 피할 것인지 일어날 수 있는 모든 가능성을 이미 계산했기 때문에, 어디로 피하든 지금과 비슷한 공격이 반복될 것이다.

아니, 어쩌면 꼬리를 내리고 피하기만 하는 자에게 더 가공할 공격을 퍼부을 수도 있을 것이다.

더구나 상대가 황보숭 같은 초절고수라면 피하는 것은 절대금물이다.

설무검은 속전속결하자는 황보숭의 심중을 읽었다. 그것은 설무검 역시 바라던 바였다.

황보숭의 도는 천산(天山) 심처에서만 극소량이 생산된다는 만년한벽강(萬年寒碧鋼)으로 만든 벽력신도(霹靂神刀)다.

그는 그것에 승부를 걸었다. 벽력신도 같은 희대의 보도는 상대의 무기가 무엇이 됐든 모조리 수수깡처럼 잘라 버린다.

황보숭의 부릅뜬 눈에서 기광이 일렁였다. 설무검의 오른손이 어깨의 검을 뽑는 것을 발견한 것이다.

설무검은 검을 뽑아 수평으로 눕혀 벽력신도를 마주쳐 나갔다. 그러면서 그는 이미 다음 동작을 시작하고 있었다.

황보숭은 설무검이 검으로 자신의 도를 막으려 하자 일순 어이없다는 생각이 들었지만 곧 희색이 만면했다. 검이 부러지고 설무검의 머리가 세로로 쪼개지는 광경이 눈에 선했다.

쩌겅!

검과 벽력신도가 격돌하면서 벽력신도가 절반으로 부러져 나갔지만 황보숭은 내처 설무검의 머리를 내리긋고 있었다. 자신의 도가 부러질 리 없다고 여겼기 때문에 동작을 계속한 것이다.

당연히 그의 도는 허공을 후렸다.

키이잇!

그 순간 설무검의 검, 혈마룡검이 비스듬히 황보숭의 목을 베어왔다.

"흐윽!"

황보숭은 크게 놀라 헛바람을 들이키면서 뒤로 주르르 미끄러지면서 절반뿐인 벽력신도를 휘둘러 혈마룡검을 막았다.

그러나 혈마룡검은 숨 쉴 틈 없이 황보숭을 몰아쳤다. 머리, 목, 가슴, 허리, 소나기처럼 베어왔다.

쩡! 쩡! 쩡!

황보숭은 힘겹게 막으면서 뒤로 물러서기에 급급했다.

"돌아가겠소?"

설무검이 공격을 멈추지 않은 채 조용히 물었다.

"헛소리!"

군림자는 절박한 상황에서조차 거짓말은 물론 굽힘이 없다.

그리고 위급함을 타개하는 방법을 알고 있다.

타앗!

황보숭은 쏟아지는 설무검의 공격을 뚫으며 오히려 똑바로 그에게 쏘아갔다.

쩡! 쩡! 쩡!

마지막 공격을 막을 때 혈마룡검을 조금 더 멀리 튕겨냈다.

그 순간 그의 절반뿐인 벽력신도에서 눈부신 섬광이 확 뿜어졌다.

도강이었다. 공력을 모조리 주입시켰기 때문에 그는 이 일초식으로 설무검을 쓰러뜨릴 수 있다고 확신했다. 지금 뿜어내고 있는 도강은 그가 일평생 동안 발출했던 그 어떤 도강보다 강력했다.

설무검과의 거리는 불과 반 장. 한 자 두께의 철벽을 관통할 수 있는 도강은 이미 설무검의 얼굴 한 자까지 쇄도하고 있었다.

'이겼다!'

황보숭은 속으로 부르짖으며 때 이른 승리에 도취됐다.

"……!"

그러나 다음 순간, 그는 자신이 발출한 도강의 눈부신 섬광 한가운데를 뚫고 쏘아져 오는 한 덩이의 작고 붉은 고리를 발견했다.

후우웅!

찰나 황보숭의 도강이 씻은 듯이 사라져 버리고 대신 피를 뚝뚝 흘리는 듯한 시뻘겋고 선명한 붉은 고리가 황보숭의 코앞에 이르렀다.

'환조신강(環照神罡)!'

퍽!

마지막 순간에 황보숭이 정체를 간파한 시뻘건 고리가 그대로 그의 머리통을 박살내 버렸다.

머리가 산산이 깨어지고 그의 몸에서 뿜어져 나온 한 줄기의 핏물이 혈마룡검으로 흡수되고 있었다.

퍽!

황보숭의 건장한 몸이 초원에 눕혀질 때에는 한 움큼의 먼지로 화해 있었다.

설무검은 구 초식만에 북천무림의 절대자를 저승으로 보냈다.

중천무림의 피해는 예상했던 것보다 그리 크지 않았다.

천추혈의맹 무당파와 청성파, 화산파의 천추고수들, 그리고 생존자들을 합친 팔백여 명은 미리 대기하고 있던 낙성검가와 설란궁, 사해부의 정예고수들에 의해 단 한 명도 남김없이 도륙을 당했다.

낙성검가 곳곳은 시체로 가득했고 피 냄새가 진동했다.

때는 정시(丁時:오후 1시). 구파일방지세를 꿈꾸면서 들이닥쳤던 천추혈의맹의 팔백여 고수의 희망은 불과 반 시진 만에 산산이 깨어져 버렸다.

낙성검가와 설란궁, 사해부의 고수와 하인들은 모두 힘을 합쳐서 시체를 치우는 한편, 다른 무리들은 대전 안에서 잠시 중지됐던 즉위식을 다시 재개하려고 준비를 하느라 부산한 모습들이었다.

대전 입구 앞 돌계단 위에는 단해룡과 정지약, 도비륜 하여정이 나란히 서서 광장을 지켜보고 있었다.

단해룡은 천추혈의맹을 전멸시켰다는 것보다 자신의 곁에 정지약이 있다는 사실 때문에 더 흡족한 기분이었다.

원래 정지약은 강한 사내를 좋아하는 여자였다. 그런 그녀를 얻기 위해서 단해룡은 설무검을 배신했고 중천절에 오르려고 그토록 전력을 쏟았던 것이다.

그리고 마침내 강한 사내가 되기 직전인 단해룡 곁으로 정지약이 돌아왔다.

최소한 단해룡은 그렇게 생각했다. 자신이 강한 사내로 있는 한 정지약은 떠나지 않을 것이라고.

담제웅과 선우종이 왜 나타나지 않았는지는 아직도 의문으로 남아 있지만 전혀 짐작하지 못할 일은 아니었다.

아마도 단해룡이 막상 중천절에 오르게 되자 그들 두 사람은 속이 쓰렸을 것이다.

그래서 즉위식에 나타나지 않는 정도로 자신들의 불편한 심기를 드러낸 것일 게다.

단해룡은 그들을 용서하지 않을 생각이다. 심할 경우 중천오세의 지위를 박탈까지 하여 중징계를 가해도 좋을 터이다.

이미 진천방과 혼천도문으로 수하를 보내 그들 두 명을 데려오라고 했다.

지금이라도 나타난다면 징계의 도가 조금쯤은 가벼워지겠지만, 그게 아니라면 중천오세의 지위박탈보다 더 강력한 벌을 내릴 생각이었다.

정지약은 내내 쓸쓸한 표정이었다. 이미 단해룡과 두 번 몸을 섞었는데도 그가 예전보다 더 싫게만 느껴졌다.

어머니의 명령 따위에 내가 창녀처럼 이렇게 몸을 팔아야만 하는 것인가. 죽는 것이 그렇게도 무서웠다는 말인가. 칠년 전에도 나는 어머니의 강압에 못 이겨 정말로 사랑하는 남자를 배신했었다. 그런 모멸적인 생각들을 끝없이 하고 있는 정지약의 표정이 밝을 리가 없었다.

슥!

"자, 우린 들어갑시다."

그때 단해룡이 한 팔로 정지약의 어깨를 감싸면서 몸을 돌려 대전 안으로 이끌었다.

차차차창!

"으악!"

"크아악!"

바로 그때 요란한 소리와 함께 비명성이 마구 터져 나왔다.

단해룡이 돌아서자 광장 너머에서 수많은 고수들이 쏟아져 들어오고 있는 것이 보였다.

그들은 광장에 있던 낙성검가와 설란궁, 사해부의 고수들을 마구 죽이면서 순식간에 광장 복판까지 진입했다.

단해룡의 시선이 그들 무리의 선두에서 내달리고 있는 한 인물에게 고정되더니 눈이 찢어질 듯 커졌다.

"선우종!"

그들은 바로 선우종과 그가 이끄는 이천여 고수들이었다.

선우종은 우뚝 멈춰서 단해룡을 쳐다보며 껄껄 웃었다.

"으핫핫핫! 단해룡! 너의 중천절 즉위식은 영원히 올리지 못할 것이다!"

"이놈! 나를 배신하는 것이냐?"

단해룡은 이를 드러내며 분노를 터뜨렸다.

선우종은 더 크게 웃었다.

"으핫핫핫! 배신이라고?"

그는 웃음을 뚝 그치고 단해룡과 정지약을 쏘아보았다.

"단해룡! 정지약! 너희들이 감히 배신을 논할 자격이 있다고 생각하느냐?"

두 사람은 동시에 자신들이 설무검을 배신했던 일을 반사적으로 떠올리고 입이 얼어붙었다.

"우린 모두 배신을 밥 먹듯이 하는 개새끼들이다! 개새끼가 개새끼를 또 한 번 배신한다고 해서 과연 누가 뭐라고 하겠느냐?"

선우종은 쩌렁쩌렁하게 외치면서도 주위를 힐끗힐끗 둘러보았다.

뒤를 밀어주기로 한 중천오충의 고수들을 찾는 것이었으나 그들의 모습은 어디에도 보이지 않았다.

"으악!"

"크애액!"

"습… 습격이다… 흐아악!"

그 순간 선우종이 이끌고 온 수하들의 뒤쪽에서 요란한 비명 소리가 와르르 쏟아져 나왔다.

장내는 순식간에 더 큰 아수라장으로 돌변하고 말았다.

혼천도문과 이천여 고수들은 낙성검가 쪽 고수들과 싸우던 중에 느닷없이 배후를 공격당하자 사방으로 흩어지며 도망치기에 바빴다.

직후 광장 너머에서 진입한 수많은 고수들이 광장 한복판을 가로지르며 밀물처럼 쏟아져 들어왔다. 그 수는 수천 명에 이르렀다.

그 무리의 선두에 기세등등한 표정의 담제웅의 모습이 보이자 단해룡의 얼굴이 환하게 밝아졌다.

"담 방주!"

그는 반갑게 외치면서 돌계단을 뛰어 내려가 담제웅에게 마주 달려갔다.

담제웅이 수하를 이끌고 선우종을 물리치러 왔다고 판단했기 때문이다.

하지만 그것은 단해룡의 잘못이 아니다. 장내의 상황은 그런 오해를 불러일으키기에 충분했다.

담제웅은 자신을 향해 달려오는 단해룡에게 마주 걸어가면서 자신도 모르게 히죽 미소를 지었다.

"……!"

순간 단해룡은 그 자리에 뚝 멈추었다. 담제웅의 득의한 미소와 두 눈에서 번들거리는 잔인한 살기를 발견한 것이다.

그렇지만 그는 자신이 검도 지니지 않은 채 무방비 상태로 담제웅에게 너무 가까이 다가와 있다는 사실을 발견하고 급히 몸을 돌려 도망치려고 하였다.

하지만 일 장은 담제웅 같은 절정고수가 기습을 하기에는 너무도 가까운 거리였다.

패액!

단해룡이 돌아서는 순간 등 뒤에서 허공을 가르는 날카로운 파공음이 터졌다.

단해룡은 돌아볼 겨를도 없이 오직 파공음만으로 공격해 오는 각도를 대충 판단하고 즉시 반대 방향으로 몸을 날렸다.

팍!

"흐윽!"

단해룡은 왼쪽 팔꿈치 부위가 화끈한 것을 느꼈다. 그러나 살펴볼 겨를이 없었다. 그는 돌계단 위를 향해 부리나케 몸을 날리며 뒤돌아보았다.

낙성검가의 최정예 고수인 낙성신검대 수십 명과 장로들인 낙성칠검기 서너 명이 담제웅을 향해 맹공을 퍼붓고 있는 광경이 보였다.

단해룡은 돌계단 위에서 몸을 돌리며 한시름을 놓았다. 그렇지만 담제웅을 공격해 가던 낙성신검대와 장로들이 수백 명의 진천방 고수들에게 포위되고 있는 것을 발견하고는 다시 초조해졌다.

"앗! 천주! 팔이……."

단해룡의 최대의 아첨꾼인 도비륜 하여정이 단해룡의 팔을 보면서 낮게 비명을 질렀다. 그녀는 이미 오래전부터 단해룡을 천주라고 호칭하고 있었다.

단해룡은 급히 자신의 왼팔을 내려다보다가 안색이 휙 돌변했다.

 왼팔이 팔꿈치 아래에서 싹둑 잘라져 나갔으며 그 부위에서 피가 철철 흐르고 있었던 것이다.

 단해룡의 얼굴이 창백해졌다. 팔이 잘리면 외팔이가 된다. 즉, 팔병신인 것이다.

 그 순간 그는 반사적으로 정지약의 얼굴을 쳐다보았다. 그리고 그녀가 아미를 잔뜩 찌푸린 채 자신을 쳐다보고 있는 것을 발견했다.

 그 순간 그는 팔이 잘렸다는 사실보다 더 깊은 절망을 느끼고 끝없는 무저갱으로 추락하는 기분을 맛보았다.

 "단해룡! 목을 늘어뜨려라!"

 그때 담제웅의 우렁찬 호통소리가 터졌다.

 단해룡이 움찔 놀라서 쳐다보니 담제웅과 수백 명의 진천방 고수들이 검을 치켜든 채 이쪽으로 곧장 달려오고 있었다.

 "흐익?"

 순간 단해룡은 자신이 생각해도 한심한 신음 소리를 내며 주춤주춤 물러났다.

 옆에서 정지약이 듣건 보건 상관이 없었다. 지금은 자신의 목숨이 위태로운 지경이다.

 그런 모습을 보고 있는 정지약의 얼굴이 더 찌푸려졌다.

 대전 안으로 구르듯이 달려 들어가고 있는 단해룡은 등 뒤에서 정지약의 냉랭한 목소리를 들었다.
"설란궁은 철수한다! 모두 물러가라!"
단해룡은 달리면서 피눈물을 흘렸다. 그리고 제발 이것이 꿈이기를 간절히 빌고 또 빌었다.

질주하고 있는 태무의 앞쪽 전각 모퉁이에서 한 사람이 불쑥 튀어나와 앞을 막아섰다.
"무야, 어딜 가느냐?"
장도명이었다.
"헉!"
태무는 헛바람을 들이키며 급히 멈추었다. 장도명이 설란궁주의 모친을 만나러 간 사이에 몰래 백설루를 빠져나왔기 때문에 느닷없이 장도명이 나타날 줄은 예상하지 못했던 것이다.
"설영에게 가느냐?"
장도명은 온화한 미소를 지으며 나직하게 물었다. 그는 아까 태무에게 그런 말을 한 이후 정말 좋은 아비가 되기로 결심했는지 이런 상황에서도 자상함을 잃지 않았다.
"사부님······."
장도명은 천천히 태무에게 걸어오며 철부지 아들을 타이르듯 말했다.
"무야, 대사를 그르쳐서는 안 된단다."

태무는 착잡한 표정을 지었다.

"사부님, 영이를 살리고 싶습니다."

"그만둬라. 지금은 가슴 아프겠지만 모든 것은 세월이 지나면 잊혀질 것이다. 그때가 되면 오히려 지금의 철없는 행동을 부끄러워할 게다."

"그렇지 않습니다. 영이를 살려내지 못하면 저는 죽어서도 눈을 감지 못할 것입니다…! 제발… 저를 보내주십시오……!"

장도명은 정색을 했다.

"설영 형제가 복수를 포기하고 멀리 떠나도록 할 수 있겠느냐? 그럴 수 있다면 널 보내주마."

태무는 움찔했다. 그도 설영 형제를 멀리 떠나게 하고 싶었다. 하지만 그들은 태무의 말을 듣지 않을 것이다. 그렇다고 이 순간을 모면하기 위해서 거짓말을 할 수는 없었다. 아니, 거짓말에 서툰 태무가 거짓말을 하더라도 장도명은 즉시 알아차릴 것이다.

태무는 입술을 잘근잘근 깨물었다.

"무야, 나는 낙성검가에 가지 않겠다는 너와의 약속을 지켰다. 그렇다면 너도 나를 위해서 이 정도는 해줘야 하지 않겠느냐?"

"저는 사부님에게 아무런 약속도 한 적이 없습니다."

저벅저벅…….

우정을! 275

이어서 태무는 장도명을 향해 똑바로 걸어갔다.

"저는 가겠습니다."

"안 된다. 가지 마라."

태무는 멈추지 않았다.

"무야! 그들 형제가 우리보다 더 중요하다는 말이냐?"

"그렇습니다."

태무는 자르듯이 말하면서 장도명의 곁을 스쳐 지나갔다.

"무야!"

등 뒤에서 장도명의 안타까운 목소리가 울렸지만 태무는 걸음을 멈추지 않았다.

잠시의 침묵이 흘렀다. 태무는 장도명이 포기하는 것이라고 여겼다.

푹!

그 순간 태무는 어떤 물체가 자신의 등을 뚫고 들어오는 것을 느꼈다.

아주 뜨거운 물체인 듯했다. 그래서 그 물체가 등을 뚫고 몸을 관통하는 부위가 불로 지진 것처럼 화끈거렸다.

투우…….

"……."

태무는 자신의 왼쪽 가슴을 뚫고 한 뼘 쯤 삐져나온 물체를 굽어보았다.

그것은 차가운 기운을 흘리고 있는 한 자루 검의 검첨이었다. 검첨은 새빨간 피로 물들었고, 방울방울 피가 굴러 떨어지고 있었다.

태무의 등을 깊이 찌른 장도명의 오른손이 바들바들 떨리고 있었다.

"무야… 미안하구나……."

그리고 그의 눈에서는 폭포처럼 눈물이 흘러내렸다.

그는 차마 검을 뽑지 못했다. 태무의 등에 꽂힌 검을 뽑으면 그는 채 반 다경이 지나기도 전에 과다출혈로 죽어버리고 말 것이다.

태무는 뒤돌아보지 않았다. 그리고 검을 몸에 꽂은 채 비틀거리면서 걸음을 옮기기 시작했다.

"무야……."

장도명은 검파를 놓았다. 그는 등에 검을 꽂은 채 멀어지는 태무를 보면서 조금 전보다 더 많은 눈물을 흘리며 비틀거리다가 그 자리에 주저앉아 두 손으로 얼굴을 감싸면서 오열을 터뜨렸다.

"무야……. 크흐흑!"

 금록은 수하들을 이끌고 설란궁 뒤쪽 폭이 백여 장에 달하는 절벽 수십 곳의 좁은 틈새에 벽력탄을 깊숙이 찔러 넣는 일을 하고 있었다.

 설란궁 뒤쪽 낙수 강변은 한적하기 그지없어서 금록과 수하들을 이상한 눈으로 볼 사람은 아무도 없었다.

 그들은 반 시진에 걸쳐서 도합 삼백 관의 벽력탄을 설치하고 도화선을 연결했다.

 이들이 설치한 벽력탄에는 질 좋은 최상급의 연초(烟硝:화약)를 사용했기 때문에 성능이 무척 위력적이다.

 아마도 벽력탄 삼백 관이면 인공가산을 통째로 날려 버릴 수 있을 것이다.

 태무는 비틀거리면서 중천군림성을 향해 대로변을 따라서 걸어가고 있었다.
 행인들은 등에서 심장으로 검 한 자루를 꽂은 채 가고 있는 그를 크게 놀라는 얼굴로 쳐다봤지만 곧 개의치 않고 자기들 갈 길을 서둘렀다.
 그들 모두는 낙양성에 불어 닥친 때 아닌 난리 때문에 피난을 가는 길이었다.
 한결같이 봇짐을 꾸려 수레나 마차에 싣고, 아니면 등짐을 지고 가족과 함께 성문을 향해 몰려가고 있었다. 정든 보금자리를 떠나는 그들의 얼굴에는 수심이 가득했다.
 태무의 걸음이 갈수록 느려졌으며 금방이라도 쓰러질 듯 비틀거렸다. 한 걸음이 천근이고 만근의 무게였다.
 그는 자꾸만 감기려는 눈을 손등으로 문지르고 손바닥으로 제 뺨을 후려갈기면서 중천군림성을 향해 걸어갔다.
 꽂힌 검을 뽑지 않았다고 해서 심장을 관통당한 사람이 죽지 않는다는 것이 아니다. 검을 뽑았을 때보다 조금 더 오래 버틸 수 있다는 것뿐이다.
 장도명이 검을 찌른 지 벌써 이 각이나 지나고 있었다. 아직도 쓰러지지 않은 것이 기적이었다.
 그러나 여기까지가 한계였다.

쿵!

"흑!"

마침내 태무는 한쪽 무릎을 꿇으며 얼굴을 일그러뜨렸다.

그는 한 손으로 벽을 짚은 채 일어나려고 안간힘을 썼지만 한 올의 힘도 모아지지가 않았다. 오히려 눈앞이 뿌옇게 변하면서 몹시 어지러웠다.

스르르……

일어서려는 그의 간절한 의지와는 달리 등이 벽에 기대어지더니 미끄러지듯이 바닥에 눕혀졌다.

"흐으으… 여… 영아……."

기이하게도 자신이 죽는다는 사실이 현실로 받아들여지지 않았다. 아니, 그다지 대수롭지 않게 여겨졌다. 언제나 한쪽 발을 죽음 쪽에 들여놓고 살아온 인생이었다.

죽었어도 옛날에 죽었어야 할 목숨. 지금껏 버텨왔으면 참 질기게도 살아남았다라는 생각마저 들었다. 그렇지만 이왕지사 여태까지 이어온 목숨. 조금만 더, 부디 일 각 만이라도 더 버텨주었으면 하는 간절함이 꿰뚫린 심장을 옭죄고 인후를 넘실거렸다.

그러나 눈이 감겼다. 눈앞이 새하얗게 변하더니 아무 것도 보이지 않게 되었다.

사람들이 떠들면서 분주하게 한쪽 방향으로 달려가는 소리만이 아련하게 들려왔다.

"소단주!"

그때 꿈결처럼 아련하게 누군가의 다급한 외침이 아주 가까이에서 들렸다.

눈을 뜨려 했으나 떠지지 않았다. 그 사람이 자신을 부축하는 것 같은 느낌을 받았다.

"으으… 누… 누구……."

"크흐흑! 소단주! 용서하십시오! 속하 낙화귀입니다!"

태무를 부둥켜안은 사내는 고개를 숙이며 굵은 눈물을 뚝뚝 흘렸다.

"낙화귀……."

"이게 어찌 된 일입니까? 누가 소단주에게 이런 짓을 했습니까? 속하가 반드시 복수하겠습니다!"

낙화귀는 이를 갈며 원통하다는 듯 외쳤다.

"낙… 화귀……."

"말씀하십시오! 소단주!"

"여… 영아에게……."

"누구… 설영공자를 말씀하시는 겁니까?"

"그에게… 어… 서… 피하라고… 그곳… 은 위험… 하다고… 사부가 알고… 있다고… 전해… 어… 서… 그는… 중천… 군림… 성… 에 있… 다……."

자신이 할 말을 다 할 때까지만 목숨을 부지시켜 달라고 애원하면서 허덕이던 태무는 끝내 소원을 이루고는 낙화귀의 품속에서 숨을 거두었다.

태무를 굽어보는 낙화귀의 온몸이 와들와들 떨렸다. 그의 목구멍에서 가래 끓는 소리가 그륵 그륵거렸다.

"크허어엉! 소단주!"

낙화귀는 낙양성 대로변 어느 담 아래에서 싸늘하게 식어가는 태무를 부둥켜안은 채 절규를 터뜨렸다.

"호호훗! 오늘을 위해서 그동안 황보숭과 친하게 지냈던 것이지. 오늘 그는 제 몫을 해낼 거야."

마침내 오랜 지하연공실 생활을 끝내고 백설루 이층 접객실에 장도명과 마주앉은 선희빈은 고개를 젖히고 간드러진 교소를 터뜨렸다.

장도명은 선희빈을 쳐다보면서 그녀의 말을 듣고 있는 듯하지만 머릿속으로는 태무만을 생각하고 있었다.

그를 꼭 죽였어야만 했는가. 정말 그 방법밖에는 없었던 것인가. 모든 일이 끝나면 친아버지처럼 잘 해주려고 결심했는데, 어째서 운명은 이리도 모질고 추악하다는 말인가. 장도명은 자신이 한 짓 때문에 몸서리를 쳤다.

"호호훗! 장도명! 지금쯤 네 수하들에게 준비를 시켜야 하는 것이 아니냐? 황보숭이 중천무림을 피로 씻은 다음에는 네 차례가 아니더냐?"

"네."

장도명은 입으로만 공손히 대답을 했다. 얼굴에는 어떤 표정을 떠올렸는지 알 수가 없었다.

아마도 오랜 세월 동안 비굴하게 살아와 더께가 앉아버린 아첨의 표정을 짓고 있을 터이다.

속으로는 제자의 죽음을 통탄해하면서도, 입과 얼굴로는 비굴한 아첨을 서슴지 않아야 하는 자신의 모습이 찢어죽이고 싶도록 가증스러웠다.

"북천벽력궁까지 처리하고 나면 큰 상이 있을 게다."

선희빈은 속에서 치밀어 오르는 득의함을 애써서 참으려 하면서 나직하게 말했다.

"호홋! 삼천무림의 일통, 아니, 천하의 일통이다. 그 뉘라서 상상이나 했겠느냐?"

끝내 선희빈은 통쾌함을 이기지 못하고 숨이 넘어갈 듯한 교소를 터뜨렸다.

"깔깔깔깔깔—!"

궁…….

그 순간 묵직한 음향이 들렸다. 한바탕 소나기가 오기 전에 멀리서 뇌성이 아련하게 들려오는 듯한 소리였다.

그때까지도 선희빈과 장도명은 그 소리에 대해서 별달리 신경을 쓰지 않았다.

쿠쿵…….

그런데 소리가 조금 더 커졌고, 이번에는 백설루 전체가 우르르 떨어 울렸다.

"뭐냐?"

선희빈이 벌떡 일어섰고, 장도명은 그때까지도 깊은 자책에 빠져 있었다.

번쩍!

그때 두 사람은 눈부신 섬광이 번뜩이는 것을 보았다. 태양을 정면으로 쳐다봤을 때보다 더 밝은 섬광이었다.

쿠콰콰콰쾅!!

그리고 다음 순간 어마어마한 폭음이 터졌다.

콰아아아―

두 사람이 있는 전각이 통째로 박살나면서 한쪽 방향으로 확 휩쓸려 날아갔고, 두 사람은 그 속에 파묻혀서 한꺼번에 날아가 버렸다.

두 사람은 십여 장이나 날아가 인공호수에 빠졌다. 전각의 기둥과 벽돌, 기와 따위가 그들 위로 한꺼번에 쏟아져 내리는 바람에 그것들을 피하느라 두 손을 마구 휘둘러야만 했다.

우르르르―

지축이 울리고 인공호수의 물을 들끓게 만드는 진동은 한동안 계속됐다.

인공호수는 그리 깊지 않아서 서 있는 두 사람의 허리밖에 차지 않았다. 두 사람은 황급히 주위를 두리번거리다가 해연히 놀랐다.

백설루를 포함한 설란궁의 뒤편이 송두리째 날아가 버리고 아무 것도 남아 있지 않은 광경이 드러나 있었다. 그곳은 그저 허허벌판이었다.

물에 빠진 생쥐 꼴을 한 두 사람의 시선이 어느 순간 한곳에 고정되었다.

그곳은 예전에 인공가산이 있던 자리였는데, 지금은 산의 거의 대부분이 사라지고 없었다. 다만 그곳에 거대한 흙더미만 쌓여 있을 뿐이었다.

두 사람은 인공가산이 붕괴했으며 그 아래에 웅크리고 있던 만팔천 명의 천사십진, 즉 천사십대고수들이 송두리째 매몰됐다는 사실을 한참이 지나서야 깨달았다.

두 사람은 넋을 잃은 얼굴로 그곳을 쳐다보다가 한순간 다리에 힘이 풀려 그 자리에 털썩 주저앉고 말았다.

설무검은 천대산의 울창한 산비탈을 바람처럼 내달리고 있었다. 그는 일부러 사람들의 눈에 띄도록 하려고 몸을 노출시킨 채 달렸다.

그리고 그가 산에 들어온 지 이 각 만에 일단의 무리가 그의 앞을 가로막았다.

삼십 명 가량의 고수들이었다. 설무검은 그들이 북천벽력궁의 정예고수라는 사실을 한눈에 간파했다.

"천궁(天弓)을 만나러 왔다. 그는 이곳에 있느냐?"

설무검의 입에서 북천무림 제 이인자의 이름이 거침없이 튀어나왔다.

북천고수들은 감히 함부로 행동하지 못했다. 경거망동도 사람을 봐가면서 하는 것이다.

"귀하는 누구시오?"

설무검은 나직이 중얼거렸다.

"천궁에게 설무검이 찾아왔다고 전해라."

'설무검'이라는 말에 북천고수들의 안색이 확 돌변했다.

반 각 후, 설무검은 한 사내와 마주 서 있었다.

북천벽력궁의 수석궁주이며 북천무림의 제 이인자인 사내, 건곤신도(乾坤神刀) 천궁이다.

설무검 평생에 단 한 명뿐인 친구가 바로 천궁이다. 설무검은 그를 자신의 사람으로 만들려고 많은 공을 들였었지만 천궁은 끝내 황보숭을 버리지 않았었다.

지금 천궁의 얼굴은 겨울 내내 꽁꽁 얼어붙은 돌벽처럼 차갑게 굳어 있었다.

방금 설무검에게 그가 황보숭을 죽였다는 말을 전해 들었기 때문이었다.

천궁은 큰 충격을 받은 듯 한동안 설무검을 날카롭게 쏘아보면서 침묵을 지켰다.

설무검이 아무리 날고 기는 초절고수라고 해도 이곳에 있는 일만 명의 북천고수들을 당해내지는 못할 터. 천궁의 말한 마디에 설무검의 생사가 달려 있었다.

휘스스…….

무심한 바람만 두 사람 사이를 휩쓸고 지나며 침묵을 깨라고 종용하고 있었다.

"자네 혼자 왔나?"

한참 만에 천궁은 무겁게 입을 열었다.

설무검은 가볍게 고개를 끄떡였다.

천궁의 입가가 비틀어졌다. 미소다. 진정한 사내만이 지을 수 있는 흐릿하지만 보기 좋은 미소.

"여전하군, 겁 없는 것은."

설무검의 입가에도 미소가 매달렸다.

"자네 사내다운 것도 여전하네."

상전을 죽인 자와 나누는 대화라고는 믿어지지 않았다.

천궁은 숲 사이로 조금 보이는 파란 하늘로 비스듬히 시선을 주었다.

"천주께선 욕심이 과하셨어."

설무검은 그저 듣기만 했다.

"일이 제대로 끝나더라도 나는 선희빈이 중천무림을 고스란히 두 손으로 바칠 것이라고는 믿지 않았었네. 그래서 한사코 천주를 만류했었지. 그런데 결국 이렇게 되고 말았군."

"결국 선희빈인가?"

천궁은 허공에서 시선을 거두어 설무검을 똑바로 직시했다.
"내가 무엇을 어떻게 하면 되겠나?"
방금 북천무림의 절대자가 된 멋진 사나이의 물음이었다.

우두두두—
한 대의 화려한 사두마차가 낙양성 대로 한복판을 육중하게 달리고 있었다.
마차가 워낙 빠르고 거칠게 달리는 바람에 파도처럼 밀려가던 행인들은 마차에 깔리지 않으려고 분분히 양쪽으로 길을 터주면서 악을 쓰면서 욕설을 퍼부어댔다.
마차 안에는 한효령과 은리가 타고 있었다. 한효령은 깊은 생각에 잠긴 모습이고, 은리는 창을 조금 연 채 수심 어린 표정으로 밖을 내다보고 있었다.
은자랑은 군림영보에 있는 수하들을 완전히 철수시켰으며, 그 자신은 어딘가로 급히 가면서 한효령에게 은리를 안전한 곳으로 대피시켜 달라고 부탁을 했다.
은자랑이 지금까지 설무검과 설영에게 해온 것으로 봐서는 그들 형제들과 생사를 함께해야 옳았다. 한효령 역시 그렇게 생각하고 있었다. 그런데 은자랑의 돌연한 결정은 그녀로선 충격이었다.
지금 한효령의 머릿속에는 은자랑이 어째서 갑자기 설무검과 설영 형제 곁을 떠난 것인지에 대해서 생각하느라, 그리고 설영에 대한 염려가 가득 차 있었다.

"아……!"

그때 창밖을 내다보고 있던 은리가 가볍게 탄성을 터뜨리는 바람에 한효령은 생각에서 깨어나 그녀를 쳐다보았다.

"저기 태무 오라버니에요!"

은리는 몸을 일으키면서 창에 달라붙어 대로변의 한곳을 가리키며 소리쳤다.

그녀의 눈에 비친 태무의 모습은 참혹했다. 그는 심장에 검한 자루를 꽂은 채 대로변 담벼락 아래에 비스듬히 쓰러져 있었다.

"아… 어쩌다가……."

한효령이 창밖을 내다봤을 때에는 인파에 가려서 태무의 모습이 더 이상 보이지 않았다.

"리아! 정말 태무였니?"

한효령이 놀란 얼굴로 묻자 은리는 눈물을 글썽이며 고개를 끄떡였다.

"이자가 중천군림성 내를 돌아다니면서 네 이름을 소리쳐 부르기에 잡아왔다. 네가 아는 녀석이냐?"

양궁표가 실내로 들어와 옆구리에 끼고 있던 한 사내를 바닥에 내려놓았다.

설영은 의아한 표정으로 그 사내를 보다가 안색이 급변하여 낮게 소리쳤다.

"낙화귀!"

설영은 사내의 멱살을 움켜잡아 일으키면서 잡아먹을 듯이 으르렁거렸다.

탁!

"이놈이 바로 그 낙화귀란 놈이냐?"

양궁표가 설영의 손에서 거칠게 낙화귀를 가로챘다. 예전에 양궁표는 낙영루에 여러 차례 들락거렸었고, 낙화귀가 설영을 속여 장도명에게 넘겼다는 사실을 알고는 있지만 낙화귀를 정식으로 보는 것은 지금이 처음이다.

"이놈의 모가지를 분질러 버리겠다!"

양궁표는 정말 목을 부러뜨리려는 듯 낙화귀의 목을 움켜잡았다.

"둘째형님! 잠깐 기다리세요!"

그때 설영이 급히 외쳤다. 그는 낙화귀의 얼굴에 떠올라 있는 것이 공포가 아니라 안타까움이라는 것, 그리고 눈물을 흘리고 있다는 사실을 발견한 것이다.

혈도를 풀어준 낙화귀 입에서 흘러나온 말은 설영을 절망에 빠뜨렸다.

"소단주께서… 돌아가셨습니다……."

"태무가!"

설영은 크게 휘청거렸다. 태무가 죽다니 믿을 수 없는 말이었다. 그의 미소 짓는 모습이 너무도 생생했다.

낙화귀는 자신이 대로에서 보고 겪은 사실을 빠짐없이 설명했다. 설명을 하면서 그는 눈물 콧물을 줄줄 흘렸다.

그리고 태무가 죽어가면서까지 설영을 염려했다는 말을 듣고 설영은 어깨를 들썩이며 울음을 터뜨리고 말았다.

"무야……."

설영은 짐작할 수 있었다. 천하에서 태무를 죽일 수 있는 사람은 사부 장도명뿐이다.

태무는 위험에 빠진 설영을 구하러 오다가 장도명에게 당했을 것이다. 필경 그랬을 것이다.

"으드득…! 장도명……!"

설영은 이를 갈며 중얼거렸다. 그의 두 눈에서 시퍼런 살기가 번뜩였다.

"막내야, 이곳이 노출됐다는데 이제 어쩔 셈이냐?"

양궁표가 어두운 얼굴로 설영에게 물었다.

그러나 설영은 금세 대답하지 못했다. 시간상으로는 오래지 않아서 남천무림이 낙양성에 들이닥치게 될 것이다.

"아… 지금 현재의 남천무림의 동태를 파악할 수만 있으면 좋으련만……."

설영은 안타깝게 중얼거렸다. 은자랑이 있었으면 낙양성 외곽의 백봉령루를 이용하여 남천무림의 동태를 시시각각으로 알 수 있을 텐데, 지금은 지하 깊은 곳에서 눈을 가리고 귀를 막은 상태였다.

"남천무림의 동태를 제가 알려 드리면 안 될까요?"

그때 입구 쪽에서 나긋나긋한 여자의 목소리가 들렸다.

설영이 의아한 얼굴로 쳐다보니 웬 낯선 여자가 고선과 함께 나란히 서 있었다.

"보화낭자!"

양궁표가 그녀를 발견하고 반갑게 외치며 달려갔다.

보화가 양궁표를 보고 공손히 인사를 하고 난 후 설명했다.

"낙양성으로 오는 길이었는데 갑자기 낙양성 이백 리 밖으로 철수하라는 본 단의 명령을 받았어요. 그래서 혹시나 해서 수하에게 물었더니 설무검 대인 일행은 아직도 낙양성에 계신다고 하더군요. 단주께서 왜 갑자기 철수명령을 내리셨는지는 모르겠지만 대인의 이목이 가려지면 안 될 것 같다는 생각에 부랴부랴 달려왔어요."

그녀는 별것 아니라는 듯 말했지만 기실 그것은 그녀가 봉황단의 명령에 불복한 것이다.

추후 이것 때문에 그녀는 큰 곤욕을 치를 텐데도 설무검을 걱정하여 달려왔다니, 설영과 양궁표는 고마운 마음을 가눌 길이 없었다.

그렇지 않아도 이목이 끊겨서 전전긍긍하던 판국에 보화의 출현은 천군만마를 얻은 것이나 다름이 없었다.

설영은 보화에게 공손히 허리를 굽혀 인사를 했다.

"보화누님, 말씀 많이 들었습니다. 형님을 많이 보살피고 도와주셨다고요. 진심으로 감사합니다."

보화는 아름답기 짝이 없는 설영을 보면서 눈을 깜빡거리며 적이 놀라고 감탄하는 표정을 지었다.

"공자는 설무검 대인의 아우분이시군요?"

"어떻게 아셨습니까?"

보화는 손으로 입을 가리고 웃었다.

"대인께서 가끔 말씀하시기를 천하에서 가장 잘 생긴 소년이 내 아우라고 하셔서 한눈에 알아봤어요."

설영은 수줍어하며 얼굴을 붉혔다.

"잘 부탁합니다, 보화누님."

"어머? 저야말로……"

설영이 초면에 '누님', '누님' 그러면서 살갑게 굴자 보화는 세상을 다 얻은 것 같은 기분이었다.

보화는 백봉령루의 정보망을 이용하여 남천무림의 동태를 파악하기 시작했다.

낙양성에 있던 봉황단원들은 모두 철수했지만, 낙양성 밖의 봉황단 휘하 기루들은 여전히 영업을 하고 있었으므로 정보망 역시 활발하게 돌아가고 있는 중이었다.

보화는 봉황단이 사용하는 전서구를 날려 낙양성 백여 리 근처에 주둔해 있는 남천무림의 동태를 시시각각 알려달라고 협조를 요청했으며 어렵지 않게 수락됐다.

제 일착으로 도착한 비합전서에 의하면 남천무림은 아직 은신하고 있는 곳에서 움직이지 않고 있다는 것이다.

설영은 결단을 내려야만 했다. 군림영보가 노출됐다고 하니 언제 급습을 당하거나 입구가 봉쇄될는지 모르는 일이다. 그런데 언제 돌아올지 모르는 설무검을 무작정 기다릴 수는 없는 노릇이었다.

결국 설영은 형제들과 칠의문, 중천오충과 벽파도문 고수들을 모두 이끌고 군림영보에서 나올 수밖에 없었다.

이어서 낙성검가로 향했다. 남천무림이 들이닥치기 전에 단해룡과 담제웅, 선우종, 정지약 등을 제압하기 위해서였다.

설란궁 지하에 웅크리고 있는 장도명의 수하들 만팔천 명은 벽력탄으로 몰살을 시키겠다고 금록의 수하들이 벽력탄 삼백 관을 가져갔었다.

계획대로 그들을 몰살했다고 해도 여전히 남천무림과 북천무림이 남아 있는 상황이다.

이대로 어영부영하다가 그들이 차례로 낙양성에 들이닥치면 설영 일행은 오도 가도 못한 채 앉은 자리에서 떼죽음을 당할 수밖에 없는 것이다.

그렇다고 지금부터 서둘러 낙양성을 벗어나 살길을 모색하는 것은 복수를 하는 것하고는 거리가 멀었다.

설영은 복수를 하고 싶었다.

자신과 설무검, 그리고 배신이라는 이름 아래 죽어간 수많은 영혼들을 위해서.

정탐에 의하면 담제웅이 최후의 승자가 되어 낙성검가를 점령했으며, 단해룡과 선우종을 제압하여 단하에 꿇어앉힌 채 치죄를 하고 있는 중이라고 했다.

또한 낙성검가와 혼천도문, 사해부의 고수들은 완전히 무장해제 되어 감금됐으며 진천방과 담제웅을 추종하는 세력들은 승리에 도취되어 전열이 크게 흐트러져 있다는 것이다.

그들은 남천무림이나 북천무림, 장도명의 수하들, 그리고 선희빈의 존재를 까맣게 모르고 있는 것이 분명했다.

그래서 설영은 대담하게 텅 빈 대로로 낙성검가를 향해 달려갔다.

第百六章

복수(復讐)

 담제웅은 지나칠 정도로 겁이 없었다. 어쩌면 자신이 이미 중천절이 됐다는 때 이른 생각이 그를 그렇게 만든 듯했다.
 아무런 경계도 하지 않은 채, 낙성검가 한복판 돌계단 위에 태사의를 내놓고 그 위에 거만하게 앉아서 돌계단 아래에 꿇어 앉혀진 세 사람을 굽어보며 희열을 만끽하고 있었다.
 단해룡과 선우종, 하여정은 돌계단 아래 돌바닥에 무릎이 꿇린 채 고개를 숙이고 있었다.
 오늘 중천절에 오르려던 단해룡은 왼팔을 잃은 채 하류무사만도 못한 신세가 되어 죽음을 목전에 둔 비참한 신세가 되었다.

담제웅은 단해룡과 선우종, 하여정을 지금껏 충분히 농락했다. 이제는 그들의 피를 볼 시간이었다.

중천무림이 피폐해진 것은 개의치 않았다. 그보다 더 폐허가 됐더라도 상관이 없다.

중천무림은 다시 일으키면 되는 것이다. 중요한 것은 자신이 중천절이 됐다는 사실이었다.

"자! 너희는 자결을 하겠느냐? 아니면 내가 손을 쓰기를 원하느냐?"

담제웅은 중천절다운 엄숙한 목소리와 표정을 지으려고 애쓰면서 단해룡 등을 굽어보았다.

"으드득! 더러운 배신자……!"

단해룡은 당장이라도 담제웅을 쳐 죽일 듯한 얼굴로 이를 갈아댔다.

"나더러 배신자라고? 그렇다면 너는 전대 중천절을 배신하지 않았느냐?"

단해룡은 눈에서 불을 뿜었다.

"죽일 놈! 네놈의 배신을 보니 내가 그분께 잘못했다는 사실을 이제야 깨달을 수 있겠구나……!"

"후후… 뉘우친다는 것이냐? 그분 몸속에 너의 청천검을 찔러 넣고서 중천절이 되기 위해서, 아니, 설란후를 차지하기 위해서 그분을 배신해 놓고 이제 와서 뉘우친다는 것이냐?"

담제웅은 마음껏 단해룡을 조롱해 주었다. 조롱 거리가 아직도 남아 있다는 사실이 은근히 기쁘기까지 했다.

단해룡은 뉘우친 것이 아니다. 담제웅의 배신을 뼈아프게 겪고 나니 설무검의 일이 생각나서, 자신이 그 전철을 밟았음을 후회하는 것뿐이다.

"으드득! 담제웅, 네놈은 그분의 단전을 파훼하지 않았었느냐? 그리고 이후에 그분을 태워서 죽이라고 수하에게 명령하지 않았느냐?"

담제웅은 아무도 모를 줄 알았던 그 일을 단해룡이 들추어 내자 뜨끔한 표정을 지었다.

"닥쳐라! 똥 묻은 개가 겨 묻은 개 나무라는 것이냐? 우리 모두 똑같은 족속들이다! 누워서 침 뱉기라는 말이다! 구역질나는 놈들!"

그때 고개를 숙이고 있던 선우종이 번쩍 고개를 들며 악을 쓰듯이 부르짖었다.

그 순간 단해룡 등이 꿇어 앉아 있는 뒤쪽 먼 곳에서 낭랑한 목소리가 들려왔다.

"그렇다! 너희 모두 구역질나는 놈들이다!"

모든 사람들의 시선이 일제히 목소리가 들려온 곳으로 향했다.

활짝 열려 있는 문으로 한 명의 아름다운 소년이 성큼성큼 걸어 들어오고 있었다.

소년은 마치 선계에서 막 하강한 듯 초탈한 모습이고 절세의 미남자였다.

소년 설영은 혼자 당당하게 걸어 들어와 단해룡 곁을 지나 돌계단 아래 우뚝 섰다.

"아이야, 너는 누군데 우리를 욕하는 것이냐?"

담제웅이 위엄을 찾으려고 애쓰면서 설영에게 물었다.

그때 설영의 모습을 줄곧 살피던 단해룡이 해연히 놀라 나직이 외쳤다.

"설영!"

그러나 담제웅과 선우종, 하여정 등은 이름을 듣고서도 그가 누군지 알아차리지 못했다.

담제웅은 눈살을 찌푸렸다.

"단해룡! 네가 아는 아이냐?"

단해룡은 얼굴을 보기 싫게 일그러뜨렸다.

"그는… 전대 천주 검신의 친동생이다……!"

"……."

담제웅뿐만 아니라 선우종, 하여정도 크게 놀라 새삼스럽게 설영을 쳐다보았다.

그 순간 설영 주위에는 수십 명의 진천방 고수들이 넓은 포위망을 형성하고 있었다. 그들 중에는 진천방 청룡전주와 비호전주의 모습도 보였다.

담제웅은 설영을 굽어보면서 가소롭다는 듯 껄껄 웃었다.

"으핫핫핫! 네가 설무검의 친동생이라니 정녕 놀랍기는 하다만, 범의 아가리로 혼자서 걸어 들어오다니 약간 모자란 놈이 아니냐?"

설영은 고개를 젖히고 낭랑한 웃음을 터뜨렸다.

"기르던 개가 주인을 향해 짓는다더니[家狗向裏吠], 담제웅! 네가 그 꼴이로구나!"

졸지에 기르던 개 신세가 된 담제웅은 얼굴이 붉으락푸르락하게 변하며 화를 주체하지 못했다.

"네… 이놈!"

"담제웅! 이곳이 범의 아가리라면 나는 용이다! 과연 한낱 범이 용을 어떻게 삼킬 것인지 기대가 크구나!"

막 발작을 하려던 담제웅은 그 순간 저 멀리 활짝 열린 문을 통해서 파도처럼 쏟아져 들어오는 고수들을 발견하고 움찔 가볍게 몸을 떨었다.

그러나 그것은 시작에 불과했다. 전면 좌우 지붕 위에서 셀 수도 없을 정도로 많은 고수들이 비조처럼 훌훌 날아 내리며 허공을 새카맣게 뒤덮었다.

여기저기에서 퍼질러 앉던가 선 채 늘어지게 쉬고 있던 진천방과 추종세력의 고수들이 화들짝 놀라 대응하려고 했을 때는 이미 늦고 말았다. 들이닥친 고수들이 순식간에 포위를 해버린 것이다.

그때 담제웅은 자신을 향해 광장을 가로질러 곧장 걸어오는 일단의 무리를 보고 자신도 모르게 태사의를 박차고 벌떡 일어섰다.

걸어오고 있는 사람들은 양궁표를 위시해서 중천오충과 벽파도문의 수장들, 그리고 청랑을 제외한 결사사위 네 명과 곽정, 정미 등이었다.

담제웅은 나란히 걸어오는 주영걸 형제와 음양생사신, 화운비 등을 보면서 얼굴이 점차 보기 싫게 일그러졌다.

이어서 그는 광장 여기저기에서 중천오충과 벽파도문, 칠의문의 고수들에게 완전히 포위당해 있는 수하들을 보면서 온몸의 맥이 탁 풀렸다.

담제웅이 이끌던 삼천여 고수들은 낙성검가와 사해부, 혼천도문, 선우종을 추종하는 세력들과 싸우는 과정에서 이천여 명이 죽고 천여 명밖에 남지 않은 상태였다.

양궁표와 주영걸 등은 다가와서 설영 뒤쪽에 나란히 늘어섰고, 설영을 포위하고 있던 비호전주와 청룡전주 등 고수들은 밀려서 돌계단을 올라와 담제웅 뒤쪽에 늘어섰다.

"으으으… 이놈의 어린 새끼를!"

담제웅은 극도로 분노하여 수염을 부들부들 떨면서 어깨의 검파를 잡았다.

그는 돌계단을 걸어 내려가며 눈에서 살기를 뿜어냈다.

"이놈! 나는 담제웅이다! 너 같은 어린놈은 안중에도 없다는 말이다! 당장 목을 잘라주마!"

담제웅이 어깨의 검을 절반쯤 뽑으며 돌계단을 두 개쯤 내려갔을 때 그의 머리 위에서 웅혼한 외침이 들려왔다.

"담제웅, 나는 안중에 있느냐?"

순간 거짓말 같은 일이 벌어졌다. 거의 뛰듯이 돌계단을 내려가던 담제웅은 그 자리에 얼어붙은 듯이 멈추었다. 그리고 얼굴에는 염마왕을 만났을 때와 같은 극도의 경악과 공포가 가득 떠올라 있었다.

그것은 단해룡도, 선우종도 마찬가지였다. 그들은 방금 허공을 웅웅 떨어 울린 목소리의 주인을 너무도 잘 알고 있다. 다만 하여정만이 어리둥절한 표정을 지을뿐이었다.

"형님! 오셨군요!"

설영이 만면에 환한 웃음을 지으면서 허공을 보며 명랑하게 외쳤다.

경악과 불신, 공포의 표정을 짓고 있는 담제웅과 단해룡, 선우종, 하여정, 아니, 수많은 사람들의 시선을 한 몸에 받으며 허공에서 설무검이 선 채 꼿꼿하고도 느릿하게 하강하여 설영 옆에 소리없이 내려섰다.

설무검을 쳐다보는 많은 사람들의 얼굴에 떠올라 있던 불신과 공포가 더욱 짙고 강렬해졌다.

설무검은 천천히 주위를 쓸어보았다. 그와 눈이 마주친 담제웅과 단해룡, 선우종, 하여정이 움찔 몸을 떨거나 부르르 세차게 몸서리를 쳤다.

설무검은 한 차례 주위를 둘러본 후 시선을 단해룡에게 고정시켰다.

"해룡."

"……."

단해룡은 꿀 먹은 벙어리처럼 아무 말도 하지 못했다. 그저 온 얼굴을 일그러뜨린 채 설무검을 쳐다볼 뿐이었다.

슉!

설무검이 슬쩍 소매를 떨치자 몇 줄기 지풍이 발출되어 단해룡과 선우종, 하여정의 상체 몇 군데에 가볍게 적중되는가 싶더니 어느새 혈도가 풀렸다.

배신을 한 자들의 혈도를 풀어주다니, 중인의 얼굴에 처음에는 불신이 그다음에는 공포가 자리 잡았다.

설무검이 모두를 감당할 수 있다는 뜻으로 해석을 한 것이다.

단해룡과 선우종, 하여정은 비틀거리면서 일어났다.

설무검은 묵묵히 단해룡을 주시했다. 무슨 말을 하라고, 무엇을 어떻게 하라고, 아니면 용서를 빌라고 주문하지도 않았다.

담제웅은 설무검의 뒤에 있었다. 시선 밖이다.

타앗!

순간 담제웅이 번개같이 신형을 날렸다. 설무검을 향해서가 아니라 반대 방향이다. 도주를 하는 것이다.

설무검은 담제웅을 쳐다보지도 않은 채 슬쩍 왼손을 뻗

었다.

고오오—

설무검의 왼 주먹에서 번쩍! 하고 붉은 섬광이 폭발하듯이 작열하더니 새빨간 핏빛 광선 하나가 이미 칠팔 장 밖 허공을 달아나고 있는 담제웅을 향해 그보다 서너 배는 더 빠른 속도로 쏘아갔다.

퍽!

"흐억!"

홍광은 담제웅의 오른쪽 엉덩이 바로 아래 허벅지 뒤쪽에 적중하여 그의 오른발을 통째로 날려 버렸다.

"크으으……."

담제웅은 땅에 떨어져 허우적거리면서 고통에 몸부림쳤다.

설무검은 여전히 단해룡에게 시선을 고정시키고 있었다. 담제웅이 몸부림을 치든 피를 철철 흘리든 추호도 신경 쓰지 않았다.

단해룡은 감히 설무검의 시선을 감당하지 못하고 안절부절 하다가 마침내 자포자기한 듯 고개를 숙이며 중얼거렸다.

"당신은 내 여자를 빼앗았습니다."

"정지약이 네 여자였느냐?"

"그… 렇지는 않았습니다. 내… 가 사랑하던 여자였습니다. 짝사랑이었지만……."

설무검의 표정에는 추호도 흔들림이 없었다.

"내가 그녀를 소유한 것이 잘못이었느냐?"

"…아… 닙니다……."

단해룡의 얼굴이 더욱 일그러졌다.

"나, 나는 그녀를 얻기 위해서 당신을 배신한 것입니다! 만약 그런 상황이 또 닥친다면, 나는 또다시 당신을 배신할 수밖에 없습니다!"

그는 악을 쓰듯이 외쳤다.

설무검은 무심히 중얼거렸다.

"너는 입이 없느냐? 내게 말을 하지 그랬느냐?"

"무엇을……."

"그녀를 달라고 말이다."

"……."

"나는 그녀보다는 너를 더 좋아했었다."

"……."

"그녀보다 더한 것을 달라고 해도 주었을 것이다."

단해룡은 아무 말도 하지 못했다. 그 대신 그는 온몸을 와들와들 떨었다.

너무도 처절한 깨달음이었다. 왜 그것을 이제야 깨달았다는 말인가. 그랬다. 천주는 단해룡을 지나칠 정도로 아끼고 총애했었다.

단해룡이 달라고 했으면, 정지약이 아니라 그보다 더한 것도 쾌히 주었을 것이다. 그 말이 옳다.

단해룡은 굵은 눈물을 주룩주룩 흘렸다. 그의 무릎이 꺾였고, 돌바닥에 무릎을 꿇고 앉아 설무검을 우러르며 오열로 몸을 떨었다.

"용서하십시오. 천주…! 속하를 죽여주십시오……!"

스릉!

설무검은 천천히 어깨의 검을 뽑았다. 칙칙한 핏빛의 검이 악마의 이빨처럼 섬뜩했다. 그는 검을 단해룡에게 가리켰다.

"이 검은 네가 내 몸에 꽂아 넣은 청천검이다. 그것이 칠 년의 세월 동안 혈마룡검으로 변했지."

전설은 말하고 있다.

'오랜 세월 동안 가장 처절한 한을 품은 피를 마시면서 자라야지만 비로소 탄생하는 검이 있으니, 곧 혈마룡검이다.'

단해룡은 자신이 설무검의 몸속에 찔러 넣은 검이 혈마룡검이 되기까지 그가 얼마나 지독한 한을 품었을지 미루어 짐작할 수 있었다.

"해룡."

설무검의 조용한 부름에 단해룡이 눈물로 얼룩진 고개를 들었다. 문득 그는 설무검 앞의 자신이 얼마나 작고 초라한 존재인지를 깨달았다.

"입은 말을 하라고 있는 것이다."

팍!

설무검의 말이 끝나자마자 혈마룡검이 허공을 갈랐다.

다음 순간 단해룡의 머리통이 몸뚱이에서 분리되어 허공으로 둥실 떠올랐다.

그 광경을 쳐다보는 선우종과 하여정의 얼굴이 경악으로 물들었다.

단해룡의 목에서 뿜어진 혈선이 피무지개를 만들면서 혈마룡검으로 빨려 들었다.

혈마룡검이기 전, 청천검이었던 시절의 주인의 피를 빨아먹고 있는 것이다.

단해룡의 몸이 한 움큼의 먼지로 화해 흩어지고 있을 때,

"으으……."

선우종과 하여정은 공포에 질려 제각기 다른 방향으로 몸을 날려 죽어라고 도망을 쳤다.

"버러지 같은 것들!"

설무검이 무심히 중얼거리며 혈마룡검을 떨쳤다.

츠와아앗!

순간 두 개의 핏빛 고리 환이 선우종과 하여정을 향해 직선을 그으며 쏘아져 갔다.

퍽! 퍽!

각기 다른 방향에서 선우종과 하여정의 머리가 잘 익은 수박을 부술 때와 같은 소리를 내며 터졌다.

그리고 두 개의 피무지개와 두 줄기의 길고 가느다란 혈선

이 혈마룡검으로 이어졌다.

한쪽 발을 잃은 담제웅은 한쪽 발로 일어서 설무검 쪽을 향해 우뚝 서 있었는데 얼굴에는 공포보다는 분노가 가득 떠올라 있었다.

"형님, 저 놈은 제가 죽이고 싶습니다."

그때 설영이 차가운 표정으로 담제웅을 쏘아보며 말했다.

설무검은 고개를 끄떡였다. 설영에게도 배신자 중 한 명 정도는 죽일 자격이 충분히 있었다.

설무검의 승낙이 떨어지자마자 설영은 담제웅을 향해 곧장 쏘아갔다.

"어린놈의 새끼! 감히 내가 누군 줄 알고……."

담제웅은 자신을 향해 쏘아오는 설영을 노려보며 오만상을 찌푸렸다.

이어서 어깨의 검을 뽑고는 설영이 공격을 하면 자신도 동시에 공격을 하겠다는 의지를 불태웠다.

그러나 그에게는 그럴만한 기회나 능력이 없었다. 그의 공력이 설영보다 높을지는 모르지만, 한쪽 발로 뒤뚱거리면서 겨우 균형을 잡아야 하는 상황에서는 결코 설영의 적수가 될 수 없었다.

설영은 곧장 쏘아가는 여세를 빌어 검을 머리 위로 치켜들었다가 힘차게 그어 내렸다.

담제웅은 눈을 부릅뜨고 마주 검을 휘둘렀다. 그러나 눈앞에서 설영이 씻은 듯이 사라졌다. 허초였던 것이다.

키잇!

담제웅은 머리 위에서 기이한 음향이 나자 번쩍 위를 쳐다보았다.

쐐애액!

다음 순간 그는 자색의 수십 송이 꽃이 허공에 피어나는 것을 발견했다. 피하려고 몸을 움직였지만 다리가 하나뿐이라서 뜻대로 되지 않았다.

파파파퍅!

비명 한 마디도 없었다. 아미파의 실전절학 자우파풍검법 스물여덟 줄기가 뿜어져 담제웅의 온몸을 난도질했다.

후두두둑…….

조각조각 난 담제웅의 육편들이 우수수 바닥에 떨어졌다.

설영은 묵묵히 그것을 굽어보다가 몸을 돌려 설무검에게 다가왔다.

"손님이 왔다."

설무검은 우뚝 선 채 조용히 중얼거렸고, 모두 그 말을 들었다.

그가 말을 하고 나서 세 호흡이 채 지나지 않아서 광장 너머로 일단의 무리가 나타났다.

가장 눈에 띄는 것은 커다랗고 화려한 가마였다. 가마 위에는 한 명의 화사한 비단 백의를 입은 아름다운 중년 여인이 단정한 자세로 앉아 있었다.

설무검뿐만 아니라 모두들 처음 보는 여인이었다.

하지만 가마를 따라서 들어오는 사람들 중에는 아는 사람들이 더러 있었다.

우선 가마의 오른쪽에는 은자랑과 은리, 한효령이 따르고 있었고 왼쪽에는 선희빈과 정지약, 장도명이 따랐다.

그리고 그녀들의 양쪽과 뒤로 백여 명의 고수가 가마를 호위하듯 질서 있게 들어서고 있었다.

설무검을 제외한 설영 등은 갑자기 사라졌던 은자랑과 은리, 한효령, 그리고 장도명이 나타났다는 사실에 적잖이 놀라고 있었다.

설무검은 가마 위의 중년 여인을 한 번도 본 적이 없지만, 은자랑 등을 거느리고 나타났다는 사실 때문에 그녀의 신분을 짐작할 수 있었다.

그의 짐작이 틀리지 않다면, 그녀는 철혈태후(鐵血太后)라 불리는 신비의 사령단주(四靈團主)가 분명했다.

그리고 설무검은 선희빈과 장도명 등이 수하처럼 그녀를 따르는 것으로 미루어 그녀 철혈태후가 장도명의 배후인물일 것이라고 거의 확신했다.

그녀를 직접 보기 전까지는 선희빈이 배후일 것이라고 짐작했었는데 잘못 된 생각이었다.

이윽고 가마가 설무검의 삼 장 앞에 정지했다.

복수(復讐)

설무검과 설영을 바라보는 은자랑과 은리, 한효령의 표정은 착잡했다.

　그리고 이곳에 들어서는 순간 설무검을 발견한 정지약은 마치 장마철의 장대비처럼 눈물을 흘리면서 한시도 설무검의 얼굴에서 시선을 떼지 못하고 있었다.

　그러나 설무검은 그녀에게 일별도 던지지 않고 있었다.

　"철혈태후, 당신이 배후였나?"

　설무검이 철혈태후를 주시하며 조용히 입을 열었다. 자신이 인정한 사람이 아니면 누구에게나 하대를 하는 습관은 상대가 철혈태후라고 해서 다르지 않았다.

　"흐흥! 네가 설무검이로군."

　철혈태후는 부드러운 미소를 지으며 설무검을 바라보면서 가볍게 콧소리를 내며 동문서답을 했다. 하지만 설무검의 물음을 시인한 것이기도 했다.

　설무검의 입가가 비틀어지면서 엷은 조소가 떠올랐다.

　"후후… 사파를 규합, 정병화시킨 것도 당신 짓이었군. 장도명 같은 위인이 이루기에는 너무 큰일이라는 생각을 했었지."

　철혈태후는 대답하지 않고 미소만 짓고 있었다.

　설무검의 말이 이어졌다.

　"그리고 남천무림을 끌어들였으며, 선희빈의 화냥기를 이용하여 북천무림의 황보숭을 끌어들인 것은 결국 당신이 삼천무림을 일통하여 천하를 지배하겠다는 뜻이로군."

설무검의 말에 설영과 양궁표, 중천오충의 수장들은 비로소 가마의 여인이 철혈태후며 그녀가 모든 일을 꾸민 배후인물이라는 사실을 깨닫고 놀라움을 감추지 못했다.

"호오… 제법 많은 것을 알고 있구나, 설무검."

철혈태후는 어린아이의 재롱을 보는 듯한 태도를 취하고 있었다. 그녀는 사십대 중반쯤으로 보이는 나이였으나 사실은 육십 세가 넘는 나이였다.

아름다운 미부의 모습은 그녀의 공력이 어느 정도 수준이라는 것을 짐작하게 만들었다.

"내가 원하는 사람들이 있다. 그들을 내게 넘겨라."

설무검이 거두절미 요구했다.

"정지약, 선희빈, 장도명, 세 명을 보내라."

자신의 이름이 거명된 세 명 중에서 오직 정지약만이 움찔 놀라서 몸을 떨었을 뿐이다.

"호호호! 내가 왜 그래야 하지?"

철혈태후는 낭랑한 교소를 터뜨렸다. 고개를 뒤로 젖히고 목젖이 보이도록 웃었다. 누구도 겁나는 사람이 없다는 안하무인의 태도였다.

웃음을 멈추고 설무검을 보던 그녀의 표정이 가볍게 굳었다.

설무검의 입가에 떠올라 있는 비릿한 냉소를 발견한 것이다. 그것은 승리를 자신하는 사람만이 지을 수 있는 미소였다.

철혈태후가 무언가 불길함을 느낄 때, 설무검이 뒷짐을 지고 조용히 입을 열었다.

"그래야지만 내게 자비심이라는 것이 생겨서 당신을 살려서 보내줄지도 모르니까."

그 말에 설무검 쪽 사람뿐만 아니라 철혈태후 쪽 사람들도 적잖이 놀라는 표정을 지었다.

설무검은 철혈태후와 더 이상 노닥거리고 싶지 않았다.

"당신이 끌어들인 남천무림과 북천무림이 어째서 낙양성에 나타나지 않았는지 아는가?"

사실 철혈태후는 그것이 못내 궁금했었다. 그래서 그것을 알아보려고 했으나 남천무림과 북천무림의 고수들은 원래 은신해 있던 곳에서 감쪽같이 사라져 버렸다.

그 사실을 확인한 후에 그녀는 이곳 낙성검가를 염탐했고 그다음에야 모습을 드러낸 것이었다. 이곳의 설무검 정도는 능히 제압할 수 있으리라 여기고,

"어째서?"

"내가 남궁장천과 천궁을 각각 만났다."

"네가 그들을?"

철혈태후는 어이없는 표정을 지었다.

"그런데 황보숭이 아니라 천궁이라는 말이냐?"

"그렇다, 황보숭은 내 손에 죽었다."

좌중에 침묵이 흘렀다. 자신이 북천무림의 절대자 황보숭

을 죽였다고 태연하게 말하는 설무검이다. 그 앞에서 도대체 무슨 말을 할 수 있겠는가.

"나는 남궁장천과 천궁에게 한 마디만 했다."

"무… 엇이라고 했느냐?"

"철혈태후를 죽이는 자가 천하를 지배하게 될 것이라고."

이번에는 아예 태산이 찍어 누르는 듯한 침묵이 흘렀다. 그리고 모두의 얼굴에는 경악지색이 가득 떠올랐다.

"그럼 그들은……?"

철혈태후가 떨떠름한 얼굴로 중얼거리자 설무검은 가볍게 고개를 끄떡였다.

"현재 낙양성을 포위하고 있다."

확인해 보지 않아도 된다. 중천절 설무검이 거짓말을 했다는 것을 본 사람은 천하에 한 명도 없으니까.

"아직도 저들 셋을 넘겨줄 생각이 없소?"

철혈태후는 얼굴을 찌푸린 채 아주 잠깐 고민했다. 이후 가볍게 고개를 끄덕였다.

"너희 셋은 설무검에게 가라."

마치 다 낡은 누더기 옷을 내버리는 듯한 말투였다.

"태, 태후!"

"저희에게 어찌 이러실 수가 있습니까……?"

장도명과 선희빈은 거의 동시에 억울하다는 표정으로 하소연을 했다.

"설무검, 내가 이들을 죽여도 되겠느냐?"

철혈태후가 설무검에게 묻자 장도명과 선희빈은 펄쩍 뛰듯이 놀랐다가 주춤주춤 설무검에게 걸어나왔다.

정지약은 제자리에 선 채 꼼짝도 하지 않았다. 그러나 눈물은 계속 흘리고 있었다.

"영아."

설무검은 설영에게 가볍게 고개를 끄떡여 보이고는 선희빈을 향해 천천히 걸어갔다.

설영은 설무검의 뜻을 알아차리고 장도명을 향해 마주 걸어갔다.

선희빈은 설무검과 마주 서서 혀를 내밀어 입술을 핥더니 징그럽게 웃었다.

"낄낄… 너는 이미 내가 절대천마공을 익혔다는 사실을 짐작하고 있겠지?"

설무검은 대수롭지 않게 대꾸했다.

"요부, 너는 아직도 모르겠느냐? 내가 절대천마공 비급의 가장 중요한 부분 몇 장을 찢어냈다는 사실을?"

"뭐… 뭐라고?"

설무검은 놀라고 있는 선희빈을 향해 성큼성큼 걸어갔다.

"그러므로 너는 영원히 절대천마공을 팔 성 이상 연성할 수 없다."

"그… 그래서 그런 것인가……?"

선희빈은 어째서 자신이 절대천마공을 칠 성 이상 연성할 수 없었는지 그 의문을 이제야 알게 되었다.

"그러나 절대천마공을 십이 성가지 연성했더라도 내 상대는 못 된다."

설무검은 계속 걸어갔다.

"헛소리! 설마 네놈이 무극파천황이라도 극성까지 익혔다는 말이냐?"

"바로 맞추었다."

"……."

선희빈은 아연실색한 얼굴로 아무 말도 하지 못했다. 그녀는 알고 있었다. 절대천마공을 아무리 십이 성까지 익히더라도 무극파천황에게는 당하지 못한다는 사실을. 하물며 칠 성밖에 익히지 못한 절대천마공으로 어찌 무극파천황을 익힌 설무검을 이길 수 있으랴.

"과욕이 너희 모녀를 망쳤다."

그렇게 말할 때 설무검은 넋이 나간 표정의 선희빈 한 걸음 앞에 멈추고 있었다.

팍!

혈마룡검이 넋을 잃고 있는 선희빈의 몸을 정수리에서부터 사타구니까지 세로로 쪼갰다.

바로 그 순간 설영이 장도명을 향해 덮쳐가며 울분을 터뜨리고 있었다.

복수(復讐) 321

"태무의 이름으로 네놈을 죽이겠다!"

쿠아앗!

설영의 팔룡검에서 환조신검의 하나의 자색 고리가 무시무시하게 뿜어져 나갔다.

장도명의 얼굴에 공포가 떠오르는 듯하더니 곧 사라지고 대신 애잔한 표정이 떠올랐다.

그는 반격을 하려고 하다가 그마저도 그만두고 아래로 손을 늘어뜨렸다.

"무야… 아비가 잘못했……."

퍽!

그가 채 말을 끝맺지도 못했을 때 자색 고리 환이 그의 심장을 관통했다.

장도명은 심장에서 콸콸 피가 뿜어지는 것을 굽어보면서 뭐라고 중얼거리는 것 같더니 그대로 거꾸러졌다.

이윽고 설무검의 시선이 마지막으로 정지약에게 향했다.

정지약은 설무검을 처음 발견했을 때부터 지금까지 계속 흐느끼고만 있었다. 마치 울다가 죽을 사람처럼 결사적으로 울기만 했다.

슥—

설무검이 무표정한 얼굴로 정지약에게 왼손을 내밀었다.

슈우욱!

순간 정지약의 몸이 일직선을 그으며 설무검의 손으로 빨려들었다. 허공섭물의 신기에 가까운 수법이었다.

콱!

설무검의 커다란 왼손이 정지약의 희고 가느다란 목을 억세게 움켜잡았다.

배신자들은 모두 혈마룡검으로 죽였으나 정지약만은 목을 비틀어 죽이고 싶었던 설무검이다.

정지약이 두 발이 허공에 뜬 채 대롱거리면서, 얼굴에 피가 통하지 않아 새빨갛게 물들며, 그러면서도 눈물을 흘리며 설무검을 바라보며 더듬거렸다.

"검랑… 당신을… 사랑했어요… 그리고… 지금도 사랑하고 있어요……. 죽어서도 영원히 당신만을 사랑……."

"그 추악한 입으로 사랑을 더럽히지 마라!"

설무검의 쩌렁한 호통이 정지약의 마지막 고백을 끊었다.

우두둑!

그리고 그의 억센 손 안에서 정지약의 목뼈가 맥없이 꺾였다.

정지약의 가녀린 몸이 푸들푸들 떨다가 이윽고 움직임을 멈추었다.

툭!

설무검의 손에서 그녀의 몸뚱이가 벗어나 땅에 널브러졌다.

사랑과 배신, 그리고 또 사랑으로 점철된 한 여인은 그렇게 사랑하는 사람의 손에 목이 부러져 죽었다.

"금록."

설무검의 부름에 어디에서 나타났는지 금록이 쏜살같이 달려와 무릎을 꿇었다.

설무검은 정지약을 쳐다보지도 않은 채 뇌까렸다.

"이 여자의 몸을 백 토막으로 찢어 개에게 먹여라."

순간 모든 사람들의 눈이 부릅떠지고 몸을 부르르 떨었다.

금록은 정지약을 안고 나타날 때처럼 소리 없이 사라졌다.

설무검은 고개를 들어 철혈태후를 쳐다보았다.

그와 눈이 마주친 철혈태후는 자신도 모르게 움찔 몸을 떨었다. 그 순간 그녀는 깨달았다. 자신은 설무검의 상대가 아니라는 사실을.

설무검은 철혈태후를 싸늘하게 주시하며 중얼거렸다.

"랑아와 리아가 아니었으면 지금 이 자리가 당신의 무덤이 됐을 것이다."

은자랑과 은리는 이미 오래 전부터 소리 없이 눈물을 흘리고 있었다.

"가자. 영아, 궁표."

설무검이 성큼성큼 광장을 가로질러 걸어가고 좌우에 설영과 양궁표가 나란히 함께 걸었다.

중인이 우르르 세 사람의 뒤를 따르려 하자 설무검이 뒤돌아보지도 않은 채 다시 중얼거렸다.

"아무도 따라오지 마라. 내가 가는 곳에는 내 형제들만 갈

수 있다."

 설무검과 설영, 양궁표가 문을 나설 때 수많은 사람들이 그들의 뒷모습을 향해 무릎을 꿇고 큰절을 올리고 있었다.
 이윽고 세 사람이 낙양성 북문을 나서 관도로 접어들었을 때에야 설영이 참고 참았던 말을 꺼냈다.
 "저… 형님. 저는 소예를 데리고 가야 합니다."
 그때 양궁표도 거의 동시에 말을 꺼내고 있었다.
 "형님, 형제들만 함께 갈 수 있다면 제 누이동생 연화는 어찌합니까?"
 설무검은 빙그레 미소 지으면서 양팔을 벌려 두 사람의 어깨를 그러안았다.
 "그녀들은 내 가족이다. 이미 손을 써두었으니 우린 멀지 않은 곳에서 형제들과 가족을 만날 수 있을 게야."
 설영이 또 궁금해서 물었다.
 "그런데 형님, 우리 어디로 가는 겁니까?"
 설무검의 대답은 간단했다.
 "백두산, 그곳에 좋은 곳을 봐두었다."

『독보군림』 大尾

독보군림을 마치며……

　비운의 형제 설무검과 설영을 중심으로 두 사람과 우정, 사랑, 신의로 인연을 맺어 단단하게 결속된 영웅호걸들의 파란만장했던 대장정이 마침내 막을 내렸다.
　이 작품에서는 무협소설에 자주 등장하는 기연(奇緣)이나 괴사(怪事)가 철저히 배제되었고, 현실에서 능히 일어날 수 있는 일과 사건들만을 주제로 전개를 했다.
　그리고 주인공이기 때문에 무엇이든지 가능하고 또 손을 대기만 하면 척척 이루어지는 전지전능이나 무소불위 역시 다루지 않았다.
　그래서 신 앞에서 평등한 인간이기에 겪을 수밖에 없었던 배신이나 고난, 애증, 그리고 감동과 역경을 진솔하고도 담담하게 담아내려고 애썼다.
　설무검과 설영, 그리고 두 사람의 형제, 가족들은 백두산으로 떠났다. 그들은 무림과 인연을 끊은 채 그곳에서 전혀 새로운 삶을 살아가게 될 것이다.

사실 이 작품 독보군림은 상업적인 면에서는 쓴맛을 본 것으로 알고 있다. 그런 결과는 장르소설의 시장이 어떻게 형성되어 있으며, 대부분을 차지하고 있는 어린 독자들이 어떤 종류의 작품을 즐겨 읽는지를 단적으로 보여주는 것이라고 할 수 있을 것이다.

그리고 내게는 장르소설계에서 상업적으로 성공하는 작품을 내려면 어떻게 써야 하는지를 가르쳐 준 계기가 되었다.

하지만 나는 또다시 독보군림 같은 작품을 쓰고 싶으며 또 그리워하고 있다. 사람 냄새가 나는, 사람들이 살아가는 그런 이야기를, 독보군림보다 더 차분하고 진지하게 써내고 싶다.

상업적인 성과를 내지 못했음에도 '좋은 작품이니 마음껏 써보라'고 독려와 지원을 아끼지 않은 청어람의 서경석 사장님에게 진심으로 감사를 드린다.

지금보다 조금 더 한가해지면 백두산으로 떠난 설무검, 설영 형제들이 어떻게 자리를 잡고 살아가면서 또 다른 이야기를 만들어가고 있는지 사랑하는 아내와 손을 잡고 백두산에 한 번 다녀오고 싶다.

2008년 1월 말일 반변천에서 煙霞 林 榮 基

BOOK Publishing CHUNGEORAM

fly me to the moon
플라이 미 투 더 문

새로운 느낌의 로맨스가 다가온다!

판타지의 대가 이수영 작가의 신작!
드디어 판매 카운트다운!

플라이 미 투 더 문 | 이수영 지음

**판타지의 대가, 이수영. 그녀가 선보이는 첫 번째 사랑이야기.
사랑, 질투, 음모, 욕망……
상상한 것 이상의 절애(切愛), 그 잔혹한 사랑이 시작된다.**

온전히, 그의 손에 떨어진 꽃. 잡았다.
짐승의 왕은 즐거웠다.

인간, 그리고 인간이 아닌 자.
절대로 이어질 수 없는 두 운명이 만났다!
사랑 혹은 숙명.
너일 수밖에 없는 愛.

1998년 〈귀환병 이야기〉
2000년 〈암흑 제국의 패리어드〉
2002년 〈쿠베린〉
2005년 〈사나운 새벽〉

그리고 2007년,
『FLY ME TO THE MOON』

유행이 아닌 자유추구 -
WWW.chungeoram.com
BOOK Publishing CHUNGEORAM

BOOK Publishing CHUNGEORAM

눈길발길 쏙쏙 끄는 **비법이 가득!**
왕성한 가게 만드는

잘나가는
가게 노하우
151 가지

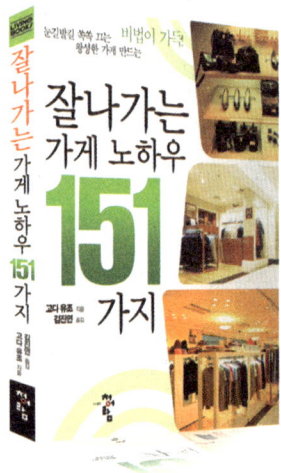

고다 유조 지음
김진연 옮김
가격 9,800원

물건이 팔리지 않는 시대!
왕성한 가게 만드는 비법이 가득!

가게 안에 웅덩이를 만들어라
조명만 조금 바꿔도 매출이 팍 늘어난다
보기 쉽고, 집기 쉬운 가게 배치는 '경기장 형' 이 최고 등등
가게에 실제로 적용했을 때 매출이 오른 노하우만 알차게 수록
외관, 입구, 배치, 내장, 조명, 디스플레이에서 사원교육까지

도움이 되는 '발견' 이 가득가득.
당신 가게를 회생시키기 위한 소중한 책!

유행이 아닌 자유추구 -
WWW.chungeoram.com

BOOK Publishing CHUNGEORAM

입소문을 통해 아는 분은 다 알고 계십니다!
올 한해 공인중개사 최고의 화제작!

1~2권 합본 | 이용훈 지음
3~4권 합본 | 이용훈 지음
5~6권 합본 | 이용훈 지음
용어해설 | 이용훈 지음

수험생 기본 필독서
만화 공인중개사

제목 : 만화공인중개사 쓰신 분에게 감사드립니다.

학원을 두 달 다녔어요. 근데 과연 그 숫자 외우기 그런 게 몇 문제나 나올까 생각을 했어요.
아니라는 생각이 드네요. 학원강의를 뒤로하고 서점을 갔어요. 내 머리에 가장 이해될 수 있는
책이 없나 하구요. 거기서 만화를 발견했어요. 무조건 세 번 봤어요. 3개월 걸렸어요. 문제집을 보라고
했는데 그건 시행을 못했어요. 근데 합격을 했네요.
어떻게 감사의 말을 해야 될지……
도서관에서 만화책 들고 다니니까 사람들이 비웃더라구요. 만화책으로 공인중개사를 공부한다고
미친 사람처럼 보더라구요. 근데 그거 다 감수하고 했던 내가 자랑스럽습니다.
어떻게 감사의 말을 해야 할지… 정말 감사합니다.
부디 행복하세요. 제 나이 41살에 좋은 스승을 만난 것 같습니다.
엎드려 감사드립니다.

-본사 홈페이지에 독자분이 올린 메일 中에서 발췌-

세상을 보는 또 하나의 창!
열린세상, 열린지식

www.INTHEBOOK.net

당당하게 글을 쓰는 사람, 멋있게 포장하는 사람,
감동적으로 읽어주는 사람이 있다면
언제든 어디든 인더북이 함께 하겠습니다.

2008년 봄 그들이 온다!!

권왕무적의 초우, 궁귀검신의 조돈형, 삼류무사의 김석진, 태극검해의
한성수, 프라우슈 폰 진의 김광수, 흑사자의 김운영, 송백의 백준 등

총 20여 명에 이르는 호화군단의 인더북 이북 연재 확정!!
그 외에도 많은 정상급 작가들의 이북 연재 런칭 예정!!

포도밭 그 사나이, 새빨간 여우 등의 로맨스 정상급 작가
김랑의 작품을 이북 연재로 만나다!!

오직 인더북에서만 독점 연재!!

아쉬움을 남기고 1부에서 막을 내린 **권왕무적 시리즈의 2부** 등 인기 작가들의 수준 높은
미공개 작품들이 시중에 책으로 출간되지 않고, 오직 인더북에서만 연재됩니다.

COMING SOON! INTHEBOOK.NET

1. 인더북의 이북 유료연재는 2008년 1월 말 ~ 2월 중순경 오픈
2. 인더북에 연재되는 작품들은 시중에 출판되지 않은 작품들로 엄선

**이북 유료연재의 새로운 도전! 그리고 새로운 시작! 인더북!!
곧 새로운 모습의 이북 연재 사이트로 여러분께 다가가겠습니다.**